ハヤカワ文庫 NV

〈NV101〉

海の男／ホーンブロワー・シリーズ〈7〉

勇者の帰還

セシル・スコット・フォレスター

高橋泰邦訳

FLYING COLOURS

by

Cecil Scott Forester

1938

イギリス海峡
フランス
オルレアン
ブリアル
グラセー伯爵の館
アンジェ
ナント
ロアール川
ヌヴェール
ノワール
ムーティエ島
クレルモンフェラン
ビスケー湾
N
ペルピニャン
地中海
ロサス

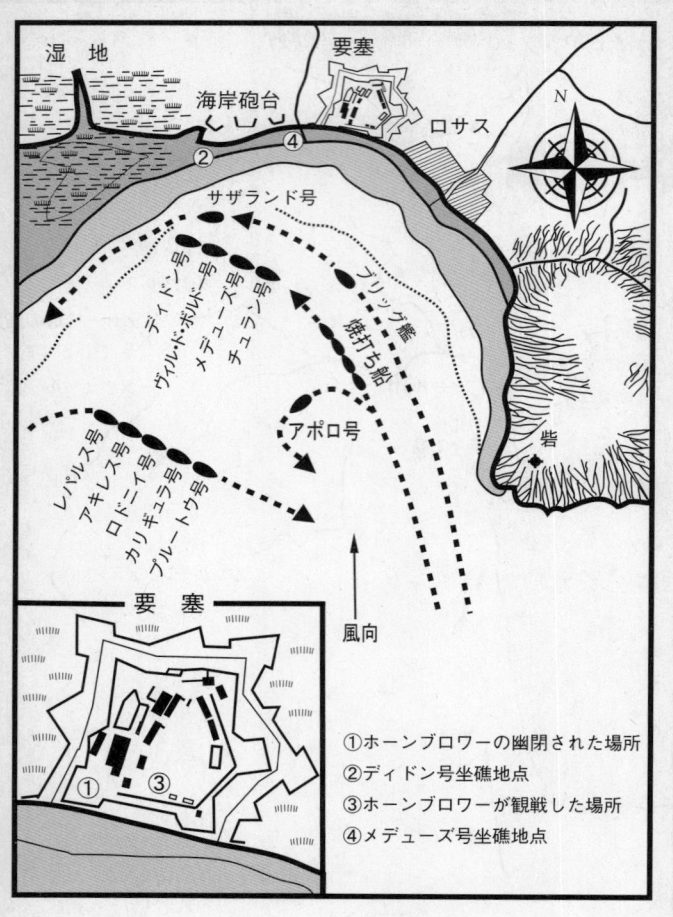

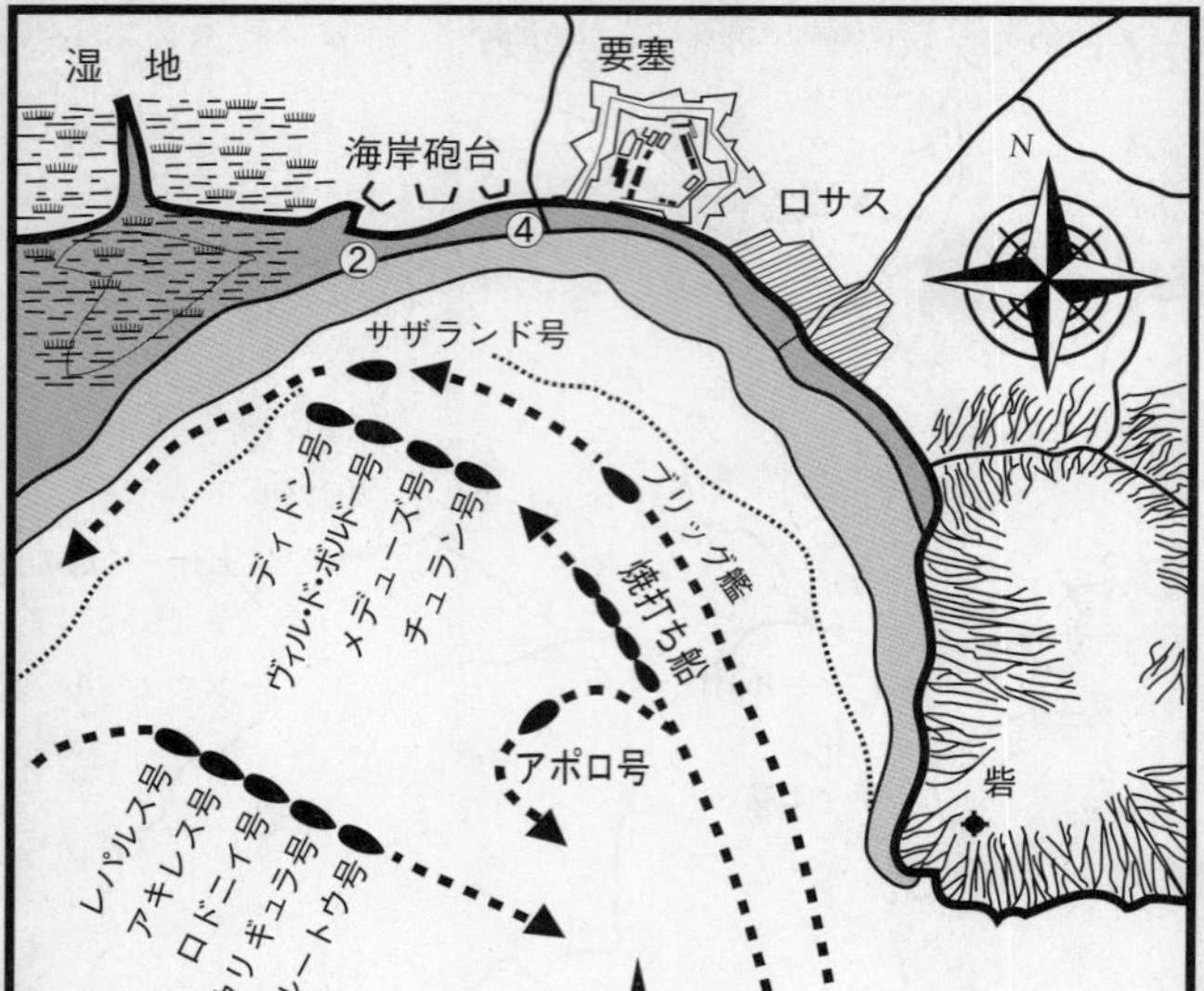

湿 地
要塞
海岸砲台
ロサス
N
②
④
サザランド号
ディドン号
ヴィル・ド・ボルドー号
メデューズ号
チュラン号
ブリッグ艦
焼打ち船
アポロ号
砦
レパルス号
アキレス号
ロドニイ号
カリギュラ号
プルートウ号
風向
要 塞
①
③
①ホーンブロワーの幽閉された場所
②ディドン号坐礁地点
③ホーンブロワーが観戦した場所
④メデューズ号坐礁地点

勇者の帰還

登場人物

ホレイショ・ホーンブロワー……英国艦サザランド号艦長
ウィリアム・ブッシュ……………同副長
ブラウン…………………………同艦長付き艇長
ビダル将軍………………………フランス軍ロサス要塞司令官
カイヤール………………………フランス軍大佐。憲兵
レイトン
ギャンビア｝…………………………英国海軍提督
ハーディ…………………………英国海軍トライアンフ号艦長
カレンダー………………………英国海軍ビクトリー号艦長
フーカーム・フレール…………ジャーナリスト。政府要人
グラセー伯爵……………………フランス貴族。市長
マリー……………………………グラセー伯爵の息子の未亡人
フェリックス……………………グラセー伯爵の執事
レディ・バーバラ………………レイトンの妻
マリア……………………………ホーンブロワーの妻

1

ホーンブロワー艦長は、ロサス要塞の、扇形に張り出した塁壁の上を、往ったり来たりしていた。二人の歩哨が、弾丸《たま》をこめたマスケット銃をかかえて、左右から歩く範囲を限ってはいるが、この散歩は、運動のためにと、司令官から許可されている日課だった。見上げると、地中海特有の青い空に、地中海の秋の日が眩しく輝き、ロサス湾の、地中海ならではの青い海に、さんさんと光をふりそそいでいる。青い海面に白い縁どりがあるのは、あそこの海岸の、金色の砂地と灰緑色の崖に、小さな寄せ波が砕けているのだ。頭上には、フランスの三色旗が、太陽と重なって黒くはためいて、あのロサス湾はフランス軍の手中にあり、英国海軍のホーンブロワー艦長は捕虜の身であると、世界に向かって宣言している。ホーンブロワーが歩いている所から半マイル足らず向こうに、マストを吹き飛ばされ、大破した彼の乗艦サザランド号が、無残な姿を横たえている。

沈没をまぬがれるために自力で坐礁したものだ。そのかなたには、彼女と交戦した戦列艦が四隻、横一列に錨を入れて振れ回っている。ホーンブロワーは、望遠鏡をなくしたことを、かえすがえすも残念に思いながら、目を細めて見つめると、四隻とも、ふたたび航海に出る用意ができておらず、また、できる見込みのなさそうなことが、こんな遠目にも見てとれた。あの二層甲板艦は、どのマストも無傷で戦闘から帰還したのだが、あれでさえ、浮かしておくためには、今も二時間ごとにポンプをかけつづけているし、他の三隻は、戦闘で吹き飛ばされたマストの付け替え作業が、まだうまくいっていない。フランス海軍の連中は、ずぶのしろうとばかりで、船乗りなどと呼べる代物ではないが、十七年間も海上で負けつづけ、海上封鎖が六年間も絶えずつづいてきたのだから、それも当然だろう。

そんな彼らも、ホーンブロワーにとっては、実に愛すべき連中だった。それというのも、彼がサザランド号で突進し、あの四隻の戦列艦とロサス湾の避泊地との間に割って入る〝大胆な先制攻撃〟をかけ、そのあとで見せた〝華々しい応戦ぶり〟を、彼らはフランス流に賞賛したからだ。そして、ホーンブロワーが、部下の三分の二まで死傷した戦闘を、奇跡的に手傷ひとつ負わずに戦い抜いたことを知ると、敵ながらあっぱれだとたたえた。しかし、そんな彼らも略奪をほしいままにし、そのやり方は、フランス帝国の軍隊をヨーロッパ中の憎まれものにした例のひどい手口だった。彼らは、サザランド号の甲板に折り重なって苦悶の声をあげる負傷者たちのポケットまでもあさった。彼らの提督は、初めてホーンブロワーと相対した時、勇敢な戦いぶりに免じて送り返した長剣を、ホーンブロワーがさげていないとは心外だと言ったので、ホーンブロワーが、その剣は差し出してから一度も見たことがないと答えると、提督は探索隊を編成させ、その隊が提督の旗艦のどこかの片隅に捨てられていた剣を発見した。その刀身には、彼の栄誉をたたえる献辞が刻みこまれたままだったが、柄《つか》も、つばも、鞘《さや》も、金をこじり取られていた。提督はそれを見て笑っただけで、盗んだ者を詮議立てしようなどということは、おくびにも出さなかった。その〈愛国者基金〉の贈り物は、今もホーンブロワーの腰にぶらさがっているが、金と象牙と小粒の真珠で飾られていた柄はなく、刀身の中子《なかご》がむき出しに鞘から突き出ている。

拿捕《だほ》したサザランド号に群がったフランス艦の海兵隊員や乗組員は、同じやり口で、真鍮の物まで引きはがした。また彼らは、食欲を減退させるようなまずい食糧をもむさぼり食った。それを見ても、フランス帝国のために戦っている兵士たちの支給食糧がいかに粗末なものかわかろうというものだ。しかし、ラム酒の樽からがぶ飲みして正体を失う者はごくわずかだった。英国の水兵が同じ誘惑にあったら（英国の士官はそんな誘惑に部下をさらそうとはしないが）、十人中九人までが、足腰立たなくなるか、酔いしれて好戦的になるまで飲んだことだろう。フランス官憲は、例によって捕虜たちに、フランス軍への寝返りを呼びかけ、陸海軍を問わず登録を希望した者には、厚遇と定給を保証するという、例によって魅力たっぷりの条件を示した。だが、自慢ではないが、一人の部下もその誘惑に負けなかった。

その結果、わずかな五体満足の部下たちは、いま要塞の空き倉庫の一つで、苛酷な監禁生活に呻吟《しんぎん》しており、タバコも酒も新鮮な空気も与えられないとあっては、おおかたの者にとって、天国から地獄へ落ちたにも等しいことだ。負傷した者たちは――百四十五名もおり――塁壁のじめじめした砲台の中で痩せ衰え、遠からず壊疽《えそ》と熱病で死に絶えるだろう。

これも合理的なフランス流の理屈からすれば、ここのカタロニア軍はひどく貧しくて、味方の負傷者にもろくな手当てをしてやれないのに、もしも生きのびさせようものなら手に負えない厄介者になる敵の負傷兵のために、自分たちの手持ちを少しでも使うなどは正気の沙汰ではないということだろう。

ゆっくりと塁壁を歩くホーンブロワーの唇から、低いうめき声が漏れた。自分は専用の部屋を与えられ、世話をしてくれる従僕がおり、新鮮な空気と日光にも恵まれている。それにひきかえ、自分の指揮下にあったあの哀れな連中は、虜囚のあらゆる苦痛を味わされているのだ。ほかにもまだ三、四名、無傷ですんだ士官たちまでが、町の牢獄に閉じ込められている。そうだ、自分がこうして生かされているのは、別の運命が待ち受けているからではなかろうか。あの栄光の日々、サザランド号を指揮して、いつか〈地中海の暴れ者〉という異名を頂戴した。フランスの三色旗をかかげてリャンサの砲台に艦を接近させ、まんまと奇襲に成功したこともあった。あの程度のことは、合法的な兵《リュ》法戦略《ース・ド・ゲール》であって、戦史にいくらでも先例を求めることができる。だが、フランス政府はこれを戦時法違反とみなしたようだ。それで自分は、フランス本国向けかバルセロナ向けの次の護送船団で、捕虜として送られ、軍事委員会で裁かれるのだろう。ナポレオンは自分を銃殺することも意のままにできる。個人的な憎しみからも、また英国の不実と不正はかくのごとしと、全ヨーロッパを納得させる最も有効な生き証人としても、銃殺する理由は充分にあるからだ。ここ一両日の、看守たちの目の色にも、それが読みとれるような気がする。

あれからかなり時間がたったから、サザランド号拿捕の報がパリに届き、折り返しナポレオンの命令がこのロサスに送達されている頃だ。かの《世界報知》（フランス政府の機関紙）は火を吐くような筆勢で勝利の歌をうたい、今回の戦列艦の喪失は、英国が、古代カルタゴのごとく衰亡の一途をたどっている明らかな証拠であると、ヨーロッパ全土に向かって吹聴していることだろう。おそらく一、二カ月のうちには、次の発表が行なわれ、不実なるアルビオン（グレート・ブリテン島の古名、後に英国をさすようになる）の不逞なる下僕《しもべ》は、ヴァンサンヌかモンジュイシュの城壁を背に、当然の報いを受けたと報道されるのだろう。

歩きながら、ホーンブロワーは落ち着きなく咳払いをした。恐怖を感じるのが当然だろうに、そうでないのが自分でも意外だった。そのようなとつぜんの、宿命的な最期を迎えるのかと考えても、戦闘開始直前の艦尾甲板《コーターデッキ》で、あの形をなさないさまざまな想像をめぐらす時ほどには胸さわぎを感じなかった。いや、むしろ救われる思いで、死を見つめることすらできそうだった。国に残してきた身重の妻マリアの身を、あれこれ案じるわずらいにも、そしてまた、直上の提督と結婚してしまったレディ・バーバラを思い焦がれて嫉妬の炎に身を焼かれる苦悩にも、これで終止符を打てるからだ。祖国から見れば、彼は国に殉じた軍神で、その未亡人は恩給を受ける資格がある。とすれば、名誉ある最期であり、男子の本懐として喜んで迎えるべきことだ――とりわけ自分のように、絶えず訳もなくわが能力を疑い、そのためにいつも軍人としての不名誉や破滅を恐れている男にとってはそうだ。

しかもそうなれば、虜囚の生活も終わりだ。ホーンブロワーは以前にも一度、捕虜になった経験があった。フェロルでの、傷心と呻吟の二年間だ（本シリーズ『海軍士官候補生』参照）。だがこんど改めて経験するまで、その苦しみも時とともに忘れていた。それにあの当時はまだ、自分の艦の艦尾甲板での行動の自由も知らなかったし、艦長に与えられた無制限の自由――この世で最高の自由――の有難味も知らなかった頃だ。今は、空や海を眺める自由は与えられていても、捕虜であることが耐え難いのだ。檻《おり》に入れられたライオンの、柵の向こうにいる気持ちがわかるような気がする。今この虜囚の身に対する苛立ちと同じなのだろう。その窮屈さを思うと、彼はとつぜん気分が悪くなり、胸がむかついてきた。拳を固め、それを頭上に振りかざして絶望の身ぶりをしたいのを、やっとの思いでこらえた。

すぐに彼はわれに帰り、自分の幼稚なひ弱さをひそかに笑った。気分を変えたくて、愛する青い海へ目を転じると、灰色の崖を背景にして、黒い鵜《う》が横一列にシルエットを並べ、かもめが青空に映えて輪を描いている。五マイル沖には、英国海軍フリゲート艦カサンドラ号のトプスルが見える。ロサス砲台の庇護の下に舷を寄せ合う四隻のフランス艦を、不眠不休で監視しているのだ。その先には、プルートウ号とカリギュラ号のロイヤルスルも見える——愛するレディ・バーバラのふさわしからざる夫、レイトン提督が、あのプルートウ号に、提督旗をひらめかせているのだが、そんな雑念にわずらわされることを彼は拒んだ——あそこで彼らは、地中海艦隊からの来援を待ってこの湾内に突入し、ホーンブロワーを捕えたフランス艦隊を撃滅しようと身構えているのだ。あの英国艦隊が彼の敗北の復讐をしてくれるものと当てにしていいだろう。ツーロン封鎖艦隊を率いるマーティン海軍中将は、このロサス砲台がいかに強力であろうとも、レイトンの襲撃隊が失敗しないように、うまく采配を振ってくれるだろう。

彼は塁壁ぞいに目を走らせ、そこにずらりと据えつけられている、どっしりした二十四ポンド砲を順に見ていった。かどの稜堡には、いずれも四十二ポンド砲が装備されている――巨大な砲だ。彼は胸壁に乗り出し、下をのぞいてみた。ここから空濠《からぼり》の底まで二十五フィートの直下距離で、濠の底にはずっと、がんじょうな柵がつづいているから、彼がこちらから濠のふちまで対壕を掘って、攻囲軍が肉迫できるようにでもしないかぎり、この城塞に損害を与えることはできまい。行き当たりばったりの、あわただしい攻撃では、このロサスの要塞を攻め落とすことはできない。こうしているうちにも、塁壁の上には、二十人もの歩哨が往ったり来たりしている。対面する内壁を見下ろせば、つるし木戸をおろした巨大な門がいくつか見え、それぞれに百名もの大衛兵隊が常駐しており、あの二十名の歩哨の監視の目をくぐって、とつぜん奇襲をかけられた場合にも、ただちに撃退できるように待機している。

見おろす中央広場では、歩兵の小隊が教練をうけていた――甲高い号令がこの上まではっきり聞こえる。使っているのはイタリア語だ。ナポレオンは、イタリア人、ナポリ人、ドイツ人、スイス人、ポーランド人など、フランス帝国の外人部隊を主力として、このカタロニア征服を図ったのだった。歩兵たちの軍服は、彼らの隊列同様に不揃いだ。破れてぼろぼろになり、そのぼろ服がまた、色も質もまちまちだ――兵士たちは派遣された原隊の兵站部の都合で、白、青、グレイ、茶と、いろいろ着ているのだ。あの兵士たちは飢えてもいる。哀れな連中だ。ロサスに駐屯している五、六千人のうちで、軍務に割けるのは今ここから一目で見られるあの一隊だけで、あとは全員、食糧あさりに田舎を駆けずりまわっている——ナポレオンは、自分のために強制的に働かせている者たちを食わせることなどさらさら考えていないのだ。同様に給料を一年も二年もとどこおらせてから、やっと思いついて後払いするといった調子だ。崩壊寸前にあった彼の帝国がこれだけ長くもったのは驚くべきことだ——これこそは、フランスと戦った各王国の無能ぶりを示す何よりも明確な証拠だ。今この瞬間にもこの半島の向こう側で、フランス帝国は、真に有能な一人の男と、規律の何たるかをわきまえた陸軍とを相手に、全力をあげて戦っている。その決戦の結果に、ヨーロッパの命運がかかっているのだ。あの赤い上着の軍団が、ウェリントンの指揮を得たからには、必ず勝利を博すだろうと、ホーンブロワーは確信している。たとえウェリントンがレディ・バーバラの兄でなくても、この確信に変わりはなかろう。

そこで彼は肩をすくめた。いくらウェリントンでも、こちらが裁判と処刑をまぬがれるほど速やかにフランス帝国を壊滅させるわけにはいくまいからだ。それに、許されている一日分の運動時間も過ぎたからだ。変わりばえせぬ日課の次の項目は、砲郭の下にいる傷病兵を見舞い、それから倉庫にいる捕虜を訪ねることだ——司令官の好意で、それぞれに十分間ずつ許されている。そのあとふたたび自室に閉じ込められ、ロサスの駐屯軍の蔵書、全部で六冊の本を、うんざりしながら読み返してみるか、片道三歩しかない室内を往ったり来たりするか、それとも、寝台にちぢこまって寝ころび、マリアと、正月に生まれる予定の子供のことを案じたり、レディ・バーバラのことをあれこれ思い浮かべてもだえたりするのだ。

2

その夜、ホーンブロワーは、はっとして目を覚まし、はて、何に目を覚まされたのかと考えたが、すぐにわかった。その音が繰り返されたからだ。それは頭上の塁壁で大砲が発射された鈍い重い音だった。彼は胸をときめかせて寝台から跳びおりた。足が床につくかつかないうちに、早くも要塞全体がごった返していた。頭上で、大砲が次々に発射される。どこか別の所でも——要塞の外でも、何百門という大砲のつるべ撃ちだ。その閃光が夜空を染めるたびに、彼の部屋の格子窓から、かすかな火明かりがちらつく。ドアのすぐ外で太鼓の連打がつづき、軍隊ラッパが高く鳴り響いて、駐屯軍に戦闘準備の非常呼集がかけられている——中央広場は軍靴の鋲が石畳を踏み鳴らす音でいっぱいだ。

いま聞こえるあの地軸をゆるがす砲声は——いわずと知れたことだ。艦隊が夜陰に乗じて湾内にひそかに突入してきたにちがいなく、今いんいんと聞こえるのは、錨泊中のフランス艦隊に打撃をあたえる片舷斉射の砲声だ。ここから半マイルたらずのところで大海戦がおこなわれているというのに、それを垣間見ることもできない。まったくいまいましい限りだ。彼は蠟燭をつけようとしたが、指が震えて、火打ち石と打ち金がどうにも扱えない。彼はほくち箱を床に投げつけると、暗がりの手探りで、上衣、ズボン、靴をやっと身につけ、両の拳でドアをめちゃくちゃに叩いた。外の歩哨はイタリア人とわかっているし、こちらはイタリア語がまるで駄目——スペイン語なら流暢にしゃべれるし、フランス語も下手ながら使えるのだが。

「将校を呼べ！　将校はいないか！」と、彼が叫ぶと、衛兵軍曹を呼ぶ歩哨の声につづいて、軍曹の歩調正しい足音が近づいてきた。駐屯軍が戦闘準備につく騒ぎはすでにおさまっていた。

「何か用ですか？」と、軍曹の声がした——そんな意味ではないかとホーンブロワーが勝手に考えたまでで、本当は何と言われたのか、わからなかった。

「将校はいないか！　将校は！」と、ホーンブロワーは怒鳴り、がっしりしたドアを叩きつづけた。外ではいぜんとして猛烈な砲声が鳴りどよもしている。ホーンブロワーはドアを叩きつづけ、錠前に鍵の差しこまれる音がしても手を休めなかった。ドアがさっと開かれ、たいまつの火明かりをまともに浴びて、彼は目をしばたたいた。きちんとした白い軍服の若い将校が、軍曹と歩哨を左右に従えて立っていた。

「ケ・ス・ク、ムッシュウ、デジル（何か用ですか）？」と、将校がたずねた——ひどいフランス語だが、とにかく通じるようだ。ホーンブロワーは不慣れなフランス語でたどたどしく自分の思うところを言い表わした。

「見たいのだ！」と、彼はつかえながら言った。「戦闘が見たい！　城壁の上に行かせてくれ」

若い将校は、不本意そうにかぶりを振った。もうすぐパリに送られて銃殺になる——という噂の——この英国人艦長に対して、彼も、駐屯軍の他の将校と同様に、暖かい気持を抱いていた。

「禁じられているので」

「逃げはしない」と、ホーンブロワーは言った。がむしゃらな気のたかぶりに、かえって舌がなめらかになってきた。「名誉にかけて——誓う！　ついて来てもいい、見せてくれ！　見たいのだ！」

将校はためらった。

「自分はこの持ち場を離れるわけにはいかないので」

「では、一人で行かせてくれ。城壁から動かないと誓う。逃げたりはしない」

「名誉にかけて？」と、将校が念を押した。

「名誉にかけて。ありがとう」

将校が道をあけたので、ホーンブロワーは部屋を飛び出し、短い廊下を走って中庭に出ると、海に面した稜堡に通じる斜路《ランプ》を駆けあがった。稜堡に着いたとたんに、そこの四十二ポンド砲が耳を聾《ろう》する砲声とともに火を噴き、その長い舌のようなオレンジ色の炎に目がくらみそうだった。暗闇の中で、鼻をつく硝煙がホーンブロワーを包みこんだ。どの班も大砲にかかりきりで、誰も彼に気づかない。彼は急な階段を駆けおりて外壁へ走った。ここなら砲列から離れているので、目をくらまされずに見られる。

ロサス湾は砲撃の閃光で一面にきらめいていた。すると、一定の間をおいて五回連続、片舷斉射のまっ赤な火明かりが夜を染め、そのたびに、錨泊中のフランス艦隊の前方を、厳然と戦列を組んで通過する堂々たる艦影が照らし出された。あそこにプルートゥ号がいる。三層甲板、斜桁《ガフ》の尖端《ピーク》にはためく国旗、ミズンマストの提督旗、そして張り上がったトプスルや巻きおさめられた帆が見える。あの艦尾甲板《コーターデッキ》では、レイトンが歩き回っているのだろう――バーバラのことを思っているかもしれない。後続艦はカリギュラ号だ。ボールトン艦長は轟然たる片舷斉射の砲声を楽しみながら、浮き浮きと足音高く甲板を歩いているだろう。カリギュラ号は、すばやく巧みに発砲している――ボールトンは教育こそないが立派な艦長だ。カリギュラ号の艦尾に金文字で書いてある‘Oderint dum metuant’（ラテン語で「恐れているかぎりは憎ませておけ」の意）という文句――カエサル・カリギュラ（ローマ皇で、ネロと並び称される暴君）の格言――も、ホーンブロワーが翻訳して説明するまで、ボールトンにはちんぷんかんぷんだった。今この瞬間にもあの文字は、フランス側の砲弾で損なわれ、読めなくなっているかもしれない。

それにしても、フランス艦隊の応射はお粗末で、てんでばらばらだった。錨泊地のあたりで、片舷斉射の砲火がぱっと闇を染めることはなく、いい加減に大砲が撃たれるたびに、閃光がばらばらに断続するだけだった。もしこのような夜間戦闘で、しかも不意打ちをくらったとしたら、たとえ英国艦の砲手たちでも各個射撃を任せてはおけないだろう、とホーンブロワーは思った。フランス側の大砲で、使い方も狙いもまともなのは十門のうち一門も怪しいものだ。彼のそば近くからうなりを発して飛んでいく、この要塞の重砲弾も、フランス艦隊を援護するどころか、損害すら与えているにちがいない。土台のがっちりした砲座から大口径の大砲で射撃しても、半マイル離れた暗闇となると、敵も味方もいっしょに撃ちかねない。こうなるとマーティン提督が、湾内の航行上のあらゆる危険を冒して、月明かりもないこんな時間にレイトンの率いる艦隊を突入させた作戦は、まんまと図に当たったことになる。

ホーンブロワーは英国艦上の様子が細々《こまごま》と想像できるので、感動と興奮に息も詰まる思いだった——測鉛手《レッズマン》は訓練充分の冷静な態度で水深を測っては、うたうような口調で報告する。耳を聾する片舷斉射の砲声とともに艦が揺れる。戦闘用のカンテラの明かりが、下層甲板《ローワーデッキ》に立ちこめる硝煙の中に、ぼーっと見える。各砲が押し出されるたびに、砲の台車がギーギー、ゴロゴロと音をたてる。各砲列を担当する士官たちは落ち着いて次々に命令を下し、艦長は平静な声で、操舵手たちへ号令する。ホーンブロワーは、暗闇の胸壁からいっぱいに身を乗り出して、眼下の湾をためつすがめつした。

ぷーんと、木のくすぶる臭いがした。これは砲台からただよってくる硝煙の、つんと鼻にくる臭いとはちがう。砲弾を焼くために炉に点火したのだ。しかしこんな情況で、まっ赤に焼いた砲弾を発射させるような指揮官だとしたら愚かな奴だ。燃えやすいという点では、フランス艦も英国艦も同じだし、このような近接戦では、どちらに当たるかわかったものではない。そう思うと、石造りの胸壁においた拳に力がこもり、彼はさっきから注意を引かれていたものへ、二度三度と痛む目を凝らした。それは、はるかな闇の奥に、ぽつりと見える、ごく小さなあるかなしかの赤っぽい明かりだ。突入艦隊は一団の焼打ち船《ファイヤー・シップ》をあとに従えていたのだ。あのように錨泊中の艦船は、焼打ち船の格好の餌食だから、マーティン提督は、敵の警備艇を一掃し、フランス艦隊の砲火を制圧し、敵の注意を引きつけておくために、まず戦列艦数隻を突入させるという、巧みな奇襲計画を練ったのだ。と、そのとき、その小さな火明かりが、ぱっと大きくなったと思うと、みるみるうちに明るくなり、さらに明るさを増して、小型ブリッグの船体やマストや装帆を映し出した。その焼打ち船に残っている数名の勇敢な男たちが、砲門やハッチの蓋をはね開けて風通しをよくしたとみえ、火勢はますます盛んになった。高く舞いあがる火炎の舌は、塁壁の上のホーンブロワーにも見え、また焼打ち船が接舷したチュラン号の艦影をも映し出した——先の海戦からただ一隻、マストを一本も損なわずに帰還した戦列艦だ。あの焼打ち船を指揮する若い士官は誰か知らないが、こうして最大の戦果が見込める的を選ぶというのは、よほど冷静な頭脳と、果断な意志力の持ち主だ。

炎の舌がチュラン号の索具《リギン》をつたって燃えあがり、やがて花火大会の仕掛け花火よろしく、艦全体の輪郭が赤々と描き出された。次々に火柱が噴き立つのは、甲板の薬包に引火しているのだ。と見ているうちに、こんどは錨索《ケーブル》が焼け落ちたとみえ、仕掛け花火がぐるっと回り、穏やかな風をうけて流れはじめた。マストが倒れて、どっと火の粉が噴きあがり、周囲の黒い海面に映るさまは異様だった。たちまち他のフランス艦の砲火が衰えはじめたのは、ただよい寄ってくる焼打ち船の脅威に対処するために、砲手たちが呼び集められて各砲から離れるからだし、炎に照らし出された艦影が、いずれものろのろと動いているのは、焼死の恐怖にかられた士官たちの手で、錨索《ケーブル》が断ち切られている証拠だ。

と、そのとき、ホーンブロワーは不意に、もっと岸寄りのところに注意をそらされた。あそこは、総員退艦したサザランド号の残骸が擱坐《かくざ》している浜だ。そこでも、時ならぬ赤い火明かりが夜空を染めて燃え広がっていくのが見えた。攻撃艦隊の命知らずの一隊が、いかにみすぼらしい戦利品でもフランス海軍の手中に残すまいと、サザランド号に乗り込んで、そこにも火を放ったのだ。湾のはるか沖で、赤い火が三点、ゆっくりと宙天へ昇ってゆく。ホーンブロワーは、英国艦にも火がついたかと、にわかに落ち着かない気分で息をのんだが、次の瞬間、それはただの信号だと気づいた――それは垂直にあがる三個の赤色灯で、打ち上げられると、発砲がぴたりとやんだところをみると、どうやら予定の召喚信号らしい。幾隻もの残骸の燃える火明かりが、いまや湾のこちら側を隅々まで赤々と照らし出し、その火明かりを浴びて、マストや錨を失って岸辺にただよってくる三隻のフランス艦の姿が見られた。ついで、目もくらむばかりの閃光と、すさまじい爆発音が起こった。チュラン号の火薬庫に引火したのだ。二十トンの火薬が爆発したあとしばらくの間ホーンブロワーは何も見えず、何も考えることができなかった。その爆風で、こんな遠くに立っているホーンブロワーまでも、怒った子守につかまった子供のように、揺さぶりつけられたからだ。

ふと気がつくと、湾に明けそめの光が忍びこみ、ロサス要塞の四角ばった硬い輪郭を浮きあがらせ、サザランド号の炎を色あせさせていた。湾内のはるか彼方を見ると、すでに要塞の射程を脱した英国の戦列艦五隻が、整然と縦陣を組んで外海へ向かってゆくところだった。プルートウ号の姿がどこか変だ。もういちど見直すと、メン・トップマストがないせいだと初めてわかった――フランス艦の砲弾が、少なくとも一発は命中して損傷をうけた否《いな》めぬ証拠だ。英国海軍の長い戦史の中でも最もめざましい成果をあげた海戦の一つだというのに、他の艦はかすり傷ひとつうけた様子もなかった。ホーンブロワーは戦闘のあとを詳しく見ようと、消えてゆく味方から目を引き離した。チュラン号と焼打ち船は影も形もなかった。サザランド号は、わずかに黒焦げの船材を数本、海面から突き出し、その上にひとすじ煙がたなびいているだけだ。戦列艦が二隻、要塞の西方に坐礁しているが、フランス人の運用術では、ふたたび航海できるようにはなるまい。あとは三層甲板の軍艦一隻だけ、それも大破してマスト一本なく、波打ち際ぎりぎりのところで効いた錨にくいとめられ、錨索《ケーブル》の先で振れまわっている。それもこんど東寄りの強風が吹けば、岸に吹きつけられて、二度と使いものになるまい。これで英国の地中海艦隊は、今後ふたたびロサス湾封鎖に勢力を浪費しないですむだろう。

ちょうどそこへ、折よく要塞司令官ビダル将軍が通りかかった。参謀を従えて巡視の途中だったが、おかげでホーンブロワーは、水平線の彼方に消えてゆく英国艦隊を見て、絶望のどん底に陥るところを、あやうく救われた。

「こんな所で、何をしておられるか」と、将軍は彼の姿を見とがめて足を止めた。そのいかめしい表情の奥に、いつもながらの暖かい、あわれみの色が読みとれた。それは、ホーンブロワーを待ちうけているものが銃殺隊ではないかと、ここの将兵たちがうすうす察しはじめたころから、どの顔にもうかがえる表情だった。

「衛兵隊の将校が、ここに上がることを、許可してくれたのです」と、ホーンブロワーはたどたどしいフランス語で弁解した。「わたしは、名誉にかけて逃亡を図らないと、捕虜宣誓をしました。なんなら今ここで取りさげますが」

「いずれにせよ、彼に宣誓を承認する権限はない」と、将軍の口調はにべもなかったが、その口裏には、やはり例の不吉な優しさが消えていなかった。「戦闘の模様を見ておきたかった、というわけですな」

「そうです、将軍」

「なかなかあっぱれだった、あなたの僚艦の働きぶりは」と、将軍は悲しげに首を振り、「しかし、これで、貴官に対するパリ当局の心証が、多少でもよくなる、ということは、遺憾ながら、ないでしょうな、艦長」

ホーンブロワーは肩をすくめた。数日間、フランス人の間で過ごすうちに、もうそんな仕草がうつっていた。ここで彼は気づいた——といっても、自分一個の利害には無関心で、今でさえそんなことは他人事のように感じている彼だが——パリから自分の身に危険が迫っていることを、要塞司令官が口裏にはっきり響かせたのは、これが初めてだ。

「わたしは何もしていませんから、別に怖いものはありません」と、彼は言った。

「いや、いや、そんなことではない、もちろん」と、要塞司令官は、あわてた顔つきで口早に言ったが、それはまるで、これから与える薬が飲みにくいことを、子供に悟られまいとしている親のような口ぶりだった。

司令官は話題の変えようがないものかと、あたりを見回したが、ちょうど折よく、うまいきっかけがあった。足下の要塞のずっと下の方から、鈍くこもった歓声が聞こえてきたのだ——英語の歓声で、イタリア語の金切り声ではない。

「あれは、貴官の部下ですな、艦長」と、将軍は笑顔をとりもどし、「きっと、新入りの捕虜が、昨夜のことを話して聞かせたのだろう」

「新入りの捕虜？」と、ホーンブロワーは聞き返した。

「さよう。提督の乗艦——プルートウ号、でしたかな？——それから落ちて、しかたなく岸に泳ぎついたという男がおるのだが。そうそう、艦長、貴官には興味があることではないかと思っておったところだ。うん、あの男と話をしに行かれるがいい。では、デュポン、任せるから、艦長を獄舎まで案内してくれ」

ホーンブロワーは、一刻も早くその新入りに面会して話を聞きたい気持ちにせかされて、将軍に礼を言う間ももどかしく、その場を離れた。捕虜となって二週間、早くも彼は外界のニュースに飢えはじめていた。斜路を一気に駆けおりる彼の脇に、副官のデュポンがハーハー息を切らしてつづき、石畳の中央広場を走り抜け、副官の合図で歩哨が開けたドアをくぐると、暗い階段を降り切ったところに、点々と鋲を打ちこんだ扉があり、歩哨が二人、見張りに立っていた。ガチャリと、大きく鍵の音がして扉が開かれ、彼は監房の中へ歩を運んだ。

広いが天井の低い部屋で——実は使用してない倉庫なので——採光と換気は、城壁の下の空濠へ開いた鉄格子の小窓で、なんとか間に合わせているだけだから、ぎっしり押しこめられた人間の、異様な体臭がぷんぷん臭い、そのうえ今は、サザランド号の生き残りの乗組員たちが、人垣に隠れて見えない何者かに、質問を浴びせるガヤガヤ声で騒然としていた。ホーンブロワーが中に通ると、人垣が割れ、そこから新入りの捕虜が進み出た。上半身は裸で、わずかにズックのズボンをはき、長い弁髪を背に垂らしている。

「お前は誰か？」と、ホーンブロワーは問いただした。

「フィリップスといいます。プルートウ号の大檣檣楼手《メン・トップマン》です」

その正直そうな青い目は、ホーンブロワーの視線をまともにうけて、少しもひるむ色を見せなかった。この男は脱走兵でもスパイでもあるまい、とホーンブロワーは思った──どちらかではないかと予想してきたのだが。

「どうやって、ここへ来た？」

「わしら、帆を張ってたんです。間切って湾から出ようってわけで。あのサザランド号が燃えだすのが見えたちょうどそん時、エリオット艦長がわしらに言われた、「よし、今だ。トプスルとトゲルンを張れ」とね。そいでわしらマストに登ったです。で、わしが大檣《メン》トゲルンの耳索《イアリング》をつかんだとき、マストのやつが倒れたもんで、わしゃ海におっぽり出されちまったんでさ。いっしょに、わしの相棒たちもたんと落ちよりましたが、ちょうどそん時、フランス艦の燃えとるやつが爆発したんで、みんなそれで殺《や》られちまったらしく、気がついたら、わし一人っきりで、プルートウ号はもう行っちまってたから、わしは陸《おか》の方へ泳ぎました。陸にはフランス野郎がたんとおりましたが、そいつらきっと燃えとるフランス艦から逃げて泳いできた奴らだと思うんですが、わしはそいつらに捕まって兵隊んとこへ連れていかれ、そいから兵隊たちに連れられてここへ来たってわけです。将校が一人おって、わしにいろいろ訊いてたが、あいつが骨折って英語をしゃべるのを聞いたら、誰だって笑っちまいますよ——とにかく、わしは何もしゃべってやらなかったです。わしが何もしゃべらんもんで、奴らはわしをここへ、この人たちといっしょにぶちこんだってわけです。いま、ゆんべの戦闘のことを話してやってたとこです。わしらのプルートウ号、カリギュラ号、いろいろおって、そいで……」

「うん、見たよ」と、ホーンブロワーは手短かに言った。「プルートウ号のメン・トップマストがなくなっていたが、よほど撃ちこまれたのかね？」

「とんでもない。六発とはくらわなかったし、損傷はぜんぜん……。ただ、提督が負傷なすっただけです」

「提督！　レイトン提督のことか？」がーんと一発くらったように、ホーンブロワーの立ち姿がよろけた。

「レイトン提督です」

「で——提督は深手を負ったのか」

「さあ。自分で見たわけじゃないんで。あんとき、わしはちょうどメン・デッキにおったもんで。でも縫帆手の話じゃあ、木の裂けた破片が提督にあたったようです。下に運ぶとき手をかした樽修理係から聞いたとか言ってました」

急には返す言葉もなく、ホーンブロワーは、人の良さそうな水兵の間の抜けた顔を、ただじっと見返すばかりだった。しかしそんな瞬間にも、この水兵が提督の負傷にまるで動揺していないことを見逃してはいなかった。かつて、ネルソン提督の死は、全艦隊を悲嘆に暮れさせたものだったし、ほかにも、戦死したり負傷したりすれば、配下の将兵の目に涙をさそわずにはすむまいと思う将官を、まだ五指に余るほど彼は知っている。もしそういう将官のことだったら、この水兵も、わが身の不運をかこつより先に、提督の負傷を口にしたはずだ。レイトンが部下の士官たちから慕われていないことを、ホーンブロワーは前々から知ってはいたが、これを見ると、水兵たちからも慕われていないことは明白だ。だがバーバラは彼を愛していたのだろう。とにかくレイトンと結婚したのだ。ホーンブロワーは努めて口をきき、自然に振る舞おうとした。「よろしい」とぶっきらぼうに言い、ぐるりを見回すと、艦長付き艇長《コクスン》と目が合った。

「なにか報告は？　ブラウン」

「ありません、艦長。異状なしです」

ホーンブロワーは背後の扉を叩いて監房から出してもらうと、監視の副官に付き添われて、自分の独房へもどった。そこで片道三歩の室内を、例によって往ったり来たりはできたものの、頭の中は火にかけた湯沸かしのようにたぎっていた。なまじ知ったばっかりに、かえって落ち着かなくなり業が煮えた。レイトンは負傷した――が、死ぬと決まったものではない。木の裂片による負傷は、重傷のこともあれば軽傷のこともある。だが彼は甲板から運びおろされたという。もしあらがう気力が残っていたなら、提督たる者、そのようなことを――ともかく戦闘たけなわのさなかに――黙ってさせておくわけがない。彼は、顔を断ち割られたのか、それとも腹が切り裂かれてぱっくり口があいたか――ホーンブロワーは、過去二十年間の軍務のあいだに、目《ま》のあたりに見てきた、おぞましい負傷者の記憶を、身震いといっしょに残らず頭から振り払った。しかし冷徹非情な見方をしても、レイトンが死ぬ見込みは五分だ――死傷者名簿に幾度となく署名してきたホーンブロワーは、負傷者が回復する見込みもあることに目をつむるわけにはいかなかった。

万一、レイトンが死ねば、バーバラはふたたび自由の身になる。だが、それが、自分になんの関わりがあるというのだ？　妻帯の身で――妻は身重という男に、なんの関わりがあるというのだ？　バーバラは今より少しも近づきはしない。マリアが生きているかぎり、隔たりは変わらないのだ。そうは考えながらも、バーバラが未亡人になるかと思えば、嫉妬に燃える心も和んでくるようだった。しかし、未亡人になればなったで、再婚するだろうから、レイトンとの結婚を初めて耳にしたときに味わったあの苦悩を、またしても耐え忍ばねばならないだろう。そんなことなら、いっそレイトンが生きていてくれるほうがいい――手足を切断された、あるいは男性の機能を失った、身障者としてだ。そういう一連の物思いに、発作のような目まぐるしい妄想をかきたてられ、彼は必死になってもがいたあげく、やっと正気にもどった。

そしてその後味の、寒々と白けた気分で、彼はおのれの愚かさをあざ笑った。今の自分は、バルト海からジブラルタル海峡におよぶ大帝国に君臨する男の捕虜だ。青天白日の身にもどらぬうちに、自分は年老い、いまマリアが宿しているわが子も大人になっていることだろう。と、そのとき、ふと自分はやがて死ぬかもしれないのだと思いつき、彼は愕然とした――戦犯として銃殺刑に処せられるかもしれないのだ。その可能性を忘れて平然としていられたのが不思議だ。彼は自嘲の笑みを浮かべ、胸の内でつぶやいた――それは、自分の中に臆病神がおり、銃殺の可能性が大きすぎてまともに見すえかねるものだから、死の切迫を考えないことにしているせいだ。

近ごろ念頭に置かなくなったことが、ほかにもあった。もしナポレオンが銃殺刑を中止しても、そしてもし天下晴れて自由の身にもどれるとしても、その時はその時で、軍法会議にかけられ、サザランド号喪失の責任を手きびしく追及されねばならないのだ。そして軍法会議は、死刑か、降等か、もしくは軍籍剝奪の判決を下すだろう。また一般民衆にしても、いかに不利な戦いだったにせよ、英国の戦列艦の降服を、気軽に聞きながすはずがない。だが、艦隊内の評価はどうだったのか？　サザランド号の行動はよしとされていたのだろうか、否とされていたのだろうか。できることなら、プルートウ号から来た水兵のフィリップスに尋ねてみたいところだが、尋ねられるはずがない。艦隊内で自分がどう評価されているかを水兵に尋ねるなど、よしんば事実を聞き出せる見込みがあるにせよ、艦長としてできることではない――それに事実が聞けるかどうか怪しい。いま自分をとりまくのは先行きのわからぬことばかりだ――捕虜生活のこと、フランス政府によって行なわれそうな軍事裁判のこと、祖国での軍法会議のこと、レイトンの負傷のこと。さらにマリアのことにしても先行きのことはわからない。マリアは子を宿しているが――生まれてくる子は男か女か、いったい自分はその子と対面する日があるのだろうか、マリアに援助の手をさしのべてくれる人が誰かいるだろうか、マリアは自分の監督がなくてもその子を立派に教育していかれるだろうか？

　虜囚の身のみじめさが、あらためて心に重くのしかかってきた。そして胸のむかつく思いで、彼は自由を、解放を、バーバラを、マリアを、求め焦《こ》がれるのだった。

3

あくる日もまた、ホーンブロワーは塁壁の上を歩いていた。彼の運動用に定められた扇形の区画の両端に、歩哨が一人ずつ、装塡したマスケット銃を手にして立っている。監視の将校は、腰をおろし、胸壁に背をあずけて、ホーンブロワーの心を占めるさまざまな物思いの邪魔をしないようにと気を使っていた。だが、ホーンブロワーは疲れ切って、もう、ろくに物が考えられなかった——昨日はまる一日、そして夜もほとんど寝もやらず、波立ち騒ぐ胸をかかえて、部屋の中を三歩往っては三歩もどりして歩きつづけたのだった。そして極度の疲労から何も考えられないのが、いまはむしろ救いだった。

その時、大手門のあたりで何やらざわめき、衛兵が出て、門が開くと、駿馬《しゅんめ》六頭立ての馬車が、鈴の音もにぎやかに入ってきた。彼は格好の気散じと、その場にたたずみ、捕虜ならではの興味を全身にあらわして、成り行きを見守った。三角帽をかぶり、青と赤の軍服を着た、ナポレオンの騎馬憲兵が五十人も護衛につき、御者台には、御者と従僕が数人ずつ乗っている。将校の一人が急いで馬から降り立ち、馬車のドアを開けた。

明らかに、お偉方の到着にちがいない。だが、馬車から降りてきたのは、羽飾りの帽子に麗々しい軍服の陸軍元帥ではなく、ただ同じような憲兵将校だったから、ホーンブロワーは軽い失望を味わった。その将校は、三角帽を手に、背をこごめて馬車から降りたので、遠目にも、髪が黒く、頭が丸い、まだ若々しい男と見てとれた。胸に星形のレジオン・ドヌール勲章を飾り、拍車のついた膝上まである黒い長靴をはいている。足は悪くないと一目でわかる憲兵大佐が、騎馬でなく、馬車で来るとは、いったいどういう訳だろうかと、ホーンブロワーは、考えるともなく考えた。見ていると、その男はガチャガチャと拍車の音をさせながら、中央広場を横切り、司令官のいる本部のほうへ行った。

ホーンブロワーの運動時間がそろそろ終わろうとするころ、司令官付きの若いフランス人の副官が、塁壁の彼のところへ近づいてきて、敬礼した。

「閣下からの伝言ですが、貴官のご都合がつき次第、お時間を数分さいていただければ有難いとのことです」

捕虜に向かってそんな言い方をしたところで、「直ちに出頭せよ」と呼びつけたも同然だ——ホーンブロワーは胸の内で吐き捨てるようにつぶやいたが、

「すぐにも参上します、喜んで」と、それでも茶番劇をつづけながら、しかつめらしく答えた。

司令官室へ降りてみると、さっきの憲兵大佐が一人立ったまま、司令官を相手にしゃ

べっていた。司令官の表情は暗かった。

「ご紹介しよう、艦長」と、こちらへ向いて言い、「こちらは、ジャン・バプティスト・カイヤール陸軍大佐、レジオン・ドヌール勲章士、皇帝陛下直属の副官。……大佐、こちらが、英帝国海軍のオレイショ・オーンブロワー艦長」

司令官はいかにも心配で、気が気でないという様子だった。両手を体側にぱたぱたさせ、話すにも口ごもりがちで、ホーンブロワーのHの音をきちんと発音しようとしても、うまくいかず、気の毒なほどだった。ホーンブロワーは一礼したが、大佐がぴんと立ったままなので、彼もきっと背を伸ばし、相手を注視した。たちまち、例のタイプの人間だと見てとれた――横暴な主君に仕える者によくあるタイプで、側近《そば》く親しく接しているうちに、その主人の態度でなしに、これこそ暴君にふさわしい振る舞い方だと自分勝手に思い描いた態度――いわば、専横と暴虐ぶりで悪名高かったユダヤの王、ヘロデをはるかにしのぐヘロデぶりを真似るようになるのだ。だが、それも単なる見せかけかもしれない――妻には優しい夫であり、家族には愛情深い父親なのかもしれない――が、見せかけにしても、その人間に掌握されている者に対しては、いろいろ不愉快な結果を生むもとにはなるだろう。そういう人間は、主人よりいっそう冷酷無情――だから当然いっそう有能――になりうることを、傍《はた》にも自分にも証明してみせようとするために、その犠牲者は苦しめられることになる。

カイヤールは、ホーンブロワーの姿に、じろりと冷やかな視線を走らせた。

「腰につけたあの剣は、いったいどうしたことですか」と、司令官を問い詰める口ぶりになった。

「それは、例の戦闘があった日に、提督が返されたのだ」と、司令官はあわて気味に釈明した。「提督が言うには——」

「提督が何と言われようと問題ではありません」と、カイヤールは終わりまで言わせずに、「この男ほどの罪過のある罪人に、武器の所持が許されていいはずがありません。それに、帯剣というものは、名誉ある紳士のしるしで、この男にその資格は断じてありません。その剣ははずしてもらおう」

ホーンブロワーは、ぎょっとして立ちすくんだ。自分の耳を信じかねた。カイヤールの顔は、無慈悲な笑みを浮かべた面のようで、青黄色い顔の、大きな横傷のような口髭の下に、白い歯がのぞいた。

「その剣をはずしなさい」と、カイヤールは繰り返したが、それでもホーンブロワーが身じろぎ一つしないので、「閣下のお許しがあれば、部下の憲兵を呼び入れて、その剣を取り上げさせてもいいが」

そう脅迫されて、ホーンブロワーは剣帯の尾錠《びじょう》をはずし、そのまま剣を足もとに落とした。ガタンと床を打つ音が、静けさのなかで、ひときわ響いた。十年前、斬り込み隊を率いてスペインのフリゲート艦カスティラ号を拿捕した功により、〈愛国者基金〉から授与された栄誉の剣が、いまは刀身をなかば突き出して、床にころがっている。柄《つか》のとれた中子《なかご》、金の飾りを剝ぎ取られ、見る影もないべこべこの鞘。それらは口こそきかないが、フランス帝国の下僕たちの飽くなき黄金欲を、目《ま》のあたり見てきたのだ。

「結構！」と、カイヤールが言った。「では、閣下からこの男に、出立の間近いことをご通告ください」

「カイヤール大佐の来意は」と、司令官はそれを受けて、「貴官と副官のミステール——ミステール・ブッシュを、パリへ護送……」

「ブッシュを？」ホーンブロワーはかっとなって切り返した。帯剣を没収されても、そこまで激しはしなかった。「ブッシュを？　それは無茶だ。ブッシュ副長は重傷を負っている。いま長旅に連れていけば、命取りになりかねない」

「どのみち命取りになる旅なのだ」と、カイヤールが、相変わらず冷やかな笑みを浮かべ、白い歯をきらっとのぞかせた。

司令官は両手をもみ絞った。

「そう言っては身も蓋もない、大佐。この両所は、これから裁きを受けるのだ。軍事委員会の評決はまだなのだから」

「お言葉どおりに言えばこの両所はですな、閣下、自らの供述によって有罪は動かぬところです」

それを聞いて、ホーンブロワーは思い出した。例の提督が自ら尋問にあたって報告書を作成した際に、ホーンブロワーはあの日サザランド号を指揮して、フランスの偽旗をかかげ、上陸攻撃隊にリャンサの砲台を急襲させた事実を、あえて否定しなかったのだ。その機略が合法的なことを承知の上でしたのだったが、敵国フランスの皇帝にそれを納得してもらえるなどとは当てにしていなかった。なにしろ、全ヨーロッパの世論に対英不信感を植えつける魂胆で、世評を湧かす処刑を二つも行なえば、世間の目に罪の証《あかし》は明らかと、狡猾にも見てとっている皇帝のことだ。

「大佐は」と、司令官はホーンブロワーに向かって、「馬車を仕立ててあるので、安心されるがいい。ミステール・ブッシュはまず何の不自由もなかろう。ところで貴官の当番兵には誰を連れて行かれるかな、希望があればうかがおう。さらに旅路の慰めに何かわたしにできることがあれば、何なりと喜んでかなえて差しあげるが」

当番兵に誰を選ぶか、ホーンブロワーはあれこれ思案した。数年前から仕えてきたポルウィールは、今ほかの負傷兵たちといっしょに塁壁の砲郭に入れられている。いや、いずれにしても彼を選ぶつもりはない。ポルウィールは、非常の時に役立つ男ではない――それにどうやら非常の時がありそうだ。ラチュード（ルイ王家の家臣で、王の側室の爆殺を図るなど数々の事件を企んだ）は脱走不可能なバスティーユ監獄から逃げおおせたではないか。自分にも、ヴァンサンヌから脱走するチャンスがわずかでもありはしまいか。ホーンブロワーは、艦長用乗艇の艇長《コクスン》ブラウンの、たくましい筋骨と、いそいそとした献身ぶりを思い出した。

「よろしければ、艇長《コクスン》のブラウンを連れて行きたいと思いますが」

「よろしいとも。彼を呼びにやらせよう。それから今の当番兵に、さっそく貴官の荷物をまとめさせるとしよう。で、旅に入用な物については？」

「何も要りません」ホーンブロワーはそう言いながらも、己れの自尊心を呪った。万一にも、ヴァンサンヌの空濠で銃殺隊から自分とブッシュが命拾いをするようなことにでもなれば、金《きん》が必要になる。

「いや、そうは言わせませんぞ」と、司令官は言い返した。「フランスへ行ってから、なにか求めたい物も出てこよう。それに、勇士の力になろうというせっかくの楽しみを、わたしから奪うことはできませんぞ。どうかこの財布を、快く受けてはいただけまいか。さあ、どうか、艦長」

ホーンブロワーは自尊心を押し殺し、差し出された財布を受け取った。それは持つ手にずっしりと重く、チャリンと快い音色をたてた。

「ご厚情、深く感謝いたします。また、閣下の捕虜として滞在中の、数々のご好意に対しても……」

「いや、今も申したように、わたしのほうこそ楽しませてもらった。どうか――パリに着かれてからも、武運のいやまさんことを心からお祈りする」

「もうたくさんだ」と、カイヤールが言った。「皇帝の命令は、可及的速やかに、とのことだ。例の負傷者は中央広場に出ているでしょうな」

司令官が先に立って送り出し、彼らが馬車のほうへ歩を運ぶと、憲兵たちがホーンブロワーを取り囲んだ。そこにはブッシュが担架に横たわっていたが、眩しい外光の中で、青ざめ、衰弱しきった異様な姿だった。力なく手をかざして、目をさす直射を避けようとしていた。ホーンブロワーは駆け寄って傍らにひざまずいた。

「奴らは、われわれをパリへ連れていこうとしているのだ、ブッシュ」

「なんですって、艦長とわたしを？」

「そうだ」

「かねがね、行ってみたいと思っていたんですよ」

ブッシュの脚を切断したイタリア人の外科医が、ホーンブロワーの袖を引き、何枚かの紙片を振ってみせた。ここに断端部の今後の治療法が指示してあると、ひどいイタリアなまりのフランス語で説明した。フランスで、外科医なら誰に見せてもわかるはずだ。抜糸がすめば傷口はすぐに治る。移送中に使う包帯類を一包み馬車に積みこんでおいた、とも言った。ホーンブロワーは礼を言おうとしたが、そのとき医師が馬車へ向かって、担架ごとブッシュを運び入れる指図を始めたので、言いそびれた。途方もなく長い馬車で、片側のドアから、担架は横にしたままきっちり入り、両端が二つの座席に橋渡しになった。

そこへ、ブラウンが、ホーンブロワーの背嚢を持って現われ、御者に教えられて馬車の荷物入れに収めた。それから、一人の憲兵が反対側のドアを開け、ホーンブロワーが乗るのを待ちかまえた。ホーンブロワーは頭上にそびえる塁壁を見上げた。つい三十分前には、まだあの上を、先行きの懸念にさいなまれながら歩いていたのだ。今、少なくとも一つの懸念だけは解決がついている。二週間ほどすれば、残りの懸念も解決するだろうが、それはヴァンサンヌで銃殺隊の前に立ってからのことだろう。そう考えると、急に恐怖が身内にわきあがり、今しがたふと覚えた束の間の、解放の喜びにも似た思いは、はかなく崩れ去った。銃殺されるためにパリまで連れていかれるなど、真っ平だ。抵抗したい。そう思ってからホーンブロワーは、抵抗など無駄な上に、威厳を損なうことだと悟り、今のかすかなためらいを、誰も気付かなかったらいいがと思いながら、自分を鞭打って馬車に乗りこんだ。

憲兵軍曹の身振りに促されて、ブラウンもドアの下に来て馬車に乗りこむと、非礼を詫びながら上官と同席した。カイヤール大佐が黒鹿毛の大きな馬に跨《またが》ろうとしていた。威勢のいい、落ち着きのない馬で、はみを嚙み鳴らし、さかんに斜め横足に動きまわる。カイヤールが鞍にしっかりと腰を落ち着けると、号令がかかり、馬の列は中央広場を一周し、馬車は石畳を踏んでガタガタと揺れ動きながら、城門を抜けて、路面を下ると、道路は砲塁の下を曲がりくねってつづく。騎馬憲兵たちが馬車を近々と取り囲んでいたが、ピシリと鞭が鳴ったのを合図に馬車から離れ、ガチャガチャと馬具を鳴らし、カッカッと蹄の音をたて、鞍の革をきしらせながら、それに歩調を合わせて、ゆるめの速歩で進んだ。

ホーンブロワーは、できることなら、通りすぎるロサスの村の家並みを窓からながめていたいところだった——虜囚の身の三週間ぶりで目にする風景の移り変わりは強い誘惑だったが——、まずは、怪我人の副長を看病してやらねばならない。

「具合はどうだ、ブッシュ？」と、ホーンブロワーはのぞきこんで言った。

「上々です、おかげで、艦長」

馬車の窓から日が射しこみ、並木の高い梢が、ひっきりなしに、ちらちらとブッシュの顔に影を投げかけた。発熱と出血のせいで、ブッシュの顔は、前ほどごつごつした感じも、潮焼けして刻まれたしわもなくなり、骨ばって見えるほど肉が引き締まって、見違えるほど若く見えた。顔色は青白く、ホーンブロワーの目になじみのマホガニー色ではなかった。いまいましい道路で馬車が揺れるたびに、ブッシュの顔を苦痛の色の走るのが見えるように思えた。

「何か、してほしいことはないか？」無力感を声に響かせまいと努めながら彼は尋ねた。

「別に、何も。すみません、艦長」ブッシュは小さく答えた。

「なるべく眠るようにしろ」

毛布から出ているブッシュの手がピクリと動き、まさぐるように、ホーンブロワーの方へ伸びてきた。それを取ると、やんわり力のこもるのが感じられた。ほんの数秒間、ブッシュの手は、女の手を愛撫するように、ホーンブロワーの手を弱々しく撫でた。目を閉じ、ひきゆがんだ顔に、ちらっとほほえみが浮かんでいた。幾歳月、軍務をともにしてきながら、それは初めて相手に示した愛情のしるしだった。やがて枕の上で顔をそらすと、ブッシュはそのままじっと静かになったので、ホーンブロワーは、眠りを妨げまいと、身じろぎひとつせずに坐っていた。

馬車のスピードが人の歩く速さに落ちていた——クレウス岬につづく半島の、付け根を横切る長い登り道を骨折って進んでいるところにちがいない。そんな速さでも、馬車は相変わらずがたつき、揺れた。路面の整備がまるでなされていないのだ。護衛兵の馬の蹄が鋭く鳴り響くのは、岩床を踏んで進んでいるからで、その音が不規則なのは、むろん、穴だらけの道を用心して歩いているせいだと、察しがつく。左右の窓の額ぶちには、馬車の揺れにつれて、青色の軍服に三角帽の憲兵たちの、上下左右に動き回る姿が見えた。五十名もの憲兵が警護についているのは、ホーンブロワーとブッシュが政治的な重要人物だからではなく、ただ、フランスまでわずか二十マイルというこの地域でも、小人数の旅路は無用心なためとみえる——人里離れた山々の頂には、いたるところ小部隊のスペイン・ゲリラが出没するのだ。

しかし、まだ望みを断たれたわけではなく、クラロス大佐かロヴィラ将軍が、カタロニア地方の反乱軍一千を率いて、ピレネー山中の山塞から突如、ゆくてになだれこんで来ないとも限らない。そうなれば、今にも自由の身になれるのでは——そう思うと、期待の波がホーンブロワーの身内にふくれあがってくるのだった。胸の鼓動が速くなり、彼は膝を組んではほどいて落ち着かなかったが——ブッシュの眠りを妨げまいとの細心の気づかいは忘れていなかった。まやかしの裁判を受けにパリに連行されるなど真っ平だ。死にたくない。じりじりと、焦燥に身を焦がしかけたところで、ようやくよみがえった分別に救われ、彼は無理にも心を鈍らせて無頓着をよそおった。

ブラウンは向かい側の席で、腕を組みしゃっちょこばっていた。その恰好に憐れを催して、ホーンブロワーは苦笑を漏らしそうになった。文字通りブラウンはコチコチになっていた。彼にしてみれば、こんな狭い場所で二人の上官と顔つき合わせる羽目になったことなど、おそらく生まれて初めてだろう。艦長と副長という二人のお偉方の面前に、こうして侍《はべ》っているのは、たしかに気づまりにちがいない。気づまりといえば、およそ千に一つも、ブラウンが馬車に足を踏み入れたことはなかろうし、革張りの椅子にもたれ、絨毯に足を置いたことなどなかろう。しかも艦長付き艇長《コクスン》として、訓練や実戦で部下の指揮をとるのが本職の彼に、召使いの役はまるで縁のないことだ。そんなブラウンが、イギリスの船乗りの定評ある適応力を発揮して、従僕とはこうもあろうかと思う物腰をまね、いかにもしかつめらしく掛けている恰好が、はた目にはなにかこっけいだった。

馬車はもういちど大きく傾くと、出足をつけ、馬の列は並足から、にわかに速足《だく》を踏みはじめた。長い坂道を登りつめたものとみえる。これからは長い下りになり、それを下るとまたあのリャンサに近い海岸に出る。そこは彼が偽りの三色旗を隠れミノにして砲台を奇襲したところだ。あれは誇るに足る快挙だった——いや、誇らしい気持ちは今も変わりはない。それがまさか、パリへ、そして銃殺隊の前へつづく道になろうとは片時も夢想だにしなかった。ブッシュのわきの窓ごしに、ふっくらした褐色の山肌をみせて、ピレネー山脈がそびえていた。どこかのカーブで、ぞっとするほど馬車が回った拍子に、はるか眼下で、午後の陽にきらめく海が反対側の窓をかすめた。よく見ようと、彼は首を伸ばした。数限りなく彼に悪意の罠を仕掛けつづけた海、そして彼の愛する海を——。その海もこれが見納めかと、何やら胸のふさがる思いだった。今夜のうちに国境を越すだろう。明日はフランスへ走りこむ。そして十日か半月もすると、ヴァンサンヌの墓穴でこの身は腐ってゆくのだ。いかに迷い多く定めなき浮き世でも、人生は捨てがたく、失うのは辛いものだ、気まぐれで裏切りに満ちた海を、妻子を、レディ・バーバラを――

つぎつぎに流れすぎるのは白い田舎家で、海に面した窓から見上げる、緑濃い崖の上には、リャンサの砲台がすわっていた。青・白の軍服の歩哨がひとり見えた。身をかがめて見上げると、揭揚塔にかかげられたフランス国旗が目に入った――今ここに横たわるブッシュがあれを引き降ろしたのは、わずか数週間前のことだった。ぴしりと御者の鞭が鳴り、馬は歩調を速めた。国境までまだ八マイルほどあり、カイヤールは日没前に越境しようとさぞあせっていることだろう。この辺の山は松が繁り、山腹と海岸線とにはさまれた隘路《あいろ》がくねくねとつづいている。どうしてクラロスかロヴィラが救出に来ないのか？　曲がりくねりの先々に待ち伏せに格好の場所がある。まもなくフランス。そうなってはもう手遅れだ。またも彼はあがく思いで、しかし成り行きに任せるしかなかった。もうすぐ国境を越えてフランスへ入ってしまう、そう思うと、彼の運命は、いよいよ動かしがたく、差し迫ったものに思えてくるのだった。

山の夕暮れは早かった――もう国境まで遠くないはずだ。ホーンブロワーは国境の町の名を思い出したくて、扱い慣れた海図を瞼に浮かべようとあせったが、そこまで思うように頭が働かなかった。馬車が徐々に停まった。窓外に足音がして、「皇帝の勅使《ムッシュウ》」と告げるカイヤールのキンキン声が響いたと思うと、耳慣れない声が、「どうぞお通《パセ・パセ》りください」と応じた。馬車はつんのめり、ふたたび加速した。とうとうフランスへ入ったのだ。今、馬の蹄は舗石を踏んで音高く響いていた。家並みがあり、一つ二つ明かりが見えた。どの家の表にも色とりどりの軍服姿がつづき、その間をぬって、帽子をかぶり、着飾った女が数人、そぞろ歩いていた。笑いさざめき、ふざけあう声が聞こえた。と、ふいに馬車は右回りし、ある旅宿の中庭に乗りつけた。薄れてゆく夕映えの中に、明かりが数をましていた。馬車の扉が開き、彼のために踏み段が引き下ろされた。

4

ホーンブロワーは、旅宿の主人の案内で憲兵隊の軍曹に連れてこられた部屋を見回した。ありがたい。暖炉には火が燃えている。長いこと馬車の中でじっとしてきたので、体はこわばり、冷えきっていた。一方の壁に寄せて車付きベッドがあり、食卓にはもう白いテーブル掛けがかかっている。憲兵が戸口に姿を現わし、ゆっくりと重そうに足を運ぶ——担架の先棒を持って運んで来たのだ。どこに下したものかと見回して、いきなり向きを変えたので、担架が壁のわき柱をガリガリとこすった。

「担架に気をつけろ！」鋭く言ってから、ホーンブロワーはフランス語でなければ駄目だと思いつき、「気をつけろ！《アタンシオン》　そこに担架をおろせ、《メテ・ル・ブランカール・ラ》そっと！《ドゥスマン》」

ブラウンがひざまずいて、担架をのぞきこんだ。

「ここは何というところだ？」と、ホーンブロワーは宿の主人に尋ねた。

「スルベール（厳しい見張り人の意もある）。うちは、オテル・イエナでさ、だんなさん」と、主人は革のエプロンを指でいじりながら答えた。

「この方は、人と口をきくことをいっさい禁じられている」と、軍曹がさえぎった。

「給仕はうけるが、宿の召使いたちに話しかけることは許されない。用があったら、ドアの外の歩哨に言うことになっている。窓の外にも一人つく」

手振りにさそわれて目をやると、ガラス越しに憲兵の三角帽とマスケット銃の銃身が黒く見えた。

「これは、ご丁寧に」と、ホーンブロワーは言った。

「そのように命令されているので。三十分で夕食になります」

「医者のほうにも、すぐブッシュ副長の傷を診るように、カイヤール大佐から命令してもらえればありがたいのだが」

「聞いてみましょう、艦長」軍曹はそう言うと、宿の主人を伴って部屋から出ていった。

ホーンブロワーはブッシュをのぞきこんでみた。気のせいか、午前中より心持ち良くなっているようだった。頬にはかすかに赤味がさし、動きにも前より元気があった。

「何かして欲しいことはないか、ブッシュ？」と、ホーンブロワーは尋ねた。

「はあ――」

ブッシュは付き添いの看護人にしてもらわなければいけないことをいろいろあげた。

ホーンブロワーはちょっと困惑の体でブラウンを見上げた。

「どうやら二人がかりになりそうですよ、艦長、わたしは重いもんで――」と、ブッシュは申し訳なさそうに言った。いかにも済まなそうな口調に、ホーンブロワーは思わず腰を上げた。

「いいとも」彼はできるだけ声を明るくして言った。「さあ、ブラウン。そっち側から持ち上げるんだ」

ブッシュの口から、半ば押し殺したうめきが一声漏れただけで、用はすみ、そのあとブラウンが英国の船乗りのよろず屋ぶりを発揮した。

「体を洗いましょうか？　それに今日は、髭を剃っておられませんね、副長？」

大きな図体の船乗りが、副長の体を洗い、髭を剃る手ぎわのよい動作に、ホーンブロワーは出る幕がなく、ただただ感心して見とれていた。タオルを何枚かうまく広げて、一滴の水も寝具にこぼさなかった。

「ありがとう、ブラウン、ありがとう」と、ブッシュは枕に頭を沈めた。

ドアが開き、皮のカバンを手に、軍服まがいの服を着た、あご鬚の小男をとおした。

「グッド・イーブニング・ジェントルメン」と彼は、子音を全部ひびかせて言ったが、そういう発音の仕方は、ホーンブロワーもいずれ気づくことになるが、南部フランス独得のものだ。「医者です。さて、負傷した士官というのはこちらですな？　それでこれがロサスの同業者の臨床報告ですな？　けっこうだ。うん、まったく。さて、気分はいかがですかな？」

ホーンブロワーは、つっかえつっかえ、医師の質問をブッシュに、ブッシュの答えを医師に通訳してやらなければならなかった。ブッシュは舌を見せたり、おとなしく脈をとらせたり、シャツの下に手を差し入れさせて熱を計らせたりした。

「では」と、医師は言った。「こんどは脚を見せてもらいますかな。ここで、蠟燭を持っていていただけますか、艦長？」

医師が担架の足元の方から毛布をめくり、患部を保護している小さいかごが現われると、それを床に置き、包帯をほどきはじめた。

「彼に話していただけませんか、艦長」と、ブッシュが頼んだ。「なくなった足がかゆくてたまらんのですが、掻きようがないんです」

この通訳には、ホーンブロワーの知っている限りのフランス語を総まくりする必要があったが、医師はさもあろうというふうにうなずいていた。

「別に異常なことではないのです」と、彼は言った。「それに、時間がたてば、かゆみは自然におさまります。ほお、ここが断端部ですな。きれいな切り口だ。みごとだ」

やっとの思いで目を向けたホーンブロワーは、羊の、ひざ肉のむし焼きの先を何となく思い出した。傷口はもう治りかけていて、周りからでこぼこになった肉のひだがつつみこんではいるが、傷痕からは、まだ黒い糸の端が二本垂れていた。

「海尉《ムツシユウ・ル・ルテナン》どのは、こんど歩けるようになったら、切り口にたっぷり肉がついてよかっ

た と思いますよ」と、医師が説明した。「骨の端が擦れることもないし——」

「違いない」そう答えながらもホーンブロワーは吐き気と戦っていた。

「実にきれいな仕事だ。このままうまく傷が癒着して、壊疽《えそ》が始まらなければの話だが——。今の段階では、医者も自分の鼻に頼るほか、診断のしようがないのです」

そう言ううちにも医師は、包帯と、肉の生々しい切り口を嗅いだ。

「ほら、ムッシュウ、嗅いでごらんなさい」そう言って彼は、ホーンブロワーの鼻先に包帯を近づけた。腐った臭いのかすかにただようのがわかる。

「きれい、でしょ?」医師が言った。「傷の治りも結構だが、この分だと、まもなく結《けっ》紮《さつ》糸が離れますな」

ホーンブロワーは初めて知った——傷跡から垂れている二本の糸は、二本の動脈の端に結び付けられているのだ。内部の腐敗が完了すれば、糸を抜きとることができ、あとは傷の癒着を待つことになる。要は、動脈の腐るのが先か、壊疽の起こるのが先かの勝負だ。

「糸が離れているかどうか診てみましょう。お友だちに、少し痛くするからと注意してあげてください」

ホーンブロワーは、医師の言葉を伝えようとブッシュのほうへ目を向けて、はっとした。ブッシュの顔が不安にゆがんでいる。

「わかっています」ブッシュは言った。「何をするのか、わかってます——艦長」

ブッシュは、取ってつけたように「艦長」と言いそえた。どれほど気をとられているかがわかるというものだ。寝具をつかむ両の拳を握りしめ、顎を引き、目を閉じた。

「いいですよ」と、歯をくいしばって言った。

医師が一方の糸をぐっと引くと、ブッシュが少し身をよじった。さらにもう一方を引く。

「あ、あっ」ブッシュは喘いだ。顔に汗が浮いている。

「ほとんど離れています」と、医師が診立てを言った。「糸の感じで、だいたいわかります。お友だちはすぐに良くなりますよ。さて、包帯を巻き直しましょう。こうして……。それから、こうして、と」彼の、器用な、ぷっくりした指が切り口に元どおり包帯を巻き直し、柳細工のかごを元の位置に据え、毛布をかぶせた。

「ご苦労でした、皆さん」医師はそう言って立ちあがり、両手をこすり合わせて、「朝、また来ます」

「お坐りになったらいかがです、艦長？」ホーンブロワーの耳に、百万マイルの彼方から聞こえてくるように、ブラウンの声がとどいた。医師はもう帰ったあとだった。室内には灰色の靄がかかっていたが、坐ると同時にだんだん晴れていき、ブッシュが枕を背に横たわり、笑いかけようとしているのが見えてきた。それにブラウンの素朴な、実直そうな顔が強い懸念の色を浮かべている。

「今ちょっと、めずらしく顔色が悪かったです、艦長。おなかがすかれたのでしょう、艦長。朝食をとられたきり、何も食べておられないのですから。きっとそうです」

そこはブラウンの気転で、気が遠くなったのを、あけすけに傷や苦痛を見てまいったことにしないで、空腹のせいにした。空腹に負けたのならば、生身の人間、恥ずかしいことではなかろうからだ。

「あれは夕食がくる音らしいな」これも艦長の弱みを見て見ぬふりをする共謀のつもりでか、ブッシュが担架の上から、しわがれ声で言った。

憲兵の軍曹が、盆を持った二人の女を従えて、音高く入ってきた。女たちは目を伏せたまま、器用に手早くテーブルを整え、一度も目を上げずに出て行った。もっともブラウンの意味ありげな咳払いをうけて、女の一人が口の端に笑みを浮かべたが、これが、軍曹の苛だたしげな身ぶりを招いた。軍曹は、室内をぐるっと鋭く一瞥してから、ドアを閉め、ガチャリと錠をおろした。

「スープだ」うまそうに湯気の立つ深皿をのぞき込んで、ホーンブロワーが言った。

「それにこいつは仔牛のシチューだな」

フランス人はもっぱらスープと仔牛のシチューを常食にしている、そうホーンブロワーは考えていたが、これを見ていっそう確信を強めた――蛙や蝸牛《かたつむり》の出てくる俗説は眉唾ものだ。

「このスープ、飲むだろう？　ブッシュ」ホーンブロワーはつづけた。打ちひしがれそうな失意と悲哀を隠そうと、彼は必死にしゃべっていた。「このワインも一杯どうだね？　ラベルが無いが――最上等としておこうじゃないか」

「例によって、奴らの下等なボルドー赤ワインだろう」うなるようにブッシュが呟いた。

およそ人間が飲めるワインはポートとシェリーとマデイラぐらいなものだが、フランス人は、飲みつけないと腹痛をおこす水っぽい赤ワインしか飲まない――十八年にわたるフランスとの戦いの間に、おおかたの英国人は、そういう観念を植えつけられていた。

「すぐにわかるさ」と、ホーンブロワーは精いっぱい陽気に言った。「まず体を起こしてやろう」

片手でブッシュの背中をかかえ、少し引きずり上げたが手に負えなくてきょろきょろするところへ、ブラウンがベッドから枕を取って助けに来た。二人でブッシュを枕の間に落ち着かせ、頭をもたげ、両腕を自由にし、顎の下にナプキンをあてがった。ホーンブロワーはスープの皿とパンを一切れ運んでやった。

「うーむ」と、味をみてブッシュが言った。「思ったよりうまい。艦長も、どうぞ、冷めないうちに」

ブラウンは艦長のために食卓へ椅子を運び、かたわらに気を付けの姿勢で立った。食卓にはもう一人前用意されていたが、艦長と同席するなど滅相もないと、彼の動作が言葉のように雄弁に語っていた。ホーンブロワーは、初めいやいや食べていたが、次第に食欲をみせてきた。

「ブラウン、スープをもう少し」と、ブッシュが言った。「それにワインも一杯もらえるか」

仔牛肉のシチューはことのほかうまく、えらく歯ごたえのある肉を食べつけている者にもうまかった。

「くそ」と、ブッシュが寝床で言った。「そのシチューを少し食べてもかまわないでしょうか？　この旅で食欲が出てきました」

それは一考を要した。熱には少食を守るべきだが、ブッシュはもう熱が高いというほどでもないし、それに多量の出血をしたあとだから、その埋め合わせが必要だ。ブッシュのいかにも欲しそうな表情を見て、ホーンブロワーは心を決めた。

「少しなら害もあるまい」と、彼は言った。「ブラウン、この皿をミスタ・ブッシュのところへ」

味も量も申し分ない食物とワイン——サザランド号での飲食物はぞっとする代物だったし、ロサスでは量がとぼしかった——のおかげで舌もゆるみ、三人は一段と陽気になった。それでも、無礼講になるまで打ちとけるのは無理だった。戦列艦の艦長の身についた畏怖威厳は艦が撃破された後でも失われていなかった。それ以上に、ホーンブロワーが指揮中、非常に厳しく身を持していたという記憶が気兼ねを生んだ。さらにブラウンからすれば、副長とても艦長に劣らず雲の上の人だった。そんな二人と同室するなど畏れ多いことで、たとえ彼らの古き従僕をよそおってみたところで助けにはならなかった。ホーンブロワーはすでにチーズも平らげており、いよいよブラウンの死ぬほど恐れていた時が来た。

「さあ、ブラウン」と、ホーンブロワーは席を立ち、「掛けて、食事をしろ、温かいうちに」

現在二十八歳のブラウンは、十一の年からずっと国王陛下の軍艦に乗って仕えてきた男で、その間一度も食卓で自分の鞘ナイフと指以外の道具を使ったことがなかった。陶器の皿で食べたこともなければ、ワイン・グラスで飲んだためしもなかった。だからまるで、上官たちがサッカー・ボールほどの大きな四つの目玉で見守っているような、悪夢にも似た気分を味わいながら、おずおずとスプーンを取り上げ、この不慣れな仕事と取り組んだ。ホーンブロワーは彼の気恥ずかしさを即座に見抜いた。ブラウンは筋骨たくましく、これまでホーンブロワーはいつもうらやましく思っていた。戦闘中のブラウンの頑強な勇猛心は太刀打ちなど望むべくもなかった。ブラウンはロープの結び方、組み継ぎ、帆の巻き上げ、縮帆、操舵、測鉛《レッド》による測深、オールさばき、すべて艦長よりはるかに腕が良かった。猛り狂う嵐の夜、真暗闇の中でも、二の足踏まずにマストの高みへ登れるというのに、ナイフとフォークを見ただけで手が震えているのだ。ホーンブロワーは、ギボンだったら、さぞ生彩ある対句法で教訓を垂れたことだろうと想像した。屈辱と気苦労は人に益せず――それは誰よりも、ホーンブロワー自身の実感だった。彼はブッシュの担架の脇へ椅子をそっと運び、食卓に背を向けるように腰をおろすと、陶器のぶつかり合う音を背に聞きながら、副長としゃにむに話しはじめた。

「なんならベッドへ移そうかね？」と、彼は最初に思いついたことを口にした。

「いいえ、けっこうです。もう二週間も担架で寝てきました。このままでけっこう楽です。それにわたしを移すのは大変でしょう、たとえ――もし――その――」

あとがつづかず、ブッシュは、一つしかないベッドを、艦長に使わせないで自分が寝ることなど絶対にできないという気持ちをうまく表現できなかった。

「われわれは何のためにパリへ行くのですか？」と、ブッシュが尋ねた。

「神だけがご存じだ」と、ホーンブロワーは言った。「だが、ナポレオンの奴が自分でいろいろ聞きたいのだという気がするな」

この避けがたい質問に備えて、彼はだいぶ前からそう返事しようと腹を決めていたのだった。ブッシュを待ち受けている運命を知ったところで、彼の回復の助けになるわけではあるまい。

「われわれの返答は、ナポレオンの奴に、だいぶ利益を与えることになりますな」ブッシュは、顔をゆがめて言った。「テュイルリ宮殿で、マリア・ルイザ妃と茶を飲むようになるかもしれませんね」

「あるいはな。それに奴は、きみから航海術を教わりたいのかもしれないぞ。奴は数学が苦手だという話だから」

思わず、笑いを誘う言葉だった。ブッシュが計数に弱く、球面三角法の簡単な問題にぶつかっても、悪戦苦闘することは有名だった。その時、音に敏感なホーンブロワーの耳は、ブラウンの椅子が床をするわずかな音を聞いていた。食事のほうはだいたい満足がいったのだろう。

「ワインは、勝手に飲んでくれ、ブラウン」ホーンブロワーは振り向かずに、声をかけた。

「アイ・アイ・サー」ブラウンの明るい声がかえった。

ワインは、一壜まるまると、もう一壜にいくらか残っていた。ブラウンの酒は、信用できるかどうかを試すよい機会だ。ホーンブロワーは、ブラウンに背を向けたまま、ブッシュ相手に話をもたせるのに苦労した。五分もすると、ブラウンが、こんどはさっきより思い切りよく椅子を引く音をたてたので、ホーンブロワーは振り向いた。

「もういいのか、ブラウン?」

「アイ・アイ・サー。結構な夕食でした」

スープの深皿も、シチューの皿も、からになっていた。パンは、耳だけ残して跡形もなく、チーズも一かけらしか残っていない。しかし、ワインは、一本が三分の二も残っている——ブラウンは、せいぜい一壜の半分で満足したことになる。それ以上飲まなかったということは、ブラウンがアルコールに関して安心できる人間である何よりの証拠だ。

「では、鈴のひもを引いてくれ」

遠くで鈴の鳴る音が聞こえたと思う間もなく、ドアに鍵の音がして、軍曹と二人の女中が入ってきた。女中たちは、軍曹が目を光らせている前で、テーブルを片付けはじめた。

「寝る時に敷くものをもらってやろう、ブラウン」

「床の上に寝られます、艦長」

「いや、それはだめだ」

これにはホーンブロワーの、はっきりした意見があった。彼は、新米士官だった頃、艦《ふね》の板張りの甲板にじかに寝たことが何度かあって、その寝心地の悪さは骨身にしみていた。

「召使いの寝床が欲しいのだが」と、ホーンブロワーは軍曹に言った。

「床に寝ればいい」

「そんなことはさせられない。敷きぶとんを探してきてもらおう」

ホーンブロワーは、フランス語が早くも身についてきたことに驚いた。元来、頭の回転が速いので、限られた語彙を十二分に使いこなすことができ、記憶力も良いので、いったん耳にした言葉はすべて頭にしまっておき、必要に応じていつでも記憶の底から取り出すことができる。

軍曹は肩をすくめて、ぷいと背を向けた。

「明日の朝、おまえの無礼をカイヤール大佐に報告するぞ」ホーンブロワーは腹を立てて言った。「今すぐ敷きぶとんを探せ」

ここで決着をつけたのは、脅しよりもむしろ長年の訓練で身にしみついた習性のほうだった。フランス憲兵隊の軍曹でも、やはり金モール、肩章、命令調にはつい服従してしまう習慣がついているのだ。それに、ハンサムな男が、床に寝かされそうな話の様子に、女中たちがいかにも憤慨した様子を見せたのも、軍曹にはこたえたのだろう。彼は戸口の歩哨に声をかけて、護衛兵たちの宿舎になっている厩から、敷きぶとんを持ってくるように命じた。運ばれてきたのは藁ぶとんだったが、それでもやはり隙間風の通るむき出しの板よりは、はるかに寝心地がいい。部屋の片隅に、藁ぶとんが広げられると、ブラウンは感謝のまなざしでホーンブロワーを見つめた。

軍曹がドアに鍵をかけて部屋を出ていくと、ホーンブロワーはブラウンの視線に気づかないふりをして言った。「寝るとするか。まず、きみの寝ごこちを良くしよう、ブッシュ」

何となく人前を意識する気持ちが働いて、ホーンブロワーは、かばんの中から刺繍をした寝間着を取り出した。マリアが手まめに丹精こめて刺繍してくれたものだ──万が一、総督邸や旗艦へ食事に招かれ、泊ることがあるかもしれない、そんな時のためにと、英国から持ってきたのだった。ホーンブロワーは、艦長に就任してからこのかた、マリアのほかには誰とも同室したことがなかったので、ブッシュとブラウンが見ている前で寝支度をするのは、珍しい出来事で、彼は、おかしいほど二人の目を意識していた。実のところ、ブッシュは血の失せた疲れきった様子で、腫れぼったい瞼の顔を枕にうずめていたし、またブラウンは、うつむいて目立たないようにズボンを脱ぎ、ホーンブロワーが使えと言ってきかなかった外套にくるまって、藁ぶとんに体を丸くして横になり、二人とも上官にはちらりとも目をやらなかったのだが。

ホーンブロワーはベッドに入った。

「いいかね？」と、声をかけてから蠟燭を吹き消した。炎は消え、燃え差しがあるかなしかの赤味を室内に残すばかりだった。また眠れない夜が始まる。この頃、ホーンブロワーは、それが予知できるようになっていた。蠟燭を吹き消し、枕に頭を落ち着けたとたんから、今夜も夜明け間近まで眠れないことはわかっていた。自分の艦なら甲板に出るか、艦尾回廊《スターン・ギャラリー》を歩くかするところだろうが、ここでは、陰気にじっと横になっているしかしようがない。時おり低くガサガサというのは、藁ぶとんの上でブラウンが寝返りをうつ音らしい。一、二度、熱に浮かされたブッシュが小さくうめいた。

今日は水曜日だ。わずか十六日前には、まだ七十四門艦の艦長で、五百人の乗組員の禍福を一手に握る絶対者だったのだ。ほんの一言が、戦争の巨大な原動力を動かしもした。それの与える打撃が、一国の王座を揺るがせるきっかけになったこともあった。彼は艦上の夜を口惜しい思いで心によみがえらせた――船材のきしむ音、索具《リギン》の奏でる音、羅針儀箱《ビナクル》のかすかな明かりの中で舵輪をとる無表情な操舵手と、艦尾甲板《コーターデッキ》を往き来する当直士官。

今の自分は、取るに足らぬ一介の人間だ、かつては乗組員五百人の生命を一手に預かり、委細にわたって統御していた者が、今はたった一人残された水兵の敷物一枚を掛けあうまでに成り下がった。憲兵隊の下士官が自分を侮辱してもとがめることができない。内心見下している相手の命令にも従って行動しなければならない。それどころではない――またしてもありありと現実が心に立ち返って、熱い血が身内を駆けめぐるのを覚えた――自分は罪人としてパリへ連行される途中なのだ。ある寒い夜明けに、ヴァンサンヌの空濠へ引っ立てられ銃殺隊の前に立たされるのも間もないことだろう。そして自分は死ぬのだ。胸に受けるマスケット銃の弾丸の衝撃をありありと実感することができる。そして永遠の忘却が訪れるまで苦痛はどれくらいつづくものなのか。恐れているのは忘却ではない、と胸で呟いた——いや、今のみじめな境遇では、むしろそれを待ち望んでいるくらいだ。恐れているのはたぶん、死の幕切れ、二度とやり直しのきかない終幕なのだろう。

いや、そんなことは二の次に過ぎない。たぶんなにかまったく未知なものへ急激に変わることが本能的に恐ろしいのだろう。少年時代にアンドーバーの宿で過ごした一夜を思い出す。あれは、初めて軍艦に乗り組み、海軍の未知の生活に入るのを翌日に控えた晩だった。あれとよく似ている——今も覚えているが、あの時も脅えた。ひどく脅えて眠れなかったものだ。いや〝脅える〟という言葉は強すぎる！　未来に立ち向かう覚悟ができているのに、動悸が急に激しくなり、ちくちくと冷や汗をかいたからといって、あながち責めるわけにもいかない。

静まりかえった部屋にブッシュのうめき声が響いて、ホーンブロワーは自分の恐怖心の詮索から気をそらされた。彼らはブッシュをも銃殺しようとしている。狙いを違えぬために、きっと柱に縛りつけるだろう——実に奇妙なことだが、無力でも、直立した的を撃てと命ずることはたやすいのに、担架の上で力尽き自由のきかない男を銃殺することには本能的な嫌悪を覚えるからだ。ブッシュを銃殺することは恐ろしい犯罪行為だ。

艦長に罪はあるにせよ、ブッシュはただ命令に従うしかなかったのだ。それでもナポレオンは刑を執行するだろう。英国を屈服させようと、ナポレオンのもとに結託したヨーロッパ主要国の反抗が徐々に強まっている。大陸封鎖がフランス帝国の首を絞めるのは、ヘラクレスがアンタエウスを絞め殺したのと同じだ。ナポレオンとやむなく同盟を結んでいる国々——つまりポルトガルとシチリアをのぞくヨーロッパ全土——は反抗的になり、離脱を考えてきている。フランス国民も、自らいただいたこの暴君に対して今はもうそれほど心酔してはいない。イギリス艦隊は卑劣な専制政治の手先である、と非を唱えるだけでは不充分なのだ。そのことならナポレオンはすでに十二年間も唱えつづけてきたのだ。英国の海軍士官が戦時法を犯した、と吹聴するだけでは、その効果もたかが知れている。しかし士官を二人まで裁判にかけた上で銃殺すれば、これは説得力がある。しかも事実を曲げた声明がパリから発せられれば、フランス国民の世論を——同様にヨーロッパ諸国の世論をも——もう一、二年は反英国色に保てるかもしれない。

それにしても、犠牲になるのがブッシュと自分だとは運が悪い。この数年間に、ナポレオンが捕虜にした英国海軍の艦長は十指に余り、そのうちの半数は、濡れ衣を着せて処刑することもできるはずだ。よりによって自分とブッシュが処刑されることになったのは、宿命というものであろうか。そう言えば、この二十年間というもの、自分の死は突然やってくるという予感が常につきまとってきた。それがいま、避けられない現実になろうとしているのだ。かなうことなら雄々しく死に立ち向かい、堂々と死にたいものだが、この自分の意気地ない肉体に自信がもてない。もしや顔面蒼白となって、歯がガチガチと鳴るのではあるまいか、いや、それどころか、心臓のほうがまいってしまい、銃殺隊がその任務を終える前に気絶する、などということになりはしまいかと心配だ。そんなことになろうものなら、これ幸いと、《世界報知》が二段抜きの辛辣な大見出しを掲げるだろう――それはレディ・バーバラやマリアにとって、結構な読み物だ。

もし一人きりでこの部屋にいたのだったら、彼は、わが身のみじめさに苦悶の声をあげ、落ち着きなく寝返りをうったことだろう。しかし実際は、暗たんたる思いで体を硬直させ、物音一つたてずに横たわっていた。もし部下たちが起きていたところで、まさか彼も起きていようとは、よもや思いつきもしまい。刻一刻と近づいてくる、自分の処刑のことから気をまぎらすために、何か他に考えることはないかと思いをめぐらすと、いろいろな問題が山と浮かんできた。レイトン提督は生きているのか死んだのか。仮に死んだとしても、レディ・バーバラ・レイトンは、愛人ホーンブロワーのことを、夫の生前以上に思ってくれるようになったのか、思わなくなったのか。マリアのお腹の子は順調に育っているのか。サザランド号喪失に対する英国民の世論はどうなのか、特に、レディ・バーバラが彼の降服をどう受けとめているのか――考えたり、思い悩んだりする問題は数限りなくあった。まるで数限りない浮き荷が、彼の心の奔流にのって、浮きつ沈みつしているようだ。すると厩の中で馬たちが足搔き騒ぎ、そして二時間ごとに窓やドアの外で歩哨が交替する音を、彼は聞いていた。

5

夜はまだ明けきらず、やっと薄明かりが部屋の中をぼんやりと照らしはじめた頃、ドアの外から鍵の音と長靴の足音を前触れに、憲兵隊の軍曹が入ってきた。

「馬車は一時間後に出発する」と、軍曹は告げた。「三十分後に医師が来る。紳士諸君、支度をしておくように」

ブッシュは見るからに熱っぽい。刺繍をした絹の寝間着のまま、ブッシュをのぞきこんだホーンブロワーは、一目でそう見てとった。しかしブッシュは、大丈夫だとかたくなに言い張った。

「ほんとに大丈夫です。ご心配なく、艦長」とは言うものの、顔はまっ赤にほてり、しかも心もとなさそうで、両手は夜具をぎゅっとつかんでいた。ホーンブロワーは、自分やブラウンが歩く時の床のわずかな震動も、癒着していない脚の傷口にはこたえるのではないかと案じた。

「さあ、して欲しいことがあったら、何でも言ってくれ」と、ホーンブロワーは言った。

「おそれいります、艦長。でも結構です。医者が来るまでこのままで、大丈夫です」

ホーンブロワーは、洗面台の水差しの冷たい水で体を洗い、髭を剃った。サザランド号を離れてからというもの、彼は一度も湯を使わせてもらったことがない。しかし彼には、艦上で毎日のように甲板洗い用ポンプからほとばしる水を頭から浴びて行水をした、あの冷たいシャワーがたまらなく懐かしかった。ふとそんな思いにひたると、体中がむずむずしてくる感じで、今のように、ほんのわずかずつ体を濡らして、洗濯用の手袋と石鹸でなんとか一時しのぎをするほかないなど、恐ろしい窮命だった。ブラウンは、自分の寝ていた片隅で控え目に身支度をし、艦長が体を洗いおえると、ねずみのようにこそこそと洗面台へ行った。

医師は革かばんをさげてやって来た。

「で、今朝の様子はどうです?」と、医師はてきぱきと尋ねた。彼が、ブッシュのまぎれもない発熱を認めたとき、その顔をよぎった懸念の影を、ホーンブロワーは見逃さなかった。

医師はひざまずいて、切断箇所の包帯を解いた。ホーンブロワーもかたわらにひざまずいた。ブッシュの脚は、指で強くつかまれると、ビクンとひきつった。医師はホーンブロワーの手をとって、傷口の上の皮膚に当てて、

「わずかに熱をもっています」と言ったが、ホーンブロワーの手には、かなり熱く感じ

られた。

「たぶん、いい徴候でしょう。じきにわかります」

彼は一方の糸の端をつまんで引っぱった。糸はくねくねと、まるで蛇のように傷口から抜けてきた。

「結構！」と、医師が言った。「すばらしい！」

彼は糸の結び目にからみついている老廃物をしげしげと見つめてから、かがみこんで抜糸後の傷口から出てきた膿《うみ》を観察した。

「すばらしい」と、医師は繰り返した。

ホーンブロワーは、かつて軍医たちから報告を受けた、負傷者のさまざまな症状と、それらを説明するのに彼らがどんな言葉遣いをしたかを、思い起こしていた。ふと〈健全な膿〉という言葉が記憶によみがえった。自力で癒着しつつある傷口からの排膿と、ばい菌に冒された手脚からじくじく滲み出る臭い分泌物とを、よく見きわめることが大事だ。ブッシュのは、医師の言葉から判断すると健全な膿にちがいない。

「さて、こちらはどうかな」医師は残っている結紮糸をぐいと引いた。が、その結果はただ、ブッシュが苦痛の叫び声をあげ――それはホーンブロワーの胸を射貫くかのようだった――そして痛みつけられた体をびくっとよじっただけだった。

「まだちょっと早いようだ」と、医師が言った。「この分なら、あとほんの数時間のことだろうが。同行の方は、今日も旅をつづけると言っておられるのかな?」

「彼はつづけるように命令を受けていますから」たどたどしいフランス語でホーンブロワーが言った。「そのような方針は無茶だとお考えなんですね?」

「じつに無茶だ。そんなことをすれば傷がひどく痛むし、せっかく回復しかかっている傷まで台無しにしかねない」

医師はブッシュの脈をとり、額に手を当てて、

「じつに無茶だ」と、同じ言葉を繰り返した。

医師の背後のドアが開いて軍曹が現われた。「馬車の用意ができている」

「この傷の包帯がすむまで待ってもらおう。出て行きなさい」と、医師が苛だたしげに言った。

「わたしから大佐に掛け合ってみよう」

そう言うなり、ホーンブロワーは遮ろうとする軍曹のかたわらを早くも走り抜け、廊下を通って中庭に出ると馬車がいた。馬にはすでに引き具が取りつけられており、一団の憲兵たちが、庭の向こうでそれぞれの乗馬に鞍をつけているところだった。まったくの偶然ながら、カイヤール大佐も中庭を渡ってくるところだった。紺と緋の軍服に、ぴかぴかの長靴、レジオン・ドヌール勲章が胸に踊っている。

「大佐《サー》」

「何だね?」カイヤールが問い返した。

「ブッシュ海尉は動かしてはいけません。彼はひどく傷が悪く、危機が近づいています」

出まかせの怪しげなフランス語が、ホーンブロワーの口をついて出た。

「命令に反することは一切できない」カイヤールのまなざしは冷たく、口元は険しかった。

「しかし、殺せとは命令されていないはずです」と、ホーンブロワーは食いさがった。

「わたしの任務は、あなたと彼をできる限り速やかにパリへ連れて行くことだ。あと五分で出発する」

「しかし……。せめて今日だけでも待てないのですか?」

「いくらあなたが海賊でも、命令にそむくことはできないことぐらい、承知しているはずだ」

「そのような命令には、人道の名において抗議します」

いかにも芝居がかった言葉だったが、今はまさに芝居がかった一瞬であり、フランス語に精通していないホーンブロワーには、いちいち言葉を選択する余裕などなかった。

ふと耳に入った同情の囁きに気を引かれて見回すと、エプロンがけの女中が二人と、太った女と、宿の主人が、みな二人のやりとりに耳をかたむけ、カイヤールの意見に承服しかねる気ぶりをあからさまに見せていた。カイヤールが恐ろしい目つきで振り向くと、彼らはとたんに台所のドアを閉めて隠れこんだ。が、ホーンブロワーにしてみれば、彼らのおかげで、いま苛酷な帝政がフランス全土にはびこらせつつあるナポレオンの不人気ぶりを、初めて垣間見せてもらったのだった。

「軍曹」と、カイヤールがだしぬけに言った。「捕虜たちを馬車に乗せろ」

抵抗できる望みはなかった。憲兵がブッシュの担架を中庭に運び出し、馬車の座席に据える間、ブラウンとホーンブロワーの二人は、そのまわりをせわしく動き回って、担架を不要な衝撃から守っていた。ホーンブロワーがロサスから持ってきたブッシュの臨床報告書の下端に、医師がそそくさと走り書きしていた。女中の一人が湯気の立つ盆を手に、カタカタと中庭をつっきってきて、開いた馬車の窓からホーンブロワーに盆を手渡した。盆の上には、パンの大皿と、なにやら黒い液体の入ったカップが三つのっていた。カップの中身は、あとになって気づいたことだが、コーヒーというより、封鎖下のフランスでやむなくコーヒーと呼ぶにいたったしろものだった。その味たるや、長い航海で艦長用食糧の補給の暇もないときに時折り口にした、例の硬くなったパン屑を焦がして煎じた汁と五十歩百歩だったが、ともかく、明け方のこんな時刻には、体が温まり、気付けになった。

「砂糖をきらしてますの」と、女中がすまなそうに言った。

「いや、結構」と、ホーンブロワーは答え、むさぼるように飲んだ。

「おかわいそうに、傷ついた将校さんまで旅をなさらなければならないなんて」と、女中はつづけて言った。「ほんとに、いやな戦争だわ」

女中は団子鼻で、口が大きく、黒い目がぎょろりとしていて——お世辞にも器量よしとは言えなかったが、それでも、その声にこもった思いやりが虜囚の身にはありがたかった。ブラウンがブッシュの両肩を支えもち、カップを口にあてがっていた。ブッシュは二口三口含むなり顔をそむけた。憲兵二名が御者台によじ登ったはずみで馬車がゆらりと傾いた。

「おーい、出発！」軍曹が声を張り上げた。

馬車ががくんと揺れ、ごろごろと動きだし、ぐるりと向きを変えると、石畳の舗道にかつかつと高く蹄鉄を鳴りひびかせて、宿の門を出ていった。そしてホーンブロワーが最後に女中の顔に見たものは、朝食用の盆が二度と返らぬと気づいて、ちらっとのぞかせた、驚きの表情だった。

馬車の揺れ具合から察すると、ひどい道だ。がくんとひと揺れしたとき、ブッシュの強く息を吸いこむ音が聞こえた。ホーンブロワーは、赤く腫れて、炎症を起こした脚の傷口を思い浮かべた。馬車ががくんと揺れるたびに、激しい痛みが走るのだ。彼は座席の上で腰をずらせて、担架に寄り、ブッシュの手をとった。

ブッシュが答えた。「気を使わないでください」ブッシュが答えた。

「大丈夫です」

そう言う間にも、また不意にがくんと来て、ブッシュが強く握りかえした。

「すまんな、ブッシュ」ホーンブロワーはそれだけ言うのがやっとだった。艦長たる者が、おのれの無念とか、不運とかいう個人的なことを、部下にくどくどとはしゃべりにくいものだ。

「しようがないですよ」ブッシュは、憔悴した顔を無理に笑わせてそう言った。

それが大きな悩みなのだ、まったくどうしようもないということが。自分には抗弁のすべもなく、抵抗のすべもないのだ、とホーンブロワーは今更ながら思うのだった。何も言えず、何もできないのだとホーンブロワーは気づいた。革の臭いで息の詰まるような馬車の空気が早くも鼻につきはじめ、この先、パリ到着まで、たぶんまだ二十日間は、このガタガタ揺れる牢獄で耐えていかねばならぬのだろうと思うと、身ぶるいがした。そのことが頭にあって、彼はそわそわと落ち着かなかった。この落ち着きのなさが、握り合った手からブッシュに伝わったのか、ブッシュはそっと手を引き、顔を向こうへそらして、艦長が狭苦しい馬車の中で、そわそわしても気兼ねがないようにした。

片々と窓にとらえる風景は、相変わらず右手に地中海、左手にピレネーの山並みだった。窓から顔を出したホーンブロワーは、警固の人数が今日は減っているのをはっきり見て取った。わずかに騎兵が二騎だけ馬車の前方を行き、後方にはカイヤールの馬にすぐつづいて、四騎が蹄の音をたてていた。おそらく、フランス本土に入ったことで、救出の手が打たれる可能性がぐんと減ったためだろう。窮屈な姿勢で窓から顔を突き出したまま、こうして立っているほうが、息の詰まる馬車の中に掛けているより退屈しなかった。次々に葡萄園や刈り株畑が広がり、ふっくらとしたピレネーの丘陵が、後方へ流れ去ってゆくにつれて青く遙かだった。また、里人たちの姿もあった――ほとんどは女だと、ホーンブロワーは心に留めたが――鍬《くわ》の手を休めて顔を上げ、街道をひた走る馬車と護衛隊を眺める者はほとんどいなかった。こんどは軍服を着た兵士の一隊とすれちがった――おそらく、カタロニアの本隊へもどる途中の補充兵と、傷病の癒えた兵士たちだろうが――よろめきながら道行く様は、軍隊というより羊の群れを思わせた。先頭の若い将校が、カイヤールの左胸に輝く勲章に敬礼し、同時に不審顔で馬車をじろじろ見た。

　この街道は、ホーンブロワーより前にも、異国の囚人たちが通っている。ヘローナを守って戦った勇者アルバレス。彼は、裁きの庭へおもむく途中、土牢の手押車――彼に与えられた唯一の寝台――の上で死んだ。それから、ハイチ（一八〇四年、フランスより独立）の黒人の英雄、トゥーサン・ルヴェルテュール。彼は企みにあって太陽の島から連れ出され、送られた、ジュラ山脈の岩窟の要塞で肺炎にかかり、死ぬべくして死んだ。サラゴサ（スペイン中東部の都市）のパラフォックス。ナヴァラ地方（フランス南部からスペイン北部にわたる古い王国）出身の若きミーナ。いずれも、あの暴君のコルシカ的遺恨の犠牲者たちだ。自分とブッシュは、すでに有名なリストに書き加えられる二つの項目にすぎまい。六年前、ヴァンサンヌで銃殺刑に処せられたダンギアン公（英国に加担する、ブルボン王党派の亡命貴族の中心人物）は、王族の出だったから、その死はヨーロッパ全土にセンセーションを巻き起こしたが、ナポレオンはそれ以前から、幾多の人間を殺害してきたのだ。自分に先立つこれらの人々に思いを馳せながら、ホーンブロワーはいっそう憧れをつのらせて、窓外に目を凝らし、いっそう深く自由な空気を吸い込むのだった。

いぜん海と丘陵の風景がつづき——その背景にはカインゴー山が他を圧してそびえ立つのを眺めながら——一行は、街道沿いの駅舎で止まり、馬を取り替えた。カイヤールと護衛隊は新しい馬に跨った。馬車にも新しい四頭がつながれると、十五分もたたぬうちに、一行はふたたび出発し、行く手の険しい坂道を力も新たに突き進んだ。一時間に少なくとも六マイル平均で走っていると、ホーンブロワーは頭の中で計算を始めた。パリまでの道程は、推し測るしかないが——五百マイルか六百マイルだろうか。とすると、七十時間から九十時間の旅で首都に着くとして、一日に八時間、十二時間、十五時間は走るだろうか。すると、パリ到着は五日先かもしれず、十二日先かもしれない——ずいぶんあいまいな数字だ。自分は一週間で死ぬかもしれない、あるいは三週間たってもまだ生きているかもしれない。まだ生きている！　その言葉が浮かんだ瞬間、ホーンブロワーは、自分がいかに強く生きたがっているかを悟った。そしてまたこの瞬間に、彼が醒めた目と、かすかな侮蔑の思いで観察の対象とするホーンブロワーが、本来の自己、世界中で最も大切な、かけがえのない人間であるホーンブロワー自身と、とつぜん一つに溶け合うのだった。遠く山裾を見やる目に、格子縞の粗ラシャを肩にかけ、曲がった腰で杖にすがり、足を引きずっていく老いた羊飼いがうらやましかった。

やっと町が近づいてきた——塁壁がある、威圧するような城郭がある、そびえ立つ大寺院がある。やがて城門をくぐり、敷き石の舗道に蹄の音を高鳴らしながら、いくつも狭い通りをぬって馬車は進んだ。この町にも大勢の兵隊がおり、どの通りにも色とりどりの軍服姿があふれている。もちろんここは、カタロニア侵略をめざすフランス軍の基地、ペルピニャンにちがいない。スズカケの並木道と板石造りの岸壁が小さな川の流れに沿ってつづいている。と、その広い通りで馬車が不意にがくんと止まったので、ホーンブロワーははっと顔を上げ、そこの看板を見た。〝宿駅ペルドリ旅宿。国道九号線。パリへ八百四十九キロ〟あわただしく馬が取り換えられた。ブラウンとホーンブロワーは、しぶしぶ許されて馬車を降り、棒のようになった脚を伸ばすと、ブッシュのところへもどり、彼の用を足してやった——もっとも、今の熱では、欲しいものはほとんどなかった。カイヤールと憲兵たちが急いで食事をとっていた——憲兵は宿の外のテーブルに着き、カイヤールの姿は玄関広間の窓から見えた。宿の者だろうか、薄切りの冷《コールド・ミ》肉《ミート》、パン、ワイン、チーズをのせた盆を、捕虜たちのところへ運んで来た。盆が馬車の中へ渡されるか渡されないうちに、護衛兵たちはふたたび馬に跨り、鞭が鳴って、一行は出発した。太鼓橋を渡るとき、馬車は航海中の艦《ふね》のように、せり上がり、前のめりに突っ込み、そうやってもういちど太鼓橋を渡ると、やがて馬たちは乱れのない速歩《だく》に移って、ポプラ並木の真っ直ぐな広い道を進んだ。

「奴らは一刻も無駄にしないな」と、ホーンブロワーは吐き捨てるように言った。

「はい、まったくです！」と、ブラウンが相槌を打った。

ブッシュは、すすめられたパンと肉に力なく首を振り、何も食べようとしなかった。せいぜいワインで唇を湿してやるしかすべがなかった。からからに喉が渇き切っていたからで、ホーンブロワーは忘れずに次の宿駅で水をもらおうと心に留め、同時に、これほどわかりきったことを今まで思いつかなかった自分をいまいましく思った。ブラウンと二人で食事を分け合い、手づかみで食べ、かわるがわるワインをラッパ飲みにするので、ブラウンは一飲みするたびに、申し訳なさそうに壜の口をナプキンで拭いた。そして食事が終わると早速、ホーンブロワーはまたも立ち上がって馬車の窓から首を突き出し、流れていく田園風景を見守った。冷たい小糠雨が降りはじめ、立ちつくす彼の薄い髪をびしょびしょにし、顔を濡らし、雫《しずく》が首筋にまで伝い落ちたが、彼はなおもその場に立ちつくし、外の自由の世界を見つめていた。

日暮れに停まった旅宿の看板には、〝宿駅シジャン旅宿。国道九号線。パリへ八百五キロ。ペルピニャンへ四十四キロ〟と書いてあった。このシジャンという所は、数マイルにわたって街道筋にだらだらと延びた、人家のまばらな村落にすぎなかった。旅宿と言っても名ばかりで、中庭の三方を囲む駅馬小屋より小さかった。二階の部屋に上がる階段が螺旋状のうえに狭すぎて、担架を運び上げられず、宿の主人がしぶしぶあけた一階の居間《サロン》も、担い手がやっと担架ごと向きを変えて入ることができたほどだった。がりがりと、担架が戸口の両脇をこすった時、ホーンブロワーはブッシュが縮みあがるのを見た。

「すぐ医者に来てもらわなければ駄目だ」と、彼は軍曹に言った。

「聞いてみますよ」

ここの宿の主人は、やぶ睨みの、むっつりした不人情な男で、一番上等の居間から脚のひょろ長い家具を片付けたり、ホーンブロワーとブラウンのベッドを持ち込んだり、二人がブッシュを楽にさせる助けにと頼んだ、いろいろな品物を出したりする態度も不親切だった。蜜蠟蠟燭もランプもなく、あるのはただ、臭いのひどい獣脂の糸心蠟燭だけだった。

「脚の具合はどうかな?」と、ホーンブロワーはブッシュをのぞきこんだ。

「大丈夫です、艦長」と、ブッシュは負けん気で答えたが、いかにも熱がありそうで、いかにも痛みがひどそうなので、ホーンブロワーは心配でならなかった。

食事を運ぶ女中を連れて軍曹が入って来たとき、彼は語気荒く問いただした。

「なぜ医者が来ないのだ?」

「この村には医者がいないので」

「医者がいないだと? 副長の容態がひどい。それじゃ——薬剤師はいないのか?」

薬剤師というフランス語を知らないので、ホーンブロワーは英語を使った。

「牛の医者は午後、山の向こうに出かけて、今夜は帰って来ないとか。ほかに誰もいない」

軍曹が部屋を出て行き、あとはホーンブロワーが任された形でブッシュに事情を説明した。

「いいんです」と、ブッシュは弱々しい仕草で顔をそむけた。それを見てホーンブロワーはぞっとしたが、勇気を奮い起こした。

「なーに、そのぐらいの傷、わたしが手当してもいい。海軍式に、冷たい酢を使ってみてはどうかな」

「何でも冷たいものを」と、ブッシュが待ちかねるように言った。

ホーンブロワーは何度も鈴を鳴らしたあげくに、やっと顔を見せた者に酢を求め、手に入れた。

三人のうち誰一人として、サイド・テーブルの食事が冷めることなど気にもかけなかった。

「さあ」と、ホーンブロワーは言った。

リント布（リンネルや綿布を加工した柔らかい布地）を浸した酢の皿を脇に置き、ロサスの外科医がくれた新しい包帯を手元に用意した。毛布をまくり、包帯された切断部をあらわにした。その包帯を解く間、脚が過敏にぴくぴく動いた。脚は赤く腫れて炎症を起こし、触ってみると切断箇所から五、六インチまで火のように熱かった。

「ここもかなり腫れてます」と、ブッシュが低声《こごえ》で言った。鼠蹊《そけい》部の腺がひどく大きくなっている。

「そうだな」と、ホーンブロワーは言った。

ブラウンの差しだす明かりで、ホーンブロワーは、傷口をじっくりながめ、ほどいた包帯を調べた。きのう糸を抜いたところからわずかな分泌物が出ていたが、しかし傷口の大部分は治っていて、異状がないことは明らかだった。すると今の苦しみの原因になりうるものはもう一本の糸だけだ。もし糸がすぐにも抜き取れるようになっているとしたら、そのまま残しておくのは危険であることを、ホーンブロワーは知っていた。彼は、用心しながら、その絹糸をつまんだ。まずそっと当たりをつけてみると、糸が抜けそうな感じが彼の鋭敏な指先に伝わった。糸は、すっと四分の一インチほど出てきたが、ブッシュが静かにしているところを見ると、そのための発作的な痛みはなかったようだ。糸はホーンブロワーは歯をくいしばり、糸を抜いた。抜け方はきわめてゆっくりだが、ホーンブロワーは力を明らかに離れており、もうしなやかな動脈にくっついていない。ホーンブロワーは力をゆるめず、かすかに抗《あらが》う糸を引きつづけた。糸は、結び目ごと傷口からずるずると抜けた。そのあとから、ごくわずかに血の滲む膿が、たらたらと流れ出た。成功したのだ。

動脈は破裂しなかったし、明らかに傷口は、糸を取り除いて自然排膿の道をつけてやることが必要な時に来ていたのだ。

「さあ、これでよくなるぞ」ホーンブロワーは、努めてほがらかな調子で声高に言った。「どうだ、具合は？」

「いいです」と、ブッシュは答えた。「よくなったように思います」

ホーンブロワーは、酢を含ませたリント布を傷口に当てた。自分の手が震えているのに気づいたが、どうにかそれを抑えながら、断端部に包帯を巻いた――おいそれとはいかなかったが、この仕上げの仕事を彼はなんとか満足のいく形でやり終えた。柳細工のかごを元通りかぶせ、毛布をたくしこむと、ホーンブロワーは立ち上がった。驚いたことに、震えは前よりいっそうひどくなり、動転して気分が悪かった。

「夕食にいたしますか、艦長？」と、ブラウンが尋ねた。「ミスタ・ブッシュにはわたしが給仕いたします」

食事と聞いただけで、ホーンブロワーの胃袋はむかついた。断わりたいところだが、それでは、部下の前であまりにもあからさまに弱音を吐くことになる。

「手を洗ってからだ」と、高飛車に彼は言った。

椅子に掛け、無理に食べはじめてみると、思ったより楽に食べられた。たくさん食べたように見せかけたくて、口一杯にほおばっては、なんとか飲みこんで、何分か経つうちに、胸をむかつかせるさっきの仕事の印象がどんどん薄れてきた。ブッシュは、昨夜見せたあの食欲も陽気さもまるで影をひそめている。これは明らかに熱のせいだ。しかし、傷口には自然排膿の道がついているから、ブッシュはすぐに回復すると見ていいだろう。ホーンブロワーは前の晩に眠らなかったおかげでどっと疲れが出た。それに、さいぜんの厄介きわまる仕事の気疲れで頭がぼんやりしていた。この分だと、今夜は楽に眠れるだろう。たまに目を覚まして、ブッシュの息づかいをうかがい、寝息が落ち着いて規則正しいことを確かめたら、安心してまたぐっすり眠れるだろう。

6

その日以来、旅の細々《こまごま》した事柄は、ぼやけ、あいまいになった——その日までは、すべてが、雨の直前の景色の、あの異様なまでの鮮明さをおびていたのだったが。いま振り返って見て、何よりすぐに思い出せるのは、ブッシュの本復ぶり——傷口から糸が抜き取られたあの瞬間から元の健康を盛りかえしてきた着実な回復ぶりだ。いったん回復しだすと急速に体力を取り戻したから、ブッシュの体の鉄のような頑健さと、以前からつづけてきたスパルタ式生活を知らぬ者が見たら、これはさぞ驚異だっただろう。飲み物をとるにも頭を支えてもらわねばならなかった時から、誰の手も借りずに自力で起きあがれるようになるまでが、あっという間のことだった。

その辺の細部は思い出そうとすれば思い出すことができたが、その他の出来事となると、すべて取りとめなく、おぼろだった。馬車の窓際で過ごした長い時間の記憶はあるが、その時はいつも雨が降っていて、その雨で顔と髪が濡れていたような気がする。それは、一種の憂鬱症にかかって過ごした時間だ。それを後で振り返ると、まるで心を病みながらもちなおした人間が精神病院での空白の日々を振り返ると、こうにちがいないと思われるような具合だった。泊まりついだ旅館やブッシュを診た医師たちが、みんなごっちゃになっている。宿駅ごとの里程標のキロ数が、彼らとパリとの間の距離の縮まりを、容赦ない規則正しさで告げていたことは覚えている――パリまで五二五、パリまで三八三、パリまで二八七。そのどこかで、国道九号から国道七号に変わった。一日がたつたびに、彼らはパリへ、死へと近づき、そして日ごとにホーンブロワーは、無感動な憂鬱の中にだんだん深く沈んでいった。イソワル、クレルモンフェラン、ムーラン――通り過ぎる町々の名を彼は読んだが、記憶に残らなかった。

秋は、国境のピレネー山脈のはるか彼方に置き去られ、今はもうその気配もない。ここでは冬が始まっていた。葉を落とした並木の長い街道を、もの悲しく寒風が吹き抜け、平野は褐色で荒涼としていた。夜になると、彼はぐったりと眠りつづけ、さまざまな夢にさいなまれたが、朝がくると思い出せなかった。昼間は毎日、馬車の窓辺にたたずみ、冷たい雨の降る暗くわびしい景色を、うつろな目で眺めて過ごした。かつかつと鳴る蹄の音を聞き、そしてカイヤールが護衛隊の先頭に立って、横に突き出した後輪に近く馬を進める、そのたくましい姿を目の隅に見ていると、革の臭いで息が詰まりそうなこの馬車の中でもう何年も過ごしてきたような感じがしてくるのだった。

いまだ味わったことのない、寒々としてわびしい午後だったから、退屈した旅人にとっては旅のつれづれのうれしい息抜きになりそうな、思いがけない不意の立往生にも、ホーンブロワーはうつろな心から目覚まされそうになかった。立往生の理由をただしに馬を進めるカイヤールを、彼はものうげに見ていた。馬車馬の一頭が蹄鉄を落として、まるで歩けなくなったらしいと、彼は受け答えから察したものの、どうという感じもなかった。とんだ目に遭った馬が馬車からはずされるのを見ても、興味ひとつ湧くでなく、また、もよりの鍛冶屋はどこかと尋ねたカイヤールに向かって、荷駄用のロバを連れた通りすがりの行商人がうやむやな答えを返すのも、彼は他人事のように聞いていた。憲兵二人が、まともに歩けない馬を引いて、わき道をのろのろと遠ざかっていった。結局、三頭だけで、馬車はふたたびパリをめざして動き出した。

進行は遅々としてはかどらず、宿駅までの道程は長かった。これまで日没後に旅をつづけたこともめったになかったのに、こんどは、次の町に着くずっと前に夜が追いついてきそうだ。ブッシュとブラウンはこの珍しいつまずきを、かなり興奮した口ぶりで話していた――が、ホーンブロワーは彼らのおしゃべりを耳にしながら聞いていなかった。ちょうど滝のそばに長く住むと滝の音が聞こえなくなるようなものだ、今、彼らを包みこんでくる闇はまだ浅かった。低い暗雲が空一面をおおい、木々の梢をわたる風の音にどこかおどろおどろしい響きがあった。それにはホーンブロワーでさえ気づき、ほどなく違う音にも気づいた。顔を打つ雨がみぞれに変わり、やがてみぞれが雪に変わっているのだ。ぼたん雪が口元に降りかかり、彼は舐めてみた。御者台わきのランプに憲兵が火を点《つ》けたので、憲兵の外套の前面に厚く雪がこびりつき、ランプのかすかな明かりをほの白く照り返しているのが窓越しに映し出された。まもなく馬の足音は響きを消されて鈍くなり、車輪の音はほとんど聞こえなくなり、道に降り積もる雪を切り分けてゆくにつれて馬車の進みがどんどん遅くなってきた。御者が疲れきった馬に情容赦なく振りおろす鞭の音が、ホーンブロワーにも聞きとれた——馬たちは、刺すような風をまっこうから受けて進んでいるので、何かにつけてわきへ外れたがるのだ。

ホーンブロワーは窓から内側の部下を振り向いた——前面の窓ガラスを通して射し込むランプの明かりはかすかで、彼らのおぼろな輪郭が見分けられる程度だった。ありったけの毛布の下にブッシュは体を丸くして横たわり、ブラウンは外套を掻き合わせていた。ホーンブロワーはそこで初めて、ひどい寒さに気づいた。彼はだまって窓を閉め、革の臭いがこもって息の詰まる馬車の中に引きこもった。気が遠くなるような、鬱屈した気分はいつのまにか晴れかけていた。

「神よ、海の男たちを助けたまえ」と、彼は元気づいて言った。「こんな夜こそは」

それが暗闇の中で二人の笑いを誘った——その笑い声に、ホーンブロワーは喜びのこもった驚きの響きを聞き取った。するとここ数日来、彼をとらえて離さなかった暗鬱な気分に彼らは気づいて心を痛めていたので、この初めての回復の兆しを喜んでいるのだ。

彼らは自分に何を期待しているのか、彼は憤然と自分に問いかけた。彼らには自分ほどわかっていないのだ、死が彼とブッシュをパリで待ちうけていることを。こうしてカイヤールと六名の憲兵に警固されているというのに、思案したり、思い悩んだりして何になるというのだ？　身動きつかない片足のブッシュをかかえて、どんな脱走のチャンスがあるというのだ？　彼らは知るまいが、独りで脱走することなど初めから念頭に置いてなかった。万が一、奇蹟的に成功したところで、部下の副長を見殺しにしてきたという報告を持って帰国したら、祖国の人々はどう思うだろうか？　あるいは同情し、あわれみ、動機を理解してくれるかもしれないが――彼はそのいずれの考え方をも嫌悪した。いっそ、ブッシュと肩を並べて銃殺隊の前に立つほうが、そのために二度とレディ・バーバラに逢えなくなるほうが、二度と子供の顔が見られなくなるほうがましだ。そしてくよくよするよりは心を殺して残された日々を過ごすほうがましだ。そんな思いとは裏腹に、差し当たっての情況は、これまでの旅の味気なさとは打って変わって、彼の気持ちをたかぶらせていた。ベジェを出てから絶えてなかったことだが、いま彼は部下とともに笑い、部下を相手にしゃべった。

馬車は闇の底をのろのろと進みつづけ、頭上で風が吹きすさんでいた。早くも片側の窓々は、こびりついた雪で、外が見にくくなっていた――それを溶かすだけの温かみが馬車の内部にないのだ。一度ならず馬車が止まるので、ホーンブロワーは顔を出して見ると、馬たちの蹄から、氷の球になった雪を、靴底で掻き落としているのだった。

「次の宿駅まで二マイル以上あるとしたら、来週まで着かないな」と、彼は席にもどりながら声高に言った。

こんどは小さな丘を登りつめたとみえ、馬の足並が速くなって速歩に近くなり、馬車は路面の凸凹を越えるたびに揺れたり傾いたりした。とつぜん外で、叫び声や怒鳴り声が一斉に起こった。

「やっ、あっ、ああ!」

馬車が不意にぐるっと回り、ぎょっとするほど傾いたと思うと、一方へ危険なほど倒れかけた形で止まった。ホーンブロワーは窓に飛びついて外を見た。馬車は川の堤の上で危うく姿勢を保っている。黒い水が顔のすぐ下を流れているのが見える。二ヤードほど向こうに、小さな手漕ぎのボートが、杭に繋がれたまま、風と流れのままにゆらゆら揺れ回っている。暗闇の中には、ほかに見える物は何もなかった。数人の憲兵が馬車馬の鼻先へ駆けつけていた。馬たちは急に目の前に川が現われたので、仰天して、走り出そうとしたり後退りしようとしたりしている。

闇の中で、どう間違えたか、馬車は本道からそれ、この川に出るわき道を下ったにちがいない。御者が手綱をさばいて馬たちを回らせようとしたのも、ほんの一瞬のことで、あっと言う間にこの事故となったのだ。カイヤールが馬に跨ったまま、他の者を皮肉まじりに怒鳴り散らしている。

「りっぱな御者だ、お前は。ばかもの。なぜまっすぐ川に突っ込まなかった？　そうすりゃ管理部の次長《スーシェフ》にお前のことを報告する面倒が省けたんだぞ。ぐずぐずするな、お前たち。一晩じゅうここにいたいのか。馬車を道にもどすんだ、間抜けども」

闇の奥から雪が吹きつけてきて、焼けたランプに雪片がとまるたびにチリチリと音をたてつづけた。御者はふたたび馬たちを制御し、憲兵たちが後にさがり、ピシッと鞭が入った。馬たちは突っ走ろうとして滑り、足掛かりを求めて足掻き、馬車はがたがたするばかりでその場からびくともしない。

「こら、何をもたもたしとるか！」カイヤールが怒鳴った。「軍曹、それからお前だ、ペラトン、二人は馬を引け。ほかの者たちは車輪につけ！　さあ、全員いっしょに、引け！　引け！」

馬車はぐらりと一ヤード足らず動いて、また止まった。カイヤールが激しくののしった。

「馬車の中の人たちが降りて手伝ってくれれば、もっとうまくいくのではないでしょうか」と、憲兵の一人が提案した。

「よかろう、この雪の中で夜を明かすほうがいいと言うのなら別だが」と、カイヤールが言った。彼は直接ホーンブロワーに声をかけて頼もうとはしなかった。一瞬ホーンブロワーは、その前にもっとひどい目に遭うがいいと言ってやろうかと思った――そうしたら小気味がいいだろう――しかし単に雲をつかむような自己満足だけのために、ブッシュを一晩じゅう苦しませたくはなかった。

「来い、ブラウン」彼は怒気をのみこむと、ドアをあけ、二人は雪の中へ飛び降りた。

こうして馬車を軽くしても、そして男が五人がかりで車輪の輻《や》を力いっぱい押しても、仕事は少しもはかどらなかった。土手の急斜面に雪が吹きつけて積もり、へとへとになった馬たちはその吹き溜まりの中で走りだそうと無駄な足掻きをつづけた。

「えぇくそ、そろいもそろって役立たずの半端者め！」と、カイヤールがかんかんになって怒鳴った。「御者、ヌヴェールまで、どのぐらいか」

「六キロです、隊長」

「六キロだと思うってことだろう。十分前に、お前は、ちゃんと道を走っていると、自分では思っていたがそうではなかった。軍曹、ヌヴェールへ馬を飛ばして応援を求めろ。市長を探し、皇帝陛下の御名において、働ける者を残らず連れてくるのだ。ラム、お前は軍曹といっしょに街道まで行き、軍曹がもどるまでそこで待機しろ。さもないと、ここはとてもわかるまい。早く行け、軍曹、何をためらっているんだ。その他の者は、各自の馬をつなぎ、自分の外套を馬の背にかけてやれ。お前たちは土手の雪掻きをして暖かくしていられる。御者、そこから降りて手伝え」

夜は信じがたいほど暗かった。馬車の明かりから二ヤードも離れるともう何も見えず、風がヒョーヒョーと吹き過ぎるので、馬車のわきに立っていても、雪を掻く音が聞こえなかった。ホーンブロワーは馬車の横で雪を踏みつけるようにして歩き回り、両手で体を打ちつけて血行を保った。それでいてこの雪と、この凍りつくような風は、不思議に生気をよみがえらせるのだった。差し当たっては、窮屈で息苦しい馬車に入りたい気持ちなどさらさらなかった。そして腕を振りつけていると、ある考えが浮かび、そのためにふと動きが止まったが、やがて、おかしなことだが、腹を読まれるのが心配で、また足踏みと腕の振りを、前にもまして一生懸命につづけた。こんどは五体に熱い血がかけめぐりはじめた。これは計画を練っているときのいつもの癖で——たとえば、かつてナティビダッド号を出し抜いた時も、そしてクレウス岬沖の大時化《しけ》の中でプルートウ号を救助した時もこうだった。

　これまでは、身動きできないブッシュを運ぶ手立てがないばっかりに逃走の見込みが立たなかった。それが今、二十フィートと離れていない所に、願ってもない手段がある——川岸に繋がれて揺れているあのボートだ。こんな夜は、たちまち道を見失って途方に暮れるものだ——が、川のボートは別だ。ボートならば、岸に流れ着かないようにボートを突き放して、流れが運ぶままに任せていさえすれば、こんな状況では、どんな馬よりも速く進める。それにしてもこれはまったくとっぴな計画だ。それと言うのも、このフランスの真只中で、何日自由が保っていられるというのか、二人は達者だが一人は担架に横たわっているというのに？　いずれ凍えるか、飢えるかするだろう——溺れることだってあろう。だが、これはチャンスだ、そしてこれだけの好機は（これまで観察してきたことから判断できる限りでは）今から、ヴァンサンヌで銃殺隊が待ちうけているその時までの間に、到来しないだろう。ホーンブロワーは、決意を固めるうちにも熱がさめていくのを何がなし面白く思った。そして強い決意を表わしてぐっと奥歯を嚙みしめた顔が、だんだんゆるんで苦笑いに変わっていくのを感じて、ひどくおかしかった。英雄的な行動に移ろうとする時、彼はいつも何となくお笑い草という気がするのだ。ブラウンが馬車の向こうから雪を踏みつけて回ってきたので、ホーンブロワーは声をひそめ、しかもさりげない調子を保つのに苦労しながら話しかけた。

「ブラウン、あのボートで川を下って逃げるぞ」

「アイ・アイ・サー」と、ブラウンは言ったが、その声には、寒さを話題にしたほどにも興奮の響きがなかった。彼の顔が闇の中で振り返り、馬車のわきの雪の中をいらいらと往き来しているカイヤールの、間近に見える影のほうをうかがうのがわかった。

「あの男は黙らせないといかんな」と、ホーンブロワーは言った。

「アイ・アイ・サー」ブラウンが一瞬じっと考える間をおいてから、「そいつは自分に任せてください」

「よかろう」

「いま、ですか？」

「うむ」

ブラウンは何も知らない人影のほうへ二足寄った。

「おい、おい、お前」

カイヤールが振り返ってブラウンに顔を向けた。そのとたんにブラウンの鉄拳をもろに顎にうけた。ブラウンが強烈無比な腕力をこの一発に集中したパンチだ。カイヤールは雪の中にどすんと倒れ、その上へブラウンが虎のように躍りかかり、ホーンブロワーもそれにつづいた。

「縛り上げて外套にくるみこめ」と、ホーンブロワーは低声《こごえ》で言った。「おれがボタンを外す間、首をつかんでいろ。待て。襟巻きがある。まずこいつを顔に巻きつけろ」

レジオン・ドヌール勲章の肩帯が、哀れな男の顔にぐるぐる巻きにされた。ブラウンがもがく体をごろりと寝返らせ、小腰に膝をつくと、ネクタイで後ろ手に縛り上げた。ホーンブロワーのハンカチーフは両足首を縛るのに充分足りた——その結び目をブラウンがぎゅっと締めた。それから二人でカイヤールを二つ折りにし、外套にくるみこみ、その上から彼の剣帯で縛りつけた。馬車の中の暗がりで担架に横たわっているブッシュは、ドアが開き、何やら重い荷物がどさりと床に落ちる音を聞いた。

「ミスタ・ブッシュ」と、ホーンブロワーは言った——ふたたび行動が開始されたとたんに型どおりの「ミスタ」が自然に出た——「ボートで逃げるぞ」

「ご幸運を、艦長」

「きみも行くんだ。ブラウン、担架のそっちを持て。上げろ。右舵少々。ようそろ」

ブッシュは担架ごと馬車から運び出され、雪を踏んで下っていくのを感じた。

「ボートを引き寄せろ」ホーンブロワーはてきぱきと命じて、「もやい綱を切れ。さあ、ブッシュ、この毛布をみんな巻くんだ。そら、おれの外套だ、こいつも使え。命令に従え、ミスタ・ブッシュ。そっち側を持て、ブラウン。彼を艇尾座席《スターンシート》に運ぶんだ。降ろせ。頭を低くしろ、ブラウン。オールをとれ。よし。突き放せ。漕ぎ方はじめ」

ホーンブロワーが最初にこのことを思いついた時から、ここまでがわずかに六分間だった。いまや彼らは自由の身で、黒い川面に浮かび、カイヤールはさるぐつわをはめられ、荷物のように縛り上げられて馬車の床に転がっている。ほんの一瞬ホーンブロワーは、カイヤールが発見される前に窒息するだろうかと、ちらっと思ったが、そのことには何の感情もわいてこなかった。ナポレオンの側近たちは、とりわけ憲兵大佐ともなれば、その立場がもたらすよごれ仕事をしている間に、いろいろな危険を冒すことは覚悟の上にちがいない。何はともあれ、彼にはほかにいろいろ考えることがあった。

「漕ぎ方やめ！」と、彼は声をひそめてブラウンに言った。「流れに乗せろ」

あたりはまったくの暗黒だった。艇尾の漕ぎ手座に腰をおろしていても、船べり越しの川面さえ見えない。そう言えば、これは何という川なのか、彼は知らなかった。しかしすべての川は海に流れこむ。海！　ホーンブロワーは、潮風のにおいを生々しく鼻孔によみがえらせ、上下する甲板の感触を足裏にはっきり思い出して、たまらなく懐かしくなり、座席で身をよじった。地中海か大西洋か、どちらか知らないが、もし万一の僥倖に恵まれれば、このボートでこの川をどこまでも下って海に出られるかもしれないし、その海は英国の手中にあるのだから、祖国に運んでもくれようし、死のかわりに生へ、牢獄生活のかわりに自由へ、レディ・バーバラのもとへ、マリアと子供のもとへも運んでくれるのだ。

風が吹きつけ、雪を襟首にたたきつける——漕ぎ手座にも底板にも雪が厚く積もっている。ボートが風に押されてぐるっと回ると、こんどは片頰でなく顔の正面から風をうけた。

「ブラウン、舳を風に立てて、ゆっくり風に向かって漕げ」と、彼は命じた。

流れのままに運ばせる最も確実な方法は、せいぜい風の影響をなくすようにすることだ——こんな強い風では間もなく岸辺に吹きつけられてしまう、いやおそらく、川上へ吹き上げられてしまうだろう。この暗さでは、その先どうなるか見当もつかない。

「楽にしてるか、ミスタ・ブッシュ？」と、彼は訊いた。

「アイ・アイ・サー」

ブッシュは今かすかに見えているだけだ。雪が彼のくるまっている灰色の毛布に早くも吹き溜まって、ホーンブロワーが一ヤード離れて腰掛けている所から、毛布がやっと見えるだけだ。

「横になりたくないか？」

「せっかくですが、艦長、腰掛けているほうがいいです」

差し当たっての逃走の興奮が去って、ようやくホーンブロワーは身を切るような寒風の中で外套もなく、体がぶるぶる震えているのに気づいた。自分もオールを漕ごうと、ブラウンに言おうとした時、ブッシュがまた口をきいた。

「失礼ですが、艦長、何か聞こえませんか？」

ブラウンが漕ぐ手を休め、三人は耳を澄ました。

「いや」と、ホーンブロワーは言ってから、「待てよ、聞こえる、ああ！」

風の音にまじって、遠く一本調子にドードーという底音がある。

「ふーむ」と、ホーンブロワーは不安そうに言った。

その轟きは、はっきりわかる違いようで、どんどん大きくなってきた。そして急に、数倍の音量に高まり、今や奔流の音と聞き分けられるようになった。何かがボートの横の闇の底に現われた。それはほとんど水をかぶった岩だが、その周りの白い泡立ちで夜目にも見えるのだ。それは一瞬の間に近づいて、かすめ去り、ボートが下るスピードを何よりも明白に示した。

「畜生！」と、舳でブラウンが言った。

いまボートはきりきり舞いをし、傾き、揺れかえっていた。あたりの川面は白く、急流の轟きは耳を聾するばかりだった。ボートが上下に揺れ、がくんがくんと躍る中で、彼らはただ腰掛けたきり、座席にしがみついているほかにどうしようもなかった。ホーンブロワーは呆然とした無力状態から自分を振りほどいた。その状態は三十分もつづいたように思えたが、おそらくほんの二、三秒だったろう。

「オールをよこせ」と、彼はブラウンへ怒鳴った。「お前は左舷がわの当たりをかわせ。右舷はおれがやる」

彼は闇の中をまさぐり、オールを見つけ、ブラウンの手から取った。ボートはぐるぐるっと回り、ためらい、また突っ走った。周囲はすべて奔流の轟きだった。ボートの右舷が岩にぶつかった。氷のような水が背後の船縁からどっと流れこんで、足もとに殺到するのをホーンブロワーは感じた。しかし早くも彼は夢中で、がむしゃらにオールで岩を突き離しており、ボートが横すべりしてぐるっと回るのを感じ、その旋回を助けるように突くと、次の瞬間、ボートは岩から離れ、漕ぎ手座まで浸水したまま、重たげにゆらりゆらりと揺れていた。また岩がさっと通り過ぎたが、落水の轟きはもう遠ざかりつつあった。

「ざまあ見ろ！」と、ブッシュがその罵《のの》り言葉とそぐわない穏やかな口調で言った。

「通り抜けたぞ！」

「このボートには掻い出し桶があるかな、どうだ、ブラウン」と、ホーンブロワーは強い語気できいた。

「はい、艦長、自分が乗り込んだとき足元にありました」

「見つけて、この水を掻い出せ。そっちのオールもよこせ」

ブラウンは、浮かんでいる木桶をつかまえようと、聞くも哀れな音をたてて、氷のような水の中をバシャバシャ動き回った。

「ありました、艦長」と、彼が報告し、船縁越しに水が汲み出される規則正しい音が聞こえるのは、彼が作業を始めたのだ。

奔端《ほんたん》に気を取られることがなくなって、今はまた風に意識を向けるようになり、ホーンブロワーは舳を風に立て直し、ゆっくりとオールを漕いだ。流れのままに下流へくだり、追跡をのがれるためには、結局これが最善の方法であることは、つい今しがた経験したことがはっきり証明したようだ。あの奔端のざわめきが遠ざかっていった速さから判断すると、この川の流れは非常に速い——それもそのはず、数日来の雨で、どこの川もあふれんばかりに増水していたからだ。ところでこのフランスの真只中の、この川は何という川だろうかと、ホーンブロワーはまた漠然と思った。彼が名前をよく知っている川といえば、ローヌ川だけだし、ひょっとするとそれかもしれないが、しかしローヌ川はもっと東へ五十マイルばかり寄っているのではなかろうか。この川はどうやら、この二日間の旅で側面を回ってきたあの痩せ細ったようなセベンヌ山地に源を発しているようだ。そうだとすれば、この川は北へ向かって流れ、それから西へ曲がって海へ出ていくはずだから——これはロアール川か、あるいはその支流の一つにちがいない。そしてロアール川はナントのすぐ南でビスケー湾に注いでいるのだから、そこまでまだ少なくとも四百マイルはあるはずだ。ホーンブロワーは全長四百マイルの川を想像し、そしてそれをこの冬のさなかに水源から河口まで下るのだという思いをもてあそんだ。

何か正体のわからない音が、どこからともなく聞こえて、彼はまた現実に引きもどされた。彼が音の正体をつかもうとあせるうちにも、それは繰り返しながらだんだん大きく、際立ってきて、ボートが傾き、ちょっと行き渋った。彼らは岩の上を滑り越えているところで、竜骨すれすれの深さに岩を沈めておいたのは神の摂理だ。また一つ、泡立つ水をかぶった岩が、船縁のすぐわきを沸きたぎりながら、かすめ過ぎた。それは艇尾《とも》から舳へ通り過ぎ、この闇の中ではほかに発見のしようがなかったことを彼に教えた——このあたりでは、川は西へ向かって流れているにちがいない、それというのも、風は東から吹いており、彼は風を顔にうけて漕いでいるからだ。

「まだまだ、あんなのが来ますね」と、ブッシュが言った——早くも岩間にたぎる水の音の高まるのが聞こえてきた。

「オールをとって、左舷を見張れ、ブラウン」と、ホーンブロワーは言った。

「アイ・アイ・サー。水はおおかた、掻い出しました」と、ブラウンがオールを手探りしながら自分から言った。

またもボートは傾きながら、川の狂気にあって躍っている。ホーンブロワーは舳と艫《と》尾《も》が続けざまに持ち上がるのを感じたが、それは川底が段違いになっているところを滑り落ちたせいだ。彼は立ちながらふらふらっとなったので、ボートの底に残っている水がどっと流れてきてバシャッと足首を洗った。あたりの闇の底で、奔湍の騒音はすさまじかった。どちらを向いても白々と水が沸き返っている。ボートはぐるっと向きを変え、前後左右に揺れた。と、その時、何か目に見えない物が、ガシンと左舷の中ほどに当たった。ブラウンが突き放そうとあせるが無駄で、ホーンブロワーは振り返りざま力を貸して、やっとボートを離した。ボートはふたたび突っ走り、左右に揺れた。ホーンブロワーは闇の中の手探りで、船縁が内側にへしゃげているのを知ったが、どうやら上部の外板《がいはん》が二枚だけ破損しているようだった——ひとつ間違えばあの岩は水線下に当たっていたかもしれず、これと同じように簡単に底を突き破っていただろう。こんどは竜骨がひっかかったらしい。ボートが恐ろしく傾き、ブッシュとホーンブロワーは鼻を打つほどのめりこんだが、ボートはひとりで離れ、水音の轟く中を進みつづけた。ざわめきがまた低くなりはじめ、彼らはもう一つ奔湍を切り抜けていた。

「また掻い出しますか、艦長」と、ブラウンが訊いた。

「頼む。お前のオールをよこせ」

「右舷艇首《スターボード・バウ》に明かりが見えます、艦長！」と、ブッシュが不意に口をはさんだ。

ホーンブロワーは首を伸ばして振り返った。間違いなくそれは明かりで、近くにもう一つあり、ずっと離れてもう一つ、吹雪の奥にかろうじて見えている。あれは川沿いの村か、町にちがいない——彼らがボートに乗った所から、御者によれば六キロ離れた、ヌヴェールの町だ。あれからもう四マイルも来たのだ。

「静かに！」ホーンブロワーは声を押し殺して言った。「ブラウン、掻い出し方やめ」

闇の奥から彼を導くあの灯火、限りなく定めないこの狂気の世界にあって不動不変のもの、それに導かれて、ふたたび自分の運命を自分で支配しているという思いはすばらしいものだった。どちらが上流《かみ》で、どちらが下流《しも》か、またわかってきた——風はいぜん下流へ向かって吹いている。彼はオールを軽く一漕ぎしてボートを川下へ向けると、風と流れがボートを急速に運び、灯火がどんどん滑り過ぎていった。雪が顔をちくちく刺す——こんな夜に、町の誰かがボートを見ていることはまずあるまい。それにきっとボートは、カイヤールが先行させた憲兵の、雪道をとことこ進む馬たちより速く川を下ってきたに相違ない。またゴーゴーという水音が耳につくが、奔端の音と感じが違う。彼はまた首を伸ばして振り返ると、行く手に橋があり、アーチ形が並ぶ側面に雪が吹きつけるものだから、黒を背景にして白いシルエットになって見えた。彼はまず片方のオールを使い、それから両方を使って、懸命に漕ぎ、一つのアーチの中央へ向かっていった。近づくにつれて、舳ががくんと下がり、艇尾《とも》がぐっと上がる感じがあった——橋の上手で流れがせかれ、そこで一すじの長い滑らかな黒い急流となってアーチをくぐり抜けているのだ。ボートをぐるっと振り回されながら、ホーンブロワーは体ごとオールを漕ぎ、船乗りの本能的な警戒心から、橋の下手に待ちうけているぞと予感した渦巻きが、乗り切れるだけの行き脚をボートにあたえた。漕ぎつづける彼の頭上すれすれにアーチの天井がかすめた——こんな高さまで水かさが増しているのだ。一瞬、急流の水音が石橋の下で異様に木魂《こだま》し、次の瞬間、ボートは、夢中でオールを漕ぎつづけるホーンブロワーを乗せてくぐり抜けていた。

いまいちど、岸辺に灯火が見え、やがてまた真の闇にもどって、方向の感覚が失せた。「ええくそ!」と、またブッシュが、こんどは大真面目な口調で言い、ホーンブロワーはオールの手を休めた。風が金切り声をあげて襲いかかり、雪で彼らの目をくらました。舳からかすかに、幽霊のような忍び笑いが聞こえ、

「神よ、こんな夜は船乗りたちを助け給え」と、ブラウンが言った。

「搔い出しをつづけろ、ブラウン、冗談はあとに取っておけ」と、ホーンブロワーはぴしゃりと言った。下甲板の水兵が艦長と副長に向かって冗談を飛ばすのを聞いて、いくらか胸にこたえるものはあったが、それにもかかわらず彼はくすくす笑った。危険や困難を前にして笑いだすのは常軌を逸しているが、このおかしな癖はすでに免れがたいものにまでなっていて、今も彼は、オールを漕ぎ、風と闘いながらくすくす笑った――オールの先が水をくぐる手応えから、ボートはかなり風下へ流されていることがわかる。こんな夜は船乗りを助け給えという祈りを、自分が最初に呟いたのは、ほんの二時間前のことだと、はっと気づいて、ようやく笑いが止まった。あの馬車の、革の臭いで息詰まるような空気を呼吸していたのは、少なくとも半月前のことのように思われた。

　ボートが小石の底にガリガリ、ずしんと乗り上げ、ひっかかり、ひとりで離れ、またどしんと当たり、がっちりと捕まった。ホーンブロワーがいくらオールで突いても、ボートは二度と水に浮こうとしない。

「押して離すほかない」と、ホーンブロワーはオールを下に置いた。

　彼は船縁をまたいで、凍るような冷水に入り、石の上で滑りながら、ブラウンと肩を並べた。二人で押すと、ボートは楽に動き出し、二人は搔き上がり、ホーンブロワーは急いでオールをつかみ、風上へ向かって漕いだ。だが数秒後また乗り上げた。それから悪夢のような時間が始まった。この闇の中では、難渋の原因が推し測れない。風に押されて岸に寄せつけられたためなのか、それとも川がここで大きく曲がって流れているためなのか、あるいは水の少ない枝川に迷いこんでしまったためなのか。たとえどうであれ、水中に降りて、ボートを突き離すまでつづけるしかない。彼らは目に見えない石に滑って前のめりになった。転んで、見えない淀に腰までつかったり、足もとの物騒な川を相手に手探り足探りのこのめちゃくちゃな闘いで、切り傷や擦り傷をこしらえた。今や刺すような寒さで、ボートの舷側《サイド》がガラスを張ったように凍っていた。こんなボートとの取っ組み合いの最中にも、ホーンブロワーは、艦尾で外套と毛布にくるまっているブッシュを気づかって胸を痛めた。

「具合はどうだ、ブッシュ」

「順調です、艦長」

「暖かいのか?」

「アイ・アイ・サー。足が濡れても片一方ですみますからね、艦長」

おそらく心を偽って陽気にしているのだろう、とホーンブロワーは思いながら、急流にくるぶしまで浸かって立ち、ボートを押して目に見えない浅瀬を渡る、いつ果てるとも知れぬ仕事をつづけた。毛布があってもなくても、ブッシュはひどく寒いにちがいないし、おそらく彼も濡れているのだろう。まだ回復しかけの怪我人だから、本当ならばベッドに寝かしておかなければいけないのだ。ブッシュは今夜中にもこの野外で死ぬかもしれない。ボートがさっと走って浅瀬を離れたので、ホーンブロワーは後ろへよろけて冷たい水に腰までつかった。そこで体を振りつけて、揺れる船縁からボートの中へ飛びこみ、ブラウンのほうは、どうやら完全に沈んだと見え、ブツブツぼやきながら向こう側から入ってきた。風が骨まで切りつける中で、何か体を動かすことがしたくて、それぞれオールを一本ずつつかんだ。

流れがボートを渦に乗せて岸から遠ざけた。つぎの接岸は林の中だった——柳の木だろうとホーンブロワーは闇の中で推測した。ボートが船縁をこすりつけた枝々が雪の一斉射撃を浴びせ、彼らを引っ掻き、鞭打ち、ボートをがっちり捕えたが、やがて彼らは暗闇の手探りでその障害物を見つけ、かいくぐって離れた。やっと柳から逃がれ出て、ホーンブロワーは、選べるものなら、岩場のほうがまだしもましだと思うほどで、歯をガチガチ鳴らしながら、弱々しく、またもくすくす笑った。当然、彼らはまたたちまち岩に囲まれた。この辺はどうやら小さな奔湍になっており、川の水は岩と石堆の間をぬって転がるように下っているらしかった。

早くもホーンブロワーは心の中で川の姿を描きはじめていた——長い急流の川筋と、岩にせかれる狭い川筋とが交互につづき、流域の気まぐれな地形にしたがって蛇行しているのだ。いま乗っているこのボートは、おそらく、見つけたあの場所の近くで造られたものだろうし、乗りだしたあの邪魔物のない川筋で、おそらく農民が渡し船に使っていたものだろうし、おそらくこれまであの繫留地から半マイルと離れたことはなかったのだろう。ホーンブロワーは岩を突き放しながら、このボートがふたたび自分の船着き場を見ることはまずないと思った。

急湍の下手は、ずっと妨げる物のない川筋だった——どこまでつづいているのか、判断する術《すべ》はなかった。彼らはすっかり目敏くなり、雪の岸辺まで一ヤード余りあるうちにそれと見て取るので、絶えずボートを岸から離しておけた。ちらりちらりと目を配るついでに、風向きと比べて川筋の見当がつくので、中流に障害物がないかぎり、強く漕いでも乗り上げる危険はなかった。雪もほぼ降りやんでいた——わずかに顔に吹きつける雪は、木の枝か吹きだまりから風に飛ばされてきたものだ。それだからといって少しでも暖かくなるわけではない。ボートはどこもかしこも氷が張っていた——床板は、彼が漕ぎながらかかとを置いている所を除いて、氷でつるつるだ。

この調子で十分間も行けば、一マイルないしそれ以上も進む——一マイル以上は確実だろう。これまでにどのぐらい来たか、ぜんぜん見当がつかなかったが、陸上《おか》は雪が深いから、どんな追跡をうけているにせよ、こちらが先行していることは確かだし、この岩のない川筋が長くつづけばつづくほど安全もますことになる。彼は懸命に力漕し、ブラウンも舳で得たりや応とオールを合わせた。

「前方に早瀬です、艦長」と、ブッシュが程経て言った。

オールの手を休めたホーンブロワーの耳は、はるか前方で、岩にかぶってドードーと走る聞きなれた水音をとらえた。先ほどからの進み具合は順調すぎて長くつづくはずもなく、間もなくボートはふたたびぐるぐる回され、縦揺れと浮き沈みを繰り返しながら下ることになるのだ。

「左舷の衝突よけ用意だ、ブラウン」と、彼は命令した。

「アイ・アイ・サー」

ホーンブロワーは漕ぎ手座に掛けてオールを構えた。船縁の川面は滑らかで黒かった。ボートがぐるっと回る感じがした。流れが片側へボートを運んでいくらしいので、彼はそのままボートを流すことにした。水が厚く豊かに流れている所が、たぶん早瀬を下るのにいちばん障害の少ない水路だろう。と、滝の轟きがにわかに高まった。

「しまった」と、ホーンブロワーは急に慌てて、腰を浮かせ、行く手をうかがった。もう手遅れで助かりようがなかった——落水の音に違いを感じた時はもう近すぎて逃げられなかった。ここには、これまで下ってきた早瀬のようなものはない、もっとずっとひどいものなど一つもない。ここにあるのは川をせく自然の堆積——川床を転がってきた岩がつかえ、たまって出来た天然の岩棚だろうか、それとも人工の堰か。そこからボートが落ちかかる瞬間にも、ホーンブロワーの機敏な頭はそうした憶測を繰り返し吟味していた。水は堰の全長にわたってあふれ落ちており、特にこの箇所では表面が滑らかな一つの大きな渦となって、どっと堰を越え、一気に下の泡立つ騒乱の中へと落ちている。ボートは胸のむかつく上下動をして堰を越えると、弾丸のように急斜面を逆落としに下っていった。滝壺の逆波はボートが激突しても煉瓦の壁のようにびくともしなかった。

気がつくとホーンブロワーは水中でもがいており、滝の音はまだ耳にゴーゴーと残り、頭はまだ空回りしていた。悪夢にとらわれたような無力感の中で彼は岩の川床にこすりつけられていった。肺の内圧で胸が痛くなってきた。苦しい——苦しい。と、彼はふたたび息をしていた——ガッとただ一息、ノドに焼きつくような空気を吸ったとたんに、また沈んで川底の岩床まで行き、前にもまして胸が痛くなってきた。と、またすばやく息をつく一瞬があった——呼吸をするのが息を詰めるように苦痛だ。またとんぼ返って沈み、両の耳がゴーゴーと鳴り、頭はくらくらしていた。こすりつけられていく川床の岩の、臼をひくような音は、これまでに聞いたどんな落雷の音よりも大きかった。またがぶりと息をつぐ——待ちかねていたようでありながら、実際は無理強いの息つぎだった、それというのも、息をつがないほうが、この胸の苦痛に身を任せて命果てるほうが、楽になれそうな気がしたからだ。

また沈みこみ、水面下の轟きと苦痛にとらわれる。彼の頭は、なおも稲妻のように働いて、自分の状態を推測していた。彼は堰の下の渦巻きにとらわれ、水面を下流へと押し流され、暗流に引きこまれ、川底づたいにまた運び上げられ、ひょいと頭が出て、一瞬の息つぎの間をあたえられ、またぐるっと巻きこまれていくのだ。こんどは身構えていて、次の息つぎの一瞬に、力弱く、せいぜい三掻きだったが、横ざまに水を掻いた。次に吸いこまれた時、胸の苦痛は思いもよらぬ激しさで、その苦しみにまじって別の、それに劣らずひどいものを、いま彼は意識するようになった——手足の凍える痛み。それがまた何とかして息をつごうとする気力を呼び醒まし、その瞬間が来ると、横ざまになおも水を掻こうとわずかな力をふるわせた。また沈む。もう死んでもいい。進んで、求めて、死にたい、そうすればこの苦痛が止むだろう。そのとき一枚の板切れが手に触れてきた。片端から釘が何本か突き出ている。ボートの破片にちがいない。ばらばらに砕かれ、彼といっしょに際限なくぐるぐる回っている板切れの一枚だ。その瞬間、ふたたび彼の気力がちろちろと燃え上がった。彼は水面へ浮き上がったとたんに、がぶっと一息吸い、岸へ向かって水を掻きながら、また引きこまれるのをびくびく待った。奇跡だ——二度目の息つぎができ、三度目もできた。こんどこそ生きたいと思った、今つづけているこの苦痛のない呼吸はそれほどすばらしかった。しかし彼はひどく疲れ、ひどく眠かった。彼はなんとか立ち上がり、流れに足をすくわれてまた倒れ、狂ったように慌てて水を叩き、もがき、四つん這いで浅瀬を渡った。立ち上がり、もう二足歩いて、ばったりと顔から雪の中に倒れ、両の足先はまだ急流の中にゆらゆらと伸びていた。

耳元で怒鳴っているらしい人声で目覚まされた。頭をもたげると、一、二ヤード離れたところに人影があり、ブラウンの声が耳に入った。

「おーい！　艦長《キャプン》、艦長《キャプン》！　ああ、艦長《キャプン》！」

「ここだ」と、ホーンブロワーはうめくように言うと、ブラウンが来てひざまずき、のぞきこんだ。

「神様のおかげです、艦長」と言ってから、声を高めて、「艦長がここにおられます、ミスタ・ブッシュ」

「よかった！」と、五ヤードほど向こうで弱々しい声が応じた。

それを聞いてホーンブロワーはいまいましい弱気を抑えつけ、しゃんと坐り直した。ブッシュがまだ生きているのなら、ただちに介抱してやらねばならない。裸で、濡れたまま、雪の中で、この身を切る寒風に晒されているにちがいない。ホーンブロワーはよろよろと立ち上がり、ふらつき、ブラウンの腕につかまり、目を回しながらたたずんだ。

「向こうに明かりが一つ見えます、艦長」と、ブラウンががさがさした声で言った。

「いま大声で呼んでもご返事がなかったら、あそこまで行ってみようと思っていたところです」

「明かり？」

ホーンブロワーは目をこすり、土手の上をうかがった。百ヤードほど離れているだろうか、かすかながら確かに灯火が一つ光っている。あそこに行くことは投降することだ――これがホーンブロワーの頭の最初の反応だった。だが、ここに居ることは死ぬことだ。たとえ何かの奇跡で焚き火ができ、ここで今夜を生き延びられたとしても、明日の朝は捕えられるだろう――そしてブッシュは必ず死ぬ。あの馬車から逃走を図った時には、わずかながら生きる見込みがあったのだが、今はそれもなくなった。

「ミスタ・ブッシュを運び上げよう」

「アイ・アイ・サー」

二人はのめりこむようにして雪を踏み分け、ブッシュの横たわっている所へ行った。

「土手のすぐ上に家があるんだ、ブッシュ。あそこへ運んでいく」

ホーンブロワーは、こんなにひどく弱っていても、考えたり口をきいたりできることが不思議だった。そんな能力は現実のものでなく、架空のものに思えた。

「アイ・アイ・サー」

二人は身をこごめ、両側から膝裏と首の後ろで手を組み合わせてブッシュの体を持ち上げた。ブッシュは二人の首に腕を回した。持ち上げた拍子に彼のフランネルの寝間着から一すじ水が流れ落ちた。それから二人は膝まで没する雪を踏み分けて歩きだし、土手をのぼって遠い明かりをめざした。

いくども、雪に隠れた障害物につまずいた。足を滑らし、よろけた拍子に、土手を滑り落ち、いっしょに倒れ、ブッシュが苦痛の叫び声をあげた。

「痛いですか、副長」と、ブラウンが訊いた。

「ちょっと切り口をこすっただけだ。艦長、わたしをここに残して、家から助っ人をよこしてください」

ホーンブロワーはまだ考えることができた。ブッシュが荷物にならなければ、少しは家に着くのが早かろうが、ドアをノックしたあとに起こる手間取りがあれこれ目に見えた――たどたどしいフランス語で訳《わけ》を話さなければならないし、相手のためらいや、運搬方を出発させてブッシュを探し出すまでの時間の浪費――その間、ブッシュは濡れたまま裸で雪の中に横たわっているのだ。そんなことが十五分もつづけばブッシュは死んでしまうだろうし、その倍もの間ここで野ざらしになるかもしれない。それに彼を運ぶ手助けのできる者があの家に一人もいない恐れもある。

「いや」と、ホーンブロワーは明るく言い、「ほんのちょっとの道のりだ。持ち上げろ、ブラウン」

彼らは明かりをめざして、よろよろと雪を踏み分けていった。ブッシュは重い荷物だった――ホーンブロワーの頭は疲労のあまり宙に浮いたようで、腕は付け根から抜けそうだった。だが、なぜか疲労の殻の中で、頭の芯はなおも休みなく働きつづけていた。

「どうやって川から出たんだ？」と尋ねる自分の声が、耳の中に抑揚のない不自然な響きを残した。

「すぐに流れが二人を岸に運んでくれました」と、ブッシュはちょっと意外そうで、

「岩に触ったので毛布を蹴って外しただけでした。わきにブラウンがいて、引っ張り出してくれました」

「ほう」と、ホーンブロワーは言った。

増水した川の気まぐれは想像もつかない。川に落ちたとき三人は一ヤードと離れていなかったのに、こちらは水中を引きずられ、ほかの二人は何事もなく運ばれてきた。こちらが命からがら死物狂いでもがいていたことなど、彼らは想像もつくまいし、決して知ることもないだろう、決してそのことを打ち明けるはずがないからだ。差し当たって彼は、二人に対してひどく不平がましい気持ちをいだいたが、それは疲れと気の弱りに根ざすものだった。彼はひどい息づかいをつづけ、いっそこの重荷を置いて、しばらく休もうかとも思ったが、誇りが許さず、彼らは雪の下の凸凹につまずきながら、雪の中を進みつづけた。やっとのことで明かりが近づいてきた。

うさん臭そうに低く吠える犬の声が聞こえた。

「大声で呼んでみろ、ブラウン」

「おーい！　おーい、そこの家！」

とたんに犬が二匹、威勢よく吠えだした。

「おーい！」と、またブラウンが怒鳴り、彼らはよろめき進んだ。ぱっと、家の別の所の明かりが目に入った。彼らは庭園のような所にいるらしい。ホーンブロワーは足下の雪の中で植木か何かがつぶれるのを感じ、バラの木のとげがズボンの脚を引き裂こうとした。犬たちは猛々しく吠えつづける。と、不意に、暗い二階の窓から人の声がした。

「誰だ」と、フランス語で訊いた。

ホーンブロワーは疲れた頭の中をつつき回して返事の言葉をあさった。

「男三人」と、彼は言った。「怪我している」

それだけ言うのが精いっぱいだった。

「もっとこっちへ」と声が言ったので、彼らはよろよろと歩きだし、見えない斜面を滑り降り、一階の灯のともる大きな窓からこぼれる四角い明かりの中で止まった。寝間着姿のブッシュが、薄汚い身なりの二人の腕に抱かれている。

「誰だ？」

「捕虜」と、ホーンブロワーは言った。

「ちょっと待ってくださいよ」と、声が丁寧になった。

雪の中で震えながら立っていると、やがて明るい窓の近くでドアが開き、長四角の眩しい光がこぼれ、人のシルエットが立った。

「お入りなさい、みなさん」と、丁寧な声が言った。

7

玄関を入ると、板石張りの広間だった。青い上衣に光沢のある白いネクタイをした、背の高い男が立っていて彼らを迎え、その傍に、むきだしの肩をランプの明かりにさらして、若い女がいる。ほかに三人いる――女中と執事だろうと、ホーンブロワーはぼんやり思いながら、ブッシュの重みに耐えて広間に通った。サイド・テーブルの上に、象牙の台尻のピストルが二挺、ランプの明かりを浴びているが、それは明らかに彼らのホストが、この夜の来訪者を無害の者たちと断じてそこに置いたものだ。ホーンブロワーとブラウンはちょっと足を止めた。ぼろをまとってみすぼらしく、雪まみれで、とたんに濡れしょびた衣服から雫が落ちはじめた。そしてブッシュは二人に挟まれ、灰色の毛糸のくつ下の片足が、フランネルの寝間着の裾から突き出ている。ホーンブロワーは生来の弱気にまたしても押し負かされて、くすくす笑いそうになるのを、やっとの思いで抑えつけながら、いったいこの人たちは、雪の夜からやって来た寝間着姿の異様な者を、どのように解釈しているのだろうかと思った。

とにかくこの家の主は、沈着で、驚いた様子を見せない。「さあさあ中へ」と言いながら、片脇のドアに手を当てて閉めた。「居間の火ではとても間に合いますまい。フェリックス、台所へご案内しなさい――そんな所へお通しすることをお許しねがえるでしょうな。こちらへどうぞ。椅子だ、フェリックス、それから女中たちをさがらせなさい」

そこは天井の低い、だだっ広い部屋で、広間と同じく板石の床だった。そこの有難い暖かさは天国のようだった。暖炉には残り火が赤々としており、周りの台所用具がちかちか、てらてらと光っている。女が無言で、残り火の上に薪を高く積み、ふいごで煽《あお》りはじめた。ホーンブロワーは彼女の絹の服の光沢を目におさめた。高く結い上げた髪は金髪というよりとび色に近い。

「マリー、そんなことはフェリックスに任せておきなさい。まあ、よしよし。好きにしなさい。さ、みなさん、どうぞ掛けてください。フェリックス、ワインを」

ブッシュが暖炉の前の椅子におろされた。すっかり弱ってふらふらっと崩れこむので、支えてやる必要があった。主が痛々しいと言うように声を漏らした。

「早くそこのグラスを、フェリックス。それからベッドの支度をな。一杯いかがですか。あなたも、いかがですか？　失礼」

主人が「マリー」と呼んだ女は、ひざまずきから立ち上がり何も言わずに引きさがった。火が、焼き串や大鍋の仕掛けのさなかで、パチパチと威勢よく燃えている。それでもホーンブロワーは雫の落ちる服の下で、こらえようもなく震えていた。飲んだワインもさっぱり助けにならず、ブッシュの肩に置いた手が木の葉のように震えた。

「乾いた服がお入用でしょう」と、主が言った。「お差支えなければ、わたしが——」

そこへまた執事とマリーが入ってきて話が中断されたが、二人とも腕いっぱいに服と毛布をかかえていた。

「感心、感心！」と、主が言った。「フェリックス、みなさんのお世話をな。おいで、マリー」

執事が絹の寝間着を火にかざし、その間にホーンブロワーとブラウンは、ブッシュの濡れた着衣を脱がせ、タオルでごしごしと体を拭いた。

「もう永久に、温まることなんてないんじゃないかと思ってました」寝間着の襟から首を出した時、ブッシュが言った。「艦長はいかがですか。わたしのことで、ご苦労かけたくなかったのですが。さあ、着替えをなさってください。わたしはもう大丈夫ですから」

「まずきみを楽にさせてからだ」と、ホーンブロワーは言った。ブッシュの世話で自分を無視することに、一種の強い倒錯した快感があった。「傷口を見せてみろ」

丸く縫い合わされた切断部は相変わらず非常に経過が良さそうだった。手に取って見ても、これと言うほどの熱も腫れもなかったし、傷口から排膿の痕跡もなかった。ホーンブロワーはフェリックスが探してきた布で切断部をしっかりと包み、その間にブラウンが、ブッシュの体を毛布にくるみこんだ。

「さあ、持ち上げろ、ブラウン。ベッドに入れよう」

石畳の廊下に出て、どっちへ曲がったものかと迷っていると、不意に左手のドアからマリーが現われた。

「こちらです」と言った。その声は耳障りなアルトだった。「一階にお怪我の方の寝床を作りました。そのほうがご都合がよかろうと思って」

女中の一人が――というより痩せこけた老女が、敷布の間から寝床暖め器《ウォーミング・パン》を出したところで、もう一人の女中が壜のような湯たんぽを二本すべりこませているところだった。ホーンブロワーはマリーの細やかな心づかいに打たれた。ブッシュを寝床におろしながら、何とかフランス語で感謝の気持ちを言い表わそうとしたが、うまくいかずじまいで、ブッシュに夜具を着せかけた。

「ああ、おかげさまで、いい気持ちです、艦長」と、ブッシュが言った。

蠟燭をベッドのそばにともしたまま二人は部屋を出た――とたんにホーンブロワーは矢も楯もたまらず大急ぎでゴーゴーと鳴るキッチンの火の前にもどり、濡れた服を脱ぎ捨てた。暖かいタオルで体をこすり、暖かい毛のシャツを手早く着こんだ。燃えさかる火の前に立ち、むき出しの脚をあぶりながら二杯目のワインを飲んだ。疲れと寒さが徐々に薄れ、入れ替わりに気分も体も浮き浮きしてきた。フェリックスが前にしゃがんでズボンをはかせようとするので、そこへ跨ぎこむと、ボタンを掛けてくれた——ズボンをはくのを手伝ってもらったのは、子供時代から絶えてなかったことだが、今夜はそんなことも至極自然に思えた。またフェリックスがしゃがんで靴下と靴をはかせ、立ち上がって襟飾りを留め、チョッキと上衣を着る手伝いをした。

「伯爵の旦那様《ムッシュウ・ル・コーント》と子爵の奥様《マダム・ラ・ビコンテス》が、居間でお待ちでございます」とフェリックスが言った——何も聞かずに、どうしてフェリックスは、ブラウンを低い階層の出だと踏んでいるのか不思議だ。彼がブラウンに与えた服に、それがはっきり出ていた。

「ここで寛いでいるがいい、ブラウン」

「アイ・アイ・サー」と、ブラウンは黒い髪をもじゃもじゃにしたまま気をつけの姿勢をとった——今までのところ櫛を使う機会があったのはホーンブロワーだけだった。

ホーンブロワーが様子を見に立ち寄ると、ブッシュはもう眠っていて、ノドの奥でかすかにいびきをかいていた。水に浸り風に晒されたことが別に障った様子はなかった——二十年間の海上生活の間に、彼の鉄骨組みのような体は、濡れることにも寒さにも馴れっこになってしまったのだろう。ホーンブロワーは蠟燭を吹き消し、そっとドアを閉めると、執事に身振りで案内を求めた。居間の戸口で、フェリックスが名前を尋ね、中へ大きく告げたとき、悲しいほどめちゃくちゃな発音の仕方を聞いて、ホーンブロワーは不思議にほっとした——やっとまたフェリックスが人間らしくなった。

部屋の奥正面の暖炉をはさんで、主人たちが椅子に掛けていたが、伯爵が立ってきてホーンブロワーを迎えた。

「遺憾ながら執事の発音では、お名前がよく聞き取れませんでしてね」

「大英帝国国王陛下の軍艦サザランド号の艦長、ホレイショ・ホーンブロワーです」

「お会いできたことは、この上ない喜びです、艦長」伯爵は、革命前の古い時代を象徴するような人物で、当然そういう発音は苦手だろうが、そこはさっとかわして、「グラセー伯爵、ルシアン・アントワーヌ・ド・ラドンです」

二人はお辞儀を交わした。

「息子の妻をご紹介しましょう。グラセー子爵夫人です」

「ユア・サーヴァント、マム」と、ホーンブロワーはまたお辞儀をしてから、その動作につられて思わず英国流の挨拶が口をついて出たことを、何か非礼をおかしたように感じ、あわててそれに当たるフランス語を求めて頭の中をかきまわし、やっと恥ずかしそうに「初めまして《アンシャンテ》」と、もごもご言った。

子爵夫人は黒い瞳で、金褐色の髪とひどくとっぴな取り合わせだった。骨太な——たくましいとも言えそうな——造りで、そろそろ三十に手が届く年頃だろうか、がっちりした白い肩を露わにした黒い絹のドレスをまとっていた。すっと膝を折って礼を返す拍子に交わしたまなざしには、深い親愛の情がこもっていた。

「それで、わたくしどもが、おもてなしの栄に浴した、お怪我の方のお名前は？」と訊いた。そのフランス語には、ホーンブロワーの不慣れな耳にも伯爵のと違いのわかる響きがあった。

「ブッシュです」と、ホーンブロワーはやっと質問の意味を解して答えた。「わたしの艦の副長です。キッチンに従者のブラウンを残してきました」

「フェリックスが寛いでもらうようにするでしょう」と、伯爵が口をはさんだ。「ご自身はいかがです？　何か食事でも？　ワインは？」

「いえ何も結構です」と、ホーンブロワーは言った。昼から物を食べていなかったが、こうした狂気の世界にいると少しも食欲を感じなかった。

「何も？　旅でひどくお疲れでしょうに」

ついさっき、雪の中を、ずぶ濡れの見る影もない恰好でやって来た者に対して、それ以上に気を使った表現はまずなかろう。

「何も結構です」と、ホーンブロワーは繰り返した。

「お掛けください、艦長」と、子爵夫人がすすめた。三人とも椅子に掛けた。

「フランス語でつづけることをお許しねがいたい」と、伯爵が言った。「英語を話すのは十年ぶりのことですし、当時はお粗末なものでした。それに嫁のほうはまるで話せませんので」

「ブッシュ」と、子爵夫人が言った。「ブラウン。そういう名前なら言えましてよ。でも艦長、あなたのお名前は難しくて。オルレンブロール——言えませんわ」

「ブッシュ！　オルレンブロール！」伯爵が何かを思い出したように、声高に言った。「あなたも気づいておられるでしょう、艦長、——近頃フランスの新聞が、あなた方のことを、どのように伝えているか」

「いいえ。ぜひ、知りたいものですが」

「では、失礼」

伯爵はローソクを取ると、戸口から消えた。彼はすぐもどって来たので、その間の沈黙を、ホーンブロワーはあまり気にしないですんだ。

「最近の《世界報知》です。先にお詫びしておかねばなりません、艦長、いろいろ書いてありますのでね」

ホーンブロワーに新聞を手渡して、彼はあちこちの欄を指さした。最初の記事は、ペルピニャンから受信したばかりの、手旗信号による急報が海軍省に伝えたところによると、英国の戦列艦一隻がロサスで拿捕されたと、簡単に報じていた。次の記事はその内容を大きく扱ったものだった。かねてから地中海で海賊行為を働いていた、百門搭載艦サザランド号は、コスマオ提督の率いるツーロン艦隊に捕捉されて、罪相応の運命に遭ったと、まず高らかに凱歌をあげ、さらに彼女は不意を突かれて制圧され、「それまで檣頭にかかげて数々の犯罪を行なってきた、不実な英国《アルビヨン》の国旗を意気地なくも引き降ろした」と述べ、また彼女の抵抗は極めて貧弱で、それが証拠には、砲撃戦中にフランス側はわずか一隻がトップマスト一本を失ったにすぎなかったとして、フランス国民を安堵させ、つづいて、戦闘は数千のスペイン人の見守る中で行なわれたので、彼らの中で、英国のデマに惑わされ、英国の黄金にそそのかされて、いまなお公正な統治者ヨセフ王に対して反抗心を抱いている少数の者たちにとって、それは有益な教訓となるであろうと結んでいる。

また別の記事は、悪名高い艦長ホーンブロワーと、それに劣らず邪《よこしま》な副長ブッシュが、サザランド号で降伏し、後者はこの海戦の数少ない負傷者の一人であると報じている。彼らの海賊的破壊行為のために苦しめられてきた平和を愛するフランス国民は、軍事法廷がこの両名の行なった犯罪行為をただちに裁くことになるので、こぞって枕を高くして休むことができよう。かの現代のカルタゴはあまりにも長期にわたって、その手先どもを送りつづけながらその罪を免れてきた！　彼らの罪状は間もなく世界に公開され、これによって、これまでカニング英首相の手先が毒筆をもって執拗に連発しつづけてきた邪悪な虚偽と、真相との相違が容易に弁別されることになろうと述べている。

さらに別の記事は、コスマオ提督がロサスでサザランド号と戦い大勝利をおさめた結果、スペイン沿岸における英国海軍の行動は中絶したので、フランス陸軍の精強の前に愚かにも身を晒すウェリントン麾下の英国陸軍は、補給物資の不足から早くも深刻な苦しみを味わいつつあると喧伝し、ホーンブロワーという憎むべき悪事の共犯者を一人失った不実なる英国《アルビヨン》は、ウェリントンの不可避的な降伏によって、さらに次の共犯者をまさに失わんとしていると述べている。

そのような嘘八百の記事を読んでも、ホーンブロワーはあまり腹が立たなかった。「百門搭載艦」とは、あきれたものだ。サザランド号はわずか七十四門で、艦艇名簿中にある同じ等級の中では最小と言ってよいのだ！「貧弱極まりない抵抗！」「トップマスト一本喪失！」——サザランド号は自分より大きな艦を三隻も撃破し、四隻目も降伏前に行動不能に陥らせたのだ。「数少ない負傷者の一人！」サザランド号の乗組員の三分の二が命か手足を捧げたのだし、フランスの旗艦の各排水口から血が流れ落ちているのをこの目で見ているのだ。「英国海軍の行動は中絶した！」——サザランド号拿捕から二週間後に、あのフランス艦隊がロサス湾の夜襲で全滅させられたことは、ひた隠しにしているのだ。

軍人としての名誉もひどく誹謗された。それに情況的な嘘もみなうまくできている——わずかにトップマスト一本が失われたとかいう、あそこの芸の細かさなど、いかにも本当らしく見せかける。これではヨーロッパ中が自分を海賊だの腰抜けだのと信じこんでしまいそうだが、何を言われようと、こちらにはまったく反論の機会がないのだ。いや、英本国でも、そういう報道は多少の真実味を認められるにちがいない——《世界報知》の掲載記事の大部分は、とくに海軍関係のものは、英国の新聞で複製されるからだ。レディ・バーバラ、マリア、艦長仲間たちは、いまこの瞬間にも、《世界報知》の報道に、どこまで信をおくべきだろうかと迷っているにちがいない。世人は、たとえナポレオンの誇大な言説に慣れていても、この場合には書いてあることのすべてが——降伏についてのありのままの発表だけ除いて——まっ赤な嘘であることに気付いて欲しいと思うのは、ちょっと無理というものだ。彼の手は胸を焼く激情のためにかすかに震え、彼は顔を上げて相手と目が合ったとたんに、かっと頰の熱くなるのを覚えた。そんな怒りのさなかに、乏しいフランス語を探すのは大変だった。

「彼は嘘つきだ！」やっと、呟いた。「彼はわたしの名誉を傷つけた！」

「彼はあらゆる人の名誉を傷つけるのです」と、伯爵がひっそり言った。

「しかしこれは——しかしこれは」と、そこまで言ってから、ホーンブロワーはフランス語で気持ちを表現しようと悪戦苦闘するのを諦めた。彼は思い出した——まだロサスで捕虜だった時から、いずれナポレオンは、サザランド号拿捕に関する勝利の報道を公にするだろうと覚悟していたのだった。それをいまさら、目のあたりに見たからと言って激怒するなど、まだまだ弱い。

「ここで話題を変えて、二つ三つ個人的な質問をすることを、お許しねがいたい」

「どうぞ」

「あなた方は、パリへ移送中の護衛隊から脱走されたのでしょう?」

「そうです」

「どこで脱走されましたか?」

ヌヴェールの向こう側六キロメートル、ちょうど側道が川縁へ下っている地点だったと、ホーンブロワーは苦労しながら説明した。さらに、つかえつかえ、話をつづけて、脱走時の状況、カイヤール大佐を沈黙させたこと、それに暗中の無謀な川下りの様子を具体的に説明した。

「すると時刻は、六時頃でしたね?」

「そうです」

「今やっと真夜中ですから、二十キロメートル来られたことになる。まだ当分、護衛隊がこの辺りへ捜索に来る危険性はまったくありません。それだけ知っておきたかったのです。今日は安心して休まれて大丈夫ですよ、艦長」

そこでホーンブロワーははっと気づいた――自分ではもうとうに、安心して休めるものと決めこんでいた、少なくとも今すぐ再逮捕の心配はないものと決めこんでいた。この家の雰囲気があまりにも、親しみ深かったので、ついほかへ気がいかなかったのだ。

そう思いつくと、こんどは反対に、いろいろな懸念が頭をもたげはじめた。

「われわれがここにいることを、警察に——通報するつもりですか?」と訊いた。こういう類いのことを、外国語で表現して、相手の気分を害さずにすますことは、実に難しい。

「とんでもない。警察から訊かれたら、あなた方はここにいないと言ってやります。この家におられる間は、味方の中にいるのだと考えていただきたい、艦長、それに、ここにおられる方の都合がよろしければ、いくらでも滞在なさってください」

「ありがとうございます。本当に、ありがとうございます」と、ホーンブロワーはつかえながら言った。

「ついでですが」と、伯爵は語をついで「周囲の状況から言っても——詳しく話せば長いことながら——わたしがあなたの所在を知らないと言明すれば、当局がそのとおり信じることは間違いありません。蛇足ながら、わたしはこの自治区《コミュヌ》の市長で、従って政府を代行する名誉をになっている者です、もっとも実際の役職は助役《アジュウエン》がやっていますが」

彼が「名誉」という言葉を使う拍子に、苦笑がただようのが目についたので、ホーンブロワーは何か適切な返事をしようと口ごもりながら言うと、伯爵は礼儀正しく耳をかたむけた。偶然にたどり着いた家で、快く迎えられて匿《かくま》われ、自分でもここなら追っ手から安全だと思い、安心して眠るなど、考えてみれば不思議なことだった。眠る——そう思ったとたんに、気は高ぶっているものの死ぬほど疲れ果てていることに気づいた。伯爵の平静な顔と、その義娘の親しげな顔からは、この二人も疲れているのかどうか、察しようがない。一瞬、ホーンブロワーは、他人の家に初めて泊まる時に、決まって心に浮かぶ問題と四つに組んで争った——就寝のことは、客のほうからにおわすべきものなのか、それとも主人側からのほのめかしを待つべきものなのか。彼は思い切って立ち上がった。

「お疲れでしょう」と、子爵夫人が言った——さっきから初めて口をきいたのだった。

「ええ」

「部屋へご案内しましょう。鈴を鳴らして従者を呼びましょうか？　それには及びませんか？」と、伯爵が尋ねた。

ホーンブロワーが、「おやすみ」の挨拶をして、廊下に出ると、伯爵がまだ壁際の卓に置いてあるピストルを指さした。

「枕元に置いておかれたらいいのではありませんか？」と、丁寧な口調で聞いた。「そのほうが安心するのでは？」

ホーンブロワーは誘惑を感じたが、結局その申し出は断わった。万一、ナポレオンの警察隊が逮捕に来るようなことになれば、とても二挺のピストルぐらいで身を護れるものではない。

「ご随意に」と、伯爵は蠟燭を持って案内に立った。「あなた方の声がした時、弾丸《たま》をこめたのです。徴兵忌避者《レフラクテール》の一団という心配もあって——強制徴募を忌避して森や山に隠れている若者たちです。最近の布告以来、強制徴募を見越して、その数はおびただしく増えましたのでね。しかしすぐ気づきましたよ、悪事を働こうとしている徒党が、大声で接近を予告するはずはないとね。さ、ここがあなたの部屋です、艦長。お入り用の物はたいてい揃っていると思います。いま着ておられる服は、なかなか良く合っているようですから、何だったら明日もずっとそれを着ておられたらどうですか。それでは、おやすみなさい。良く眠れるといいのですが」

ベッドは有難い暖かさで、ホーンブロワーは滑りこんでカーテンを引き回した。頭の中の混沌としているのがむしろ快かった。あの滝の、長い黒い水の坂道を、小さなボートで一気に下った身の毛のよだつ逆落とし、そして水中での命からがらの悪戦苦闘、そうした記憶にかぶさって、伯爵の表情豊かな馬面と、マントにくるんで縛り上げられ、馬車の床にほうりこまれたカイヤールの心像が二重三重に浮かび出た。彼は安眠こそできなかったが、寝苦しいというほどではなかった。

8

翌朝、フェリックスが朝食の盆を運びこんできて、ホーンブロワーが寝ぼけ顔で横たわっているベッドのカーテンを引き開けた。フェリックスのあとにブラウンがつづき、フェリックスがベッドの脇の卓に膳をととのえる間に、紳士の従者らしく努めて慎ましく振舞いながら、前夜ホーンブロワーが脱ぎ捨てた衣類を掻き集める仕事にとりかかった。ホーンブロワーは湯気の立つコーヒーを満足げに一口ずつ味わい、それからパンにかぶりついた。ブラウンは次の仕事を思いつき、急いで窓辺へ行ってカーテンを開けた。

「風がすっかりおさまりました、艦長。いくらか残っている風は、また南へ変わるようですから、雪解けになるかもしれません」

奥まった寝室のベッドからも、窓越しに一面の眩しい銀世界が見渡せ、急な雪の斜面が川べりまで下っているので、ひときわ黒々と見える川面は、白紙に黒のクレヨンで描いたようだった。雪野原には木々が寒々と幹を伸ばし、夜来の疾風《はやて》に、枝はどれも雪を吹き払われて裸だった。川べりを見下ろすと、そこの柳の木々は——濁流の中に立って、根方が白々と泡立っているのもあり——それぞれにまだこんもりと雪をかぶっている。ホーンブロワーは急流の水音が聞こえるような気がした。それに、絶え間なくつづく滝の轟き、土手の肩を越えてちらっと見えている滝壺の、沸き返る水音は空耳ではない。遙か川向こうには、何軒か、雪をかぶった小さな家が見える。

「先にミスタ・ブッシュの部屋をのぞいてきました、艦長」と、ブラウンが言った——

ホーンブロワーは、雪景色に気を取られて、部下のほうへ気が向かなかったことをすまなく思い、ちくりと胸が痛んだ——「副長はお元気で、艦長によろしくとのことでした。ここのご用がすみましたら、髭剃りのお手伝いをしようと思います」

「そうだな」

ホーンブロワーは快い気だるさを味わっていた。何もしないで、のんびりしていたいと思った。今は、昨日の悲惨と危険から、明日の未知の活動へ移る、境い目のいっ時で、このいっ時がどこまでも限りなく延びていって欲しいと思った。時間が静止し、ヌヴェールの向こう側で自分を捜し回っている追跡者たちは、呪文にかかったように硬直して動かなくなり、自分はここで危険と責任から解放されて横たわっている——そんなことにならないものかと思った。ほかでもない、いま飲んだコーヒーが、行動に駆り立てる刺激剤とはならずに、ノドの渇きを癒して、のんびり寛ぐのに役立ったのだ。彼はうっとりとして、それとも気づかぬほどゆるやかに、おぼろな白日夢に耽りこんでいった。

ブラウンのいんぎんな擦り足の音で、はっきり目覚めた状態に呼びもどされたのが、いまいましかった。

「よし」ホーンブロワーは仕方ないことと諦めた。

夜具を蹴って立ち上がると、現実の苛酷な世界が彼を包みこみ、白日夢は、熱帯の日の出に映える雲の色のように、たちまち消え失せた。彼は、片隅のおかしいほど小さい洗面台で、ひげを剃り、顔を洗いながら、この家の主人たちと、今日もフランス語で会話をすることになるのかと思うと、憂鬱だった。そんなことに骨を折るのがしゃくで、英語以外にどこの言葉もしゃべれないブッシュがうらやましかった。今日も努力しなければならないということが、こんど捕まれば死罪は免れない運命だという事実と同じぐらい、重く大きく、彼の片意地な心にのしかかっていた。ブッシュを見舞いに行っても、彼のおしゃべりはうわの空だったし、隠れ家になったこの家や、主人たちの腹づもりについての、自分の好奇心を満足させることも何一つしなかった。それに、こうして罪のない部下に不機嫌をぶつける自分を、哀れな奴だとさげすんでみても、それで気分が楽になるわけでもなかった。彼は頃合を見はからって早々にブッシュの部屋を立ち去ると、主人たちが居間にいないかと探しに行った。

居間には子爵夫人がひとりでいて、にこやかに迎えてくれた。

「伯爵は書斎で仕事をしております」と、彼女は断わり、「今朝はわたくしのお相手で我慢していただかなければなりませんわ」

わかり切ったことでもフランス語で言うのは、ホーンブロワーにとって一骨折りだったが、なんとか適当な返事をやってのけると、夫人がにこやかに受けた。しかし会話は滑らかに進まなかった。ホーンブロワーは話す前に苦労して文を組み立てなければならなかったし、外国語で物を考えようとする時いつも陥りがちな、スペイン語に逃げようとする癖を避けなければならなかったからだ。それでも、昨夜の嵐、野原の雪、洪水のことから始まった会話で、ホーンブロワーにとっては興味のある事柄を一つ聞き出した——今でもゴーゴーと聞こえるあの川はロアール川で、ビスケー湾の河口から四百マイル余り上流であること。数マイル上流にヌヴェールの町がある。この少し下流で、大きな支流のアリエ川がロアール川に合流しているが、その方角の川沿いには、ほとんど家も村落もなく、二十マイル下って初めてプイの町がある——昨夜いっしょに飲んだワインはそこの葡萄園で出来たものだという。

「この川がこんなに大きいのは冬の間だけです。夏はかれてほとんど水がなくなりますのよ。あちこちに、岸から岸まで歩いて渡れる所ができますわ。その時分は水が青々として、土手は黄金色ですけど、今は黒くて、きたならしいですわ」

「ええ」

その言葉が昨夜の体験を思い出させた。滝から墜落して、濁流の中で必死にもがいた記憶が肌によみがえり、彼は腿からふくらはぎにかけて、ちくちくするような変な感じがした。ひとつ間違えば、自分もブッシュもブラウンも、今ごろは水でふやけた死体になって、川底の岩の間をごろごろ転がりつづけ、やがて腐敗が進んで、川面に浮き上がる羽目になったかもしれない。

「まだ、あなたにも伯爵にも、手厚いおもてなしの、お礼を申し上げて、おりませんでした」と、彼は念入りに言葉を選んでそう言った。「伯爵のご親切のおかげです」

「親切？　あれほど親切な人はこの世の中に二人とおりませんわ。どんなに良い人か、口では申せません」

そう言う伯爵の義娘の真摯な態度は、疑いようがなかった。大きくて、どこかこっけい味のある彼女の唇が開き、黒い瞳が光を帯びた。

「本当ですか？」と、ホーンブロワーは言った——会話にいくぶん活気が出てきたせいか、その「本当ですか《ブレマン》」という言葉がひとりでに口をついて出た。

「本当ですとも。根っからの善人ですわ。優しく、親切で、それも生まれつきで、あのう——年の功ではないんです。今まで、わたくしに向かって、一言も、一度たりと、一言でも、口にしたことはありませんわ、わたくしのせいで失望したなどということは」

「あなたのせい、ですって？」

「ええ。あら、見ればすぐおわかりでしょ？　わたくしは家柄の立派な淑女ではありません——マルセルは、わたくしなどと結婚してはいけなかったんです。わたくしの父はノルマンディの百姓です、自作農ですけど、やはり百姓は百姓ですわ。それに引きかえ、グラセー伯爵のラドン家は、さかのぼれば——聖ルイ、あるいはそれ以前からの家柄です。わたくしたちの結婚に伯爵がどんなに失望したか、マルセルから聞かなかったら、一生気づかずじまいでしたでしょう——言葉からも、態度からも。その頃はマルセルが長子だったのです、アントワーヌはアウステルリッツで戦死していたからです。そしてマルセルも今は故人です——アスペルンで負傷したんです——それに、わたくしには息子がおりません、一人も子供がいないのです。でも伯爵はわたくしを責めたことなど一度もありません、ついぞ一度も」

ホーンブロワーは思わず大きな同情の声をあげようとした。

「そしてルイ・マリーも今は死んで居りません——スペインで熱病のために死にました。彼が三男でしたから、今はグラセー伯爵がラドン家最後の人なのです。さぞ傷心のことだろうと思うのですけど、一度も恨みつらみを言ったことはありません」

「三人の息子さんが全部亡くなったのですね？」

「ええ、お話ししたとおりです。グラセー伯爵は亡命者《エミグレ》で——革命後、何年かお国のロンドンに子供たちといっしょに住んでいました。そして男の子たちは成長して、皇帝の名声を聞き——当時は第一執政でしたが——みんなフランスの栄光にあやかりたいと思ったのですね。ちょうど伯爵が恩赦をうけ、その機会にここに帰ったのも、彼らを喜ばせるためでした——革命後、伯爵の所有地はここだけが残っていたのです。伯爵は決してパリへ行きませんでした。皇帝と性が合うはずありませんものね。でも息子たちが従軍することは許して、そして今はみんな死んでしまいました——アントワーヌとマルセルとルイ・マリー。マルセルは彼の連隊がわたくしの村に分宿した時にわたくしと結婚したのですが、ほかの二人はとうとう結婚せずに終わりました。ルイ・マリーは死んだ時、まだ十八歳だったんです」

「ひどいことだ!」

そんな平凡な言葉は、今の話から受けた哀感を言い表わしはしなかったが、それしか思いつかなかった。昨夜、伯爵が、脱走した捕虜など見かけなかったと言えば、当局はそのまま鵜呑みにするだろうと話していたことが、これで呑みこめた。皇帝のために息子が三人も命を捧げた立派な紳士が、逃亡者を匿っているなどと嫌疑をうけるはずがない。

「おわかりいただけますわね」と、子爵夫人は語をついで、「伯爵があなた方をここにお迎えしたのは、皇帝を憎んでいるからではありません。親切からです。あなた方には助けが必要だったからです——伯爵が助けを求めて来た人を拒んだためしを、わたくしはついぞ知りません。ああ、説明しにくいのですけど、おわかりになりますでしょ?」

「よくわかりますよ」と、ホーンブロワーは優しく言った。

彼は子爵夫人に心引かれた。彼女は孤独で不幸なのだろう。それに田舎育ちらしく、見るからにいかつい感じもあるが、まずはこの余所者《よそもの》に義父の善人ぶりと美徳を印象づけようとする心根。赤毛に近い髪と黒い瞳をした、目に立つ顔立ちの婦人だし、その肌には濃艶さがあって、いっそう器量を良く見せている。ただちょっと目鼻立ちの均整のとれないところと、口の大きいことが難で、そのために眩しいような美人になりそこねているだけなのだ。なるほど、軽騎兵隊の若い将校が——ホーンブロワーは死んだグラセー子爵が軽騎兵隊の将校だったものと勝手に決めこんで——退屈な毎日の訓練の間に、彼女と恋に陥り、父親の反対にもかかわらず結婚すると言ってきかなかったのも、無理からぬことだ。ホーンブロワーは、自分の命が伯爵の掌中に握られているこんな際でも、事を起こすほど無謀になれるものなら、自分だって彼女と恋に陥らないものでもないと思った。

「それで、あなたは?」と、子爵夫人が訊いた。「英国には、奥さんがいらっしゃいますの? お子さんたちは?」

「妻がいます」と、ホーンブロワーは答えた。

たとえ外国語の不便がなくても、マリアのことを他人に細々《こまごま》と説明することは難しかった。彼女は背が低くて顔が浅黒いと言ったきり、彼は何も言わなかった。彼女の赤い手とずんぐりした体つき、いらいらさせない時でも鼻につく彼女の貞節ぶり――あえてこれ以上に詳しく説明しようとすれば、自分が彼女を愛していないことを漏らさざるをえなくなるし、そのことはまだ一度も漏らしたことがないのだ。

「では、あなたもお子さんがいらっしゃらないんですね」と、夫人はまた尋ねた。

「今はおりません」

辛い話だった。彼は、いたいけないホレイショとマリアが、サウスシーの寄寓先で、天然痘のために死んだいきさつを語り、それからゴクリと生唾を飲んで語をつぎ、来年の一月には次の子が生まれる予定だと言った。

「その時には奥さんのところへお帰りになれるように、望みをかけましょうよ。今日は、義父《ちち》と、逃走計画をご相談なさるとよろしいですわ」

その新しい呼び方が招いたとでもいうのか、言葉が終わるか終わらないうちに、伯爵が入ってきた。

「話の途中で失礼だが」と言い、ホーンブロワーの会釈に会釈を返すうちにも語をついで、「いま書斎の窓から見たのですが、川堤を来る騎馬隊から憲兵が一人、こちらへ近づいて来ます。たいへんご面倒でしょうが、艦長、しばらくムッシュウ・ブッシュの部屋に入っていていただけますかな？　あなたの召使いもやります、そのほうが隠れるのに都合がよいでしょうから。憲兵にはわたしが応対しますから、窮屈な思いはほんの数分だけ、だろうと思います」

憲兵！　この長い話が終わらぬうちに、ホーンブロワーは居間を出て、ブッシュの部屋へと廊下を突っ切っていたが、グラセー伯爵はしゃべり急ぐでもなく落ち着いて丁寧に、そこまで送ってきた。部屋に入ると、ブッシュがベッドの上に坐っていたが、何か言いかけたとたん、静かにと制するホーンブロワーの出し抜けの身振りで腰を折られた。一瞬おくれてブラウンがドアをノックし、入るのをゆるされ、彼の後からホーンブロワーが注意深くドアをロックした。「どうしたのですか、艦長」と、ブッシュが声をひそめ、ホーンブロワーはドアの取っ手に手をかけ、背を丸めて聞き耳を立てながら、低声《こごえ》で訳を話した。

表玄関からノックの音が聞こえ、フェリックスが行って開ける鎖の音がガチャガチャ響いた。ホーンブロワーは全身を耳にして、それにつづく会話を聞き取ろうとしたが、意味がつかめなかった。しかし憲兵は丁重に口をきいており、フェリックスは執事らしく感情も抑揚もない話しぶりだった。長靴の足音と拍車の音がするのは、憲兵が中へ通されたからで、あとはドアが閉まって、物音も声もすっかり消えた。待つ間の数分が数時間にも思えた。だんだん神経が立ってくるのを感じて、彼は無理に振り返り、耳をそばだてて腰掛けている他の者たちへ、ほほえんでみせた。

待つ間があまりにも長すぎて、緊張を持続することができなかった。間もなく彼らは緊張を解き、にやっと笑い合ったが、最初にホーンブロワーが見せたような、うつろな作り笑いではなかった。ついに、また、廊下から急に新たな人声が起こって彼らを緊張させ、彼らはここまで通ってくる話し声に聞き耳を立てながら体を硬くしていた。するとやがて、玄関ドアがバタンと閉まる音がして、話し声が途切れた。次にまた何かが起こるまでが、また長かった——五分——十分——そしてやがてドアを軽くノックする音が、ピストルの発射音のように彼らを飛び上がらせた。

「入ってよろしいですかな、艦長」と、伯爵の声だった。

急いでホーンブロワーはドアの鍵をあけ、伯爵を通したが、そうしてからも、伯爵がブッシュに邪魔をする詫びを述べ、体の具合や、よく眠れたかどうかを、丁重に尋ねている間、彼はぎごちなく通訳をしながら、たいへんな辛抱強さでその場にたたずみ、待たなければならなかった。

「よく眠れたと話していただけますか、艦長」と、ブッシュが言った。

「それは結構でした」と、伯爵が言った。「さて、憲兵の件ですが——」

ホーンブロワーは椅子を持ってきた。気が急《せ》いて作法を忘れたなどと思われたくなかった。

「恐縮です、艦長、恐縮。しばらく居てもお邪魔ではないでしょうね。それはどうも。それで、憲兵が来て言うには——」

その話は、ブッシュとブラウンに通訳してやらなければならないために、間のびした。例の憲兵はヌヴェールに駐屯している隊の一員だった。真夜中少し前に、かんかんになったカイヤール大佐に叩き起こされ、その町で任務につける者は一人残らず、逃亡者の捜索にかり出されたのだった。あの暗闇では、ろくに動きがとれなかったが、夜明けとともに、カイヤールは川の両岸の組織立った捜索を開始して、捕虜の足取りを探り、川沿いの家も小屋もしらみつぶしに聞き込みをさせた。さっき憲兵が来たのは、役目柄いちおうの形を踏んだまでのことで、逃亡した英国人三人を見かけなかったかどうかを尋ね、彼らが近くにいる可能性があるからと注意をするためだった。その点は大丈夫だという伯爵の答えで、憲兵はすっかり納得した。実のところ、英国人が生きて発見されることなど期待していなかった。捜索の結果、川下のアリエ川の合流点近くの土手の上に、負傷した英国人の使っていた毛布が発見されており、それから見て彼らのボートが転覆したことはまず間違いなさそうだし、そうだとすると、川が増水している折でもあり、彼らが溺死したことは疑いようがない。彼らの死体は数日中に川筋のどこかで発見されるだろう。彼らは、一マイルも行かぬうちに最初にぶつかった早瀬でボートがひっくり返った、それほど川の流れは狂奔している――さっきの憲兵はそんなふうに解釈しているらしかった。

「この情報は、はなはだ満足できるものだと思うのですが、艦長、賛成していただけるでしょうね」

「もちろんです。それ以上のものがあるでしょうか」

もしもフランス官憲が、そうした情報から、こちらは死んだものと思いこんでくれれば、追跡は打ち切られるだろう。ホーンブロワーは部下を振り返り、英語で事情を説明して聞かせると、彼らは、うなずきと微笑で、伯爵に感謝の気持ちを示そうとした。

「たぶん、パリのナポレオンは、こんなつかみ所のない話で納得はしないでしょう。いや、確かに納得するはずがないので、さらに捜索をつづけるように命じることでしょう。しかしここまで累が及ぶことはありますまい」

「ありがとうございました」と、ホーンブロワーが言うと、伯爵は、とんでもない、というふうな身振りをした。

「あとはただ、みなさんが今後どのようにするのが最善の処置か、腹を決めることだけです。わたしからこんなことを申しては差し出がましいでしょうか――ブッシュ副長がまだ本調子でないのに、旅をつづけることは、感心できないのではないですか？」

「何と言ったのですか、艦長」と、ブッシュが訊いた――彼の名前が出て、一同の目が彼に向いたからだ。ホーンブロワーは説明した。

「閣下に言ってください――義足を作るのはわけないから、来週の今ごろは、彼に負けずに歩いているだろうって」

「それはすばらしい！」と、伯爵は、不適当な箇所を削除した通訳を聞いて言った。

「しかし、木の足を作っても、われわれの問題の大きな助けになるとは思えません。ひげを生やすか、変装するかなさるのもいいでしょう。わたしの考えでは、旅の間、皇帝に仕えるドイツ人の官吏を装われると、フランス語がわからない言い訳になるのではないでしょうか。しかし、片脚がないのは変装で隠せません。これから数カ月間は、片脚のない見知らぬ人が来たとなれば、鵜の目鷹の目の警官たちに、逃亡して溺死したとされている、負傷した英国の士官のことを思い出させるでしょう」

「そうです」と、ホーンブロワーは言った。「警官との接触を完全に避けられれば別ですが」

「そんなことは、とてもできません」と、伯爵はきっぱりと言った。「このフランス帝国には、いたる所に警官がいます。旅をするには、どうしても馬が必要でしょうし、おそらくは馬車もでしょう。長旅の間には、きっと馬と馬車が警官の目を引くはずです。街道を十マイルも旅すれば必ずパスポートを検《しら》べられますからね」

伯爵は思案顔で顎《おとがい》先をつまんだ。よく動く口の両角をカッコでかこむような皺が、もっと深くなった。

「ゆうべ、あのボートがやられなかったらなあ」と、ホーンブロワーは言った。「川なら、たぶん――」

　その思案は完全な形で心に浮かび、それと同時に伯爵と目が合った。自分と伯爵との間には、不思議に気持ちが一致するところがあると、彼は改めて思った。伯爵の心にも、同時に、同じ思案が形をなしつつある――似たような現象を意識したのは、これが初めてではなかった。

「もちろん！」と、伯爵は力を入れ、「川だ！　そこに気づかないとは、わたしもどうかしている。あの川は、オルレアンまで、通航できない。というのは、冬の氾濫で、両岸が、荒廃地同様になるからです。ただし町のある所は別だが、町はほとんどないし、必要とあれば夜陰に乗じて通過できます。ヌヴェールを通られたように」

「通航できない、ですって？」

「商業的な船の往き来はありません。漁船があちこちにいるし、川底から砂を取っている船も少しはいますが、それだけです。オルレアンからナントまで、ナポレオンは艀の通れる川にしようと努力してきましたが、あまり成功していないようです。それに、ブリヤールの上手で、横へそれる新しい運河に、船はぜんぶ入ってしまうので、川筋は荒廃して、人っ子ひとりいません」

「しかし下ろうと思えば下れますね？」

「ええ、それはまあ」と、伯爵はじっと考えこむふうだったが、「夏なら、手漕ぎの小船で、やれないことはありません。あちこちに難所はありますが、決して危険はないです」

「夏なら、ですか！」

「夏ならね。この副長が良くなられるまで待たれることです、それからボートを作られることです——海の方たちは、ご自分でボートを作れるでしょう？　まあ当分、出発は望めません。一月は川が凍るし、二月は氾濫して、これが三月までつづきます。その間は何一つ川の上では生きられません——とくに、寒くて、濡れて、とても無理です。どうやら、四月までは、お付き合いの楽しみを与えてくださらないわけにいかぬようですね、艦長」

これはまったく予想もしなかったことだ——機会の到来まで、これから四ヵ月も待たねばならないとは。ホーンブロワーは面くらった。これまでは、数日後には、長くても三、四週間もすれば、ふたたび英国へ帰還の途についているものと考えていたのだった。この十年来、同じ場所につづけて四ヵ月もいたことはなかった——そう言えば、この十年間、陸上で四ヵ月も過ごしたことだって、ほとんどなかった。彼の心はそれに代わる方法を探したが無駄だった。街道を行けば、馬と馬車が必要になるし、あらゆる種類の人と接触することになる。ブッシュとブラウンを連れて、うまく通り抜けることなど望むべくもない。そして川下りとなると、待たねばならないのだ。四ヵ月たてば、ブッシュは本復しているはずだし、夏になるので、旅宿や民家で雨露をしのぐ必要がなくなり、川岸で眠り、フランス人との接触は一切避けて、海に達するまで川を下りつづけることもできるだろう。

「もし釣り竿を持っていかれれば」と、伯爵が補足して、「町を通り過ぎるとき誰かが見ていても、日帰りの釣りに出かける仲間と思って見過ごすでしょう。どういう訳か、わたしにもはっきり分析できないのですが、淡水の釣り人というのは、決して悪意がありそうに見られないものですよ――おそらく、魚たちからは別でしょうが」

ホーンブロワーはうなずいた。妙なことだが、その同じ瞬間に、彼も川を流れ下っていくボートを思い描いていた。釣り糸を垂れ、岸辺からさりげなく眺められながら――。フランス横断の方法として、それ以上の安全策は考えられない。

それにしても――四月？　子供は生まれている。レディ・バーバラはもう自分が存在していることを忘れているかもしれない。

「冬中ずっと、われわれ三人がご厄介をかけるなんて、大変なことじゃないでしょうか」

「ご安心ください、艦長、あなた方に居ていただけば、子爵夫人にとっても、わたし自身にとっても、こんな楽しいことはありません」

彼は事の成り行きに任せるほかなかった。

9

ブッシュ副長は、真新しい木の義足の、最後のひもをブラウンが結びつけるのを見守っており、そういう二人を、ホーンブロワーは部屋のこちら側から見守っている。

「引き方やめ」と、ブッシュが言った。「綱を留めろ」

ブッシュはベッドの縁に腰掛けて、そっと脚を動かしてみた。

「こりゃいい。肩を貸してくれ。さあ、死人を引き起こせ」

ブッシュが立ち上がり、その場にたたずむのを、ホーンブロワーはじっと見守った。見ているうちに、ブラウンの逞しい肩につかまった副長の顔が、苦痛のまじった驚嘆の表情に変わった。

「やあ！」と、彼は弱々しい調子で、「ずいぶん揺れるな、この船は！」

何週間も寝たり坐ったりがつづいたあとだから、目が回るのは至極当然のことだ。ブッシュのほうから見れば、きっと床が前後左右に傾ぐのだろうし、彼の目付きから判断すると、周囲の壁がぐるぐる回っているのだ。ブッシュがこの予期しなかった現象と相対している間、ブラウンは彼を辛抱強く支えていた。ブッシュが歯をくいしばり、表情を硬ばらせて、自分の体の弱りと闘っていた。

「追風をうけて帆走」と、ブッシュがブラウンに言った。「艦長へ針路をとれ」

ブラウンはホーンブロワーへ向かって、そろりそろりと歩き出し、ブッシュはつかまったまま、大きく踏み出そうと骨を折るたびに、義足の革を打った先が、ストンストンと床に落ちる——ブッシュは義足を高く振りすぎたものだから、いいほうの足が力なく膝から崩れた。

「やあ！」と、ブッシュはまた言った。「止まれ！　止まれ！」

ホーンブロワーはとっさに立っていって危うくブッシュの体をつかまえ、椅子に降ろすと、ブッシュは腰を落として、あえいだ。長い病床生活ですでに不自然なほど血の気の失せていた彼の大きな白い顔が、ますます白くなった。胸を突かれる思いでホーンブロワーは思い出した——かつては、逞しく自信満々で、何かの木の染料で粗染めでもしたような顔色の、昔のブッシュを。そして何物をも恐れず、いつも何かに身構えていたブッシュ。それが今のブッシュは自分の弱さに驚いている。彼がもういちど〈あんよはお上手〉をしなければならなくなろうとは思ってもみなかった——それにあの木の義足の歩行はまた別物だ。

「休んでから始めることだな」と、ホーンブロワーは言った。

これまでブッシュが狂おしいほど歩みたがっていたにせよ、そして自分で自分がどうにもできないことにうんざりしてはいたものの、やはりそれからの数日間、彼が歩く練習をしている最中に、ホーンブロワーのほうから積極的に力づけてやらなければならない時がたびたびあった。次々に生じる困難は、予測していなかったことばかりだったから、彼の落胆ぶりも度外れに大きかった。彼がめまいと体力の衰えを克服するのに何日かかかり、それからなんとかうまく義足を使えるようになったとたんに、こんどは義足がまるで合っていないことに気づいた。最も具合のいい長さを見つけるのは決して容易なことではなかったが、結局、先の革を棒にかっきり直角に取り付けることが、かなり重要な問題なのだと気づいたことは意外な発見だった——ブラウンとホーンブロワーは、厩の仕事場の工作机で、そんな義足を六回も作り直した。ブッシュの曲がった膝は、歩くと体重がかかるので、赤むけて腫れあがっていた。そこで膝頭に当て物をし、それを受ける部分を一度ならず作り直さなければならなかったし、ブッシュのほうも、膝頭がたこになり、新しい役目にもっと慣れるまで、少しずつ練習しなければならなかった。それに、転ぶと——それもしょっちゅう——切断部に激しい痛みが走った。まだ完治していなかったのだ。膝が曲がっているために、たいていどんな転び方をしても必ず切断部が直撃をうけるので、痛みがひどかった。

　しかし、ブッシュに歩き方を習わせることは、長い冬の期間を過ごす一法だった。その間に、パリからの命令で、近くの各駐屯地から新兵たちが徴発されて、ふたたび行方の知れない英国人捕虜の捜索がおこなわれた。ある、どしゃ降りの日に、彼らがやって来た。ずぶ濡れで、ぶるぶる震えている若者が十二、三人と、軍曹が一人で、彼らは家と厩をほんの真似事だけ捜索した――ホーンブロワーとブッシュとブラウンは、目立たない厩の二階の乾草のかげにいれば充分に安全だった。徴募兵たちは台所で召使いたちから、しばらく味わったことのない馳走をうけ、別の場所の捜索に元気よく出発した――数マイル四方の人家と村は、残らず一応の調べをうけた。

そんなことがあった後、次に起こった目ぼしい出来事は、ナポレオンの機関紙に次のような発表がなされたことだ――英国の艦長と副長、ホーンブロワーとブッシュは、裁判のため護送中の警固隊から逃走を試み、その途中ロアール川で溺死、分相応の最期を遂げた。疑いもなく(と記事はつづけて)これは、地中海における彼らの極悪非道な海賊行為に対する罪の償いをさせるために待ち構えていた銃殺隊から、悪漢どもを救ったことになる。

伯爵からこの発表を見せられた時、ホーンブロワーは複雑な気持ちで読んだ。誰もが自分自身の死亡通知を読む特典を得られるものではない。彼の最初の反応は、これで今後、警察の監視の目がなくなるから、逃亡ははるかに容易になるだろうということだった。しかしそんな安堵の思いも、ほかのいろいろな感情の波に洗い流された。本国のマリアは、二人の間の子供が今にも生まれようとしている矢先に、未亡人になったと思いこむことだろう。それはマリアにとって、どれほど重大な意味をもつことか。マリアは、女が男に捧げられる限りの愛情で、深く彼を愛していることを、ホーンブロワーは痛いほど知っていた。ただしそれを自認するのはこんな瞬間だけではあったが。その彼女が夫を死んだものと思いこんだ時、どうするか、彼には見当がつかなかった。それで彼女のこれまでの生き甲斐はなくなるだろう。だが、年金は付くし、生活は安定するし、愛育する子供がいる。彼女は自力で新しい人生を築く方向へ、知らず知らず自分を仕向けていくかもしれない。一瞬、ホーンブロワーは千里眼のように、深い悲しみに沈んだマリアの姿を目の前に見た——運命に耐えて固く結んだ口元、きめの荒い、赤らんだ肌を涙で濡らした頰、落ち着きなく組み合わしたり解いたりしている赤い手。小さなホレイショとマリアが共同墓地に埋葬されたあの夏の日の、彼女の姿はそんなふうだった。

ホーンブロワーは追想から身を振りほどいた。マリアは少なくとも金に困ることはあるまい。その点は英国の新聞が政府の義務履行を監視してくれるだろう。このナポレオン側の発表に応えて掲載されるだろう記事が想像できる——英国の海軍士官を海賊行為で告発するなどけしからんという激しい憤り、彼は冷酷無惨に殺害されたのであって、逃走を図って死んだのではないのではあるまいかという公然たる疑惑の表明、報復を要求する喧々ごうごうたる声。今日まで、英国の新聞は、ナポレオンについて論評する時、ほとんど例外なく、もう一人の英国海軍艦長ライトの死を想起してきた。彼はパリで収監中に自殺したと言われているが、英国人はみな、ナポレオンが彼を殺害したものと信じている——こんども同じだと信じることだろう。あの暴君に対する最も効果的な攻撃が、彼の側の些細な、あるいは無実の行為にもとづいていることは、なかなか面白い。非難攻撃と宣伝の手口を考え出す英国の天才たちは、政策や主義主張を正面きって激しく論難するよりはむしろ、些細な事柄をうまく利用するほうが有効なことを、とうの昔に発見しているのだ。新聞も、たとえば、何千何万という罪なき人々を虫けらのように殺す結果になった、スペイン侵略の犯罪的性格を論じたものよりも、ナポレオンが一介の海軍士官を死に追いやった罪の告発のほうに多くのスペースを割くのだ。

それから、レディ・バーバラも、自分が死んだことを読むだろう。そして残念に思ってくれるだろう——それは信じてよさそうだ——しかし、どこまで深く悲しんでくれるかは、まったく測りようがない。そう考えたとたんに、近ごろ忘れようと努めてきた憶測や疑問がどっとよみがえった——いったい彼女は自分に対して少しでも愛着をもっているのか、いないのか、彼女の夫は負傷から立ち直ったのかどうか、そして、とにかくこの件について自分に何ができるのか。

「この発表に、だいぶ心を痛めておられるようで、お気の毒に思います」と、伯爵が言ったので、ホーンブロワーは詳しく読んでいる間中、顔色をしげしげと観察されていたことに気づいた。こんどばかりは油断を突かれたが、彼はまたすぐ構えを立て直して、にっこり笑って見せた。

「これで、われわれのフランス横断旅行がずっと楽になります」

「そうです。わたしも読んだとたんに、同じことを考えました。おめでとうを申し上げてもよろしいでしょう、艦長」

「ありがとうございます」

だが、伯爵の顔には心配そうな表情があった。彼はもっと言うことがあるのだが、言うのをためらっているのだ。

「何を考えておられるのですか」と、ホーンブロワーは尋ねた。

「ただ一つ――これで、あなたの立場は、ある意味ではいっそう危険になりましたよ。あなたは政府発表で死んだことになっている――政府というものは、間違いを認めないし、認めることもできないものです。わたしは自分の身勝手で、みなさんをお引き止めしてしまったのですが、もしやそれが仇になったのではないかと心配です。こんど逮捕されたら、あなたの命はない。政府は、あなたを闇から闇に葬ろうとするでしょう」

ホーンブロワーは頓着なげに首をすくめてみせたが、こんどだけは少しも強がりではなかった。

「どうせ捕まれば銃殺なのですから、同じことですよ」

密殺は近ごろ為政者が時に好んで使う手だとは考えてみたものの、そんなことはとてもできないことで、トルコとか、せいぜいシチリアあたりの話ならともかく、ナポレオンがするとはとても思えなくて、一瞬そんな考えは払いのけようとしたが、そこで急に、それは決してありえないことではないと気づいてはっとなった――無限の権力を持ち、多くを賭けている男が、しかも決して他言しないと信じられる手下がいるとなれば、密かに殺してすむときに、人目に晒して、お笑い種になる危険をわざわざ冒すとは思われない。そう考えつくと、気が滅入ってきたが、彼は気を奮い立てて、にっこりして見せた。

「あなたは、お国の方らしい勇気を充分に備えておられますが、艦長」と、伯爵が言った。「しかし、あなたの死を伝えるこの訃報は英国にも届くでしょう。そうしたらオルレンブロール夫人がさぞ力を落とされることでしょう」

「そうだと思います」

「なんなら、英国へ言伝を頼む手もないではありません――信頼できる銀行家がおります。ただし、そうすることが賢明かどうかは別です」

彼が生きていることが英国に知れれば、いずれフランスにも知れることだから、いっそう厳しい捜索の手が打たれよう。それは危険千万だ。マリアは、彼が生きていることを知ったところで、それが彼の死を招くことになったのでは、大して得るところはない。

「それは賢明なことではないと思います」と、ホーンブロワーは言った。

彼の心には妙な二重性がある。一つは自分のために実に冷静に計画を練ることができ、自分の生きる可能性を入念に計算できるホーンブロワーだが、それはけさ顔を剃った、血肉を備えて生きているホーンブロワーに比べれば、想像力のあやつり人形だ。この両者が一つに溶け合うのは、危機が到来した時、渦巻きの中で命からがら泳いでいる時、あるいは戦闘のさなかに艦尾甲板《コーターデッキ》を歩いている時だけであることを、彼は体験を通して知っている——つまり、恐怖心が生じる瞬間に限っているのだ。

「この報道が、心に余計な波風を立てたのではないでしょうね、艦長」

「そのようなことはまったくありません」

「それで安心しました。それでは、今夜も、子爵夫人とわたしに、ホイストをお付き合いねがう愉しみを与えていただけますかな？　ミスタ・ブッシュとごいっしょにいかがです？」

ホイストが宵の口を過ごす日課になっていた。伯爵はこのゲームが大好きで、そのことがまた彼とホーンブロワーの間に心を通わせる絆となった。彼は、ホーンブロワーのように、計算されたあの手この手を使うプレイヤーではなく、むしろ勘とか直観的な戦法に頼るタイプだった。彼の当てずっぽうに振るカードが、しばしば相棒の四枚以下のそろった持ち札を作り出し、危機一髪の瀬戸際で勝ち点をむしりとるところや、進退極まった時に、しばしば勝負を決める一手を直覚的に判断するところは、見事なものだった。彼がこの才に溺れて敗ける晩や、子爵夫人とホーンブロワーの情容赦ない正確な攻めの前に、三番勝負を次々と落とし、口惜しそうな笑みを浮かべて坐っているような晩も、まれにはあったが、たいていは彼の不思議な透視力が最後まで勝ち抜くので、ホーンブロワーは、敵に回った場合にはいら立ちを、味方だった場合には強烈な満足感を――つまり苦心の計算が失敗に終わったいら立ちと、計算の正しかったことが証明された満足感の、どちらかを味わう結果になった。

子爵夫人は、よく教えこまれた好手だったが、切れ味はなく、彼女がこのゲームに興味を持つのは、ひとえに義父への献身のためではなかろうか、とホーンブロワーは思った。ホイストのゆうべがまったくの苦行だったのはブッシュだった。彼はどんなカード・ゲームも大嫌いで――トゥエンティ・ワンのような素朴なものでもだめ――高度に洗練されたホイストとなると、もう手も足も出なかった。これまでにホーンブロワーは、ブッシュのいちばん悪い癖――たとえば、一番ごとに途中で「切り札は何？」と聞くようなこと――をいくつか直し、彼が定石の先札や捨て札を覚える際に、カードが出されたとたんに計算するようにと口をすっぱくして教えこみ、そうして、三人の好手が一晩を楽しみ損なうよりは、彼がいるほうがまだしもましだと我慢できるところまで仕込んであった。それでも彼にとってホイストのゆうべは、いつも苦痛で青息吐息の数時間であり、慌てて間違えたり赤面して謝ったりの数時間で——会話が彼にはちんぷんかんぷんのフランス語でつづけられてはいたものの、それで惨めさが少しでも減るわけではなかった。ブッシュは、フランス語もホイストも球面三角法もみな、自分は年を取りすぎていてこれ以上は進歩しない課目だと頭の中で分類しており、許されれば、そういうものは尊敬する艦長にすっかり任せて何の不満もありませんというあんばいだった。

ホーンブロワーのフランス語は、絶えず使わざるをえないおかげで、急速に進歩していた。音痴なのでアクセントの呼吸はどうにもつかめなかったが——彼はいつも外国人の抑揚のないしゃべり方をしていたが——語彙は豊富になり、文法はいっそう正確になり、それに慣用的な語法がなめらかに使えるようになって、一度ならずこの家の主から、うれしいお世辞を言われた。ホーンブロワーの得意な気分は、しかし階下でブラウンが同じく急速に流暢になっているために水を差された。彼もフランス人たち——フェリックスや、家政婦をしている彼の妻や、二人の娘で女中のルイーズたちと付き合っていたし、また庭をへだてた厩の上階で寝起きしているので、フェリックスの兄弟で御者のベルトランの一家とも付き合うなど、幅広い生活だった。ベルトランの妻は調理人で、二人の娘が台所を手伝い、また若い息子の一人はフェリックスの下で従僕をし、あとの二人は父親の下で厩の仕事をしていた。

ホーンブロワーは一度、思い切って伯爵に、自分たち三人のいることが、それらの召使いの誰かの口から、当局へ告げ口されることはあるまいかと、暗に訊いてみたことがあったが、伯爵はただ首を左右に振るだけで、その静かな自信は揺るがしがたいものだった。

「彼らがわたしを裏切るようなことはしません」と、いかにも強い確信のある口調だったので、その確信はホーンブロワーにも移った――それに、伯爵の人柄を知れば知るほど、彼の人柄を知っていて彼を裏切る者などいるはずがないことが明らかになってくる。伯爵はそう言ったあと苦笑まじりに、

「このことも憶えておいていただきましょう。艦長、ここではわたしが当局者なのです」と付け加えた。

それ以後、ホーンブロワーはまた安心してのんびりと気を許すことができた――どこか取り止めのない感じを伴い、悪夢のにおいがする安心感。広大な水平線と千変万化の海を奪われて、四つの壁の中にこんなに長く匿われているなど現実ばなれしたことだった。毎朝、彼は厩の前の庭を往ったり来たりして散歩ができ、そこがちょうど艦尾甲板《コーターデッキ》で、仕事についてしゃべっているベルトランと息子たちが朝の甲板洗いをする乗組員のようだったが、厩のにおいと、高い塀を越えて吹きこんでくる陸の風は、目が覚めるような海上のさわやかさの代わりとしては粗末だった。また彼は何時間も小塔の窓から、伯爵が見つけてくれた小型の望遠鏡で、あたりの田園風景を眺めて過ごした。冬枯れの

荒れて寂しい葡萄園、遙かに立ち並ぶヌヴェールの塔——飾りたてた寺院の塔やゴンザガ宮殿の優雅な小塔。流れの速い黒い川、半ば水に浸かった柳の木——一月に張った氷と、この冬は三回はげ山をおおった雪が、単調な冬景色にうれしい変化を与えている。遠くに丘陵があり近くに斜面がある。ロアール川の渓谷が蛇行してどこか見知らぬ彼方へ消えており、アリエ川の渓谷がどこかから下って来てそれに合流している——小塔の窓から眺めるこうした景色は、陸上の人間が見れば、ひんぱんに降る強い雨の中でも、喜ばしいものなのだろうが、船乗りで虜囚の身にとっては、ぞっとするものだった。海の、あの言い知れぬ魅力はそこにないし、海の、あの神秘と魔術と自由もない。ブッシュとブラウンは、望遠鏡で眺めたあと小塔の窓辺から降りて来るホーンブロワーが、暗く不機嫌なのに気づいて、いったいなぜそんな時間の過ごし方をするのだろうかと怪しんでいた。自分でもなぜだろうかと首をかしげるのだが、心弱くて、それをやめることができなかった。とりわけ、伯爵とその義娘が遠乗りに出かけ、活発に何マイルか彼が焦がれ求める自由を満喫して、顔をほてらし、元気よく、嬉々としてもどって来る時、彼の不機嫌はいっそうつのった——愚かにも嫉妬しているのだと、腹立たしく自分に言い聞かせるのだが、やはり妬ましいことに変わりはなかった。

また、ブッシュとブラウンが新しいボートを作りながら楽しんでいることまで、彼は妬ましかった。彼は手仕事のうまいたちではなかったから、いったんボートの設計が、長さ十五フィート、幅四フィートの平底ということで意見が一致してしまうと、あとは作業に力を貸そうにも、ただ無器用な労力奉仕以外に、何の役にも立たなかった。彼の部下たちは、道具の使い方が、彼とは比較にならない堂に入ったもので、いかにも器用な者らしく、道具を使って働くことが、たまらなく楽しそうだった。ブッシュは、療養期間が長かったためになまってしまった手に、またタコができたと子供のように喜び、それがまたホーンブロワーには癪の種だった。彼らが、作業場に選んだ厩の二階で、だんだん出来上がっていく手製のボートを眺めては、単純で独創的な喜びを味わっているのが、うらやましかった――いや、もっとうらやましかったのは、ブラウンが示した目の確かさで、彼は、ホーンブロワーがやればぜひ必要になりそうな、型板やひな型や張り糸などの仕掛けを一切使わずに、輻《や》削りなた一挺でオールを形作っていった。

ずっと籠りきりのその冬は、暗い憂鬱な日の連続だった。一月が来て、それといっしょに彼の子供の生まれる予定日が来た――はっきりしていることは何一つなく、マリアと子供のことを案じたり、バーバラは自分が死んだものと思って自分を忘れてしまうだろうと考えたりしていると、気が変になりそうだった。伯爵の優しい気質やいんぎんさも、慣れっこになってくるとたちまち苛だちのもとになった。自分がブッシュの無器用な話し方の言葉尻をつかまえて、けんつくをくわすのを聞くために、人生の貴重な一年を使おうとしているような気がした。伯爵のおかげで命が助かったのに――あるいは、それゆえにだろうか——伯爵に無礼な態度をとってみたい衝動、けんかを吹っかけてみたい衝動が、ときおり抗し難いほどに昂じることがあり、それを抑えようと努力すると、ますます腹が立ってくるのだった。彼は伯爵のいつに変わらぬ善人ぶりが鼻につき、不思議にいつも同じ考え方をするところまでいやになった。伯爵の中に、しばしば自分の鏡像のようなものを見るのは、奇妙で、無気味な気さえした。自分が時には、これほど邪悪な人間は初めてだと思うような相手——たとえば中央アメリカのエル・スプレモ（本シリーズ既刊『パナマの死闘』に登場）——とも、似たような共感の絆を感じたことがあったのを思い出すと、ますます狂おしい気がしてくるのだった。

エル・スプレモは、自らの罪業のゆえにパナマで処刑台の露と消えた。伯爵は、友人のために、パリでギロチンにかけられる危険を冒しているのだ、そう思って彼は心が痛んだ——エル・スプレモと伯爵の間に何らかの共通点を見つけようとするのは常軌を逸しているが、ホーンブロワーはいま常軌を逸した気分だった。彼は考えることばかり多すぎて、することはほとんどないので、過労の頭はばらばらに壊れようとしていた。自分と伯爵とエル・スプレモとの間の、精神的なつながりについて、ばかげた瞑想にふけるなど、正気の沙汰ではなかったし、自分でもそれを承知していた。なすことなく待ちつづけるこの最後の数週間を、無事に切り抜けるためには、ただ自制力と忍耐力がありさえすればいいのだと、自分に言い聞かせるのだが、彼の忍耐力は限界に達しそうだったし、自制力を無理に働かせることに、うんざりしていた。

精神が衰えた時、彼を救ったのは肉体だった。ある午後、小塔での、長い、気を狂わせるような望遠鏡のぞきのあと、下に降りてくると、二階の外廊下で子爵夫人とばったり会った。彼女は夫人の居間《ブドワール》の戸口を入ろうとしているところで、彼が近づくと、向き返ってにっこり笑いかけた。彼の頭の中は渦を巻いていた。彼は何やら激した気持ちと熱っぽい興奮に駆り立てられ、ひたすら何かの慰めを求め、この耐え難い緊張を和らげてくれるものを切なく求めて、拒絶されるのを覚悟で、一か八か、両手を夫人へ差し出した。彼女は微笑を浮かべたまま彼に手を預けた。触れ合ったとたんに心の隔てが消えた。堰を切った衝動の奔流に身をゆだねるなど不埒な振る舞いだが、不埒はなぜか甘美だった。二人はもう部屋の中にいて、ドアは閉ざされていた。彼の腕の中に、甘美な、健康な、ありがたい肉体があった。懸念も心もとなさも、もはやなかった。ばかげた瞑想もなかった。いまは目くるめく本能がとって代わり、何カ月もの独身生活で鬱積した衝動があるだけだった。彼女の唇は熟れて豊かで、すぐにも花開こうとしていたし、彼が激しく抱きしめた胸のふくらみは、甘美な二つの小丘だった。ほのかに、酔いを誘う女の匂いが鼻先にただよった。

夫人の居間《ブドワール》の奥は寝室だった。二人は今そこにいて、彼女は身を任せようとしている。もしほかの男なら、たまらず酒を飲み、酔い痴れて頭を鈍らせるところだろうが、ホーンブロワーはちょうどそんなふうに、欲望と情熱で頭をしびれさせた。彼は何もかも忘れ去り、こうして狂おしく自制心をかなぐり捨てた今は、何がどうなろうと構わなかった。

そして、夫人が彼の動機を理解したことは不思議だった。彼女が憤らなかったことはさらにいっそう不思議だった。情熱の潮が引いていくにつれて、彼女の顔がはっきり見えるようになると、彼女の表情は、優しく、私心がなく、母親のそれに似ていた。彼女はいま彼の哀しみに気づく一方、彼女の見事な肉体に彼が強い欲望を抱いていたことも、前々から気づいていた。彼女は、喉が渇いて死にかけている男に一杯の水を与えるように、彼の差し迫った欲求のために体を与えたのだった。今、彼女は、彼の顔を胸に抱き寄せ、髪を撫で、子供にするように優しく揺り動かし、小さく慰めの言葉を囁いた。一滴の涙がホーンブロワーのこめかみに落ちた。彼女はこの英国人を愛するようになってしまったのだが、彼を自分の腕の中に飛びこませたものは愛でなかったことを、百も承知していた。英国に妻子がいることを知っていたし、彼の愛する女がほかにいることも察していた。いま涙を催したのは、それを思ったからではなかった。自分は彼の実生活に何のつながりもない存在であり、彼がこのロアール川の岸辺に滞在しているのは、彼にとっては夢のように現実ばなれしたものであり、ふたたび海へ脱出できる時まで耐えるだけのものであって、いずれ彼は、彼にとっては正常な、狂気の世界へ帰ってゆき、そこで毎日、危険や不自由な目に遭うのだと、わかっているがゆえの涙だった。

彼が繰り返し彼女に与えた口づけも、彼の一生の仕事、つまり戦争に比べれば、彼にとっては何の意味もないのだ——その同じ戦争が、彼女の若い夫を殺した。ヨーロッパ中に寡婦をあふれさせ、ヨーロッパ中を、荒れ果てた野原や畑、焼土と化した村々の、見る影もない姿に変えてしまった、無益な、浪費濫費の、野蛮な行為——戦争。彼は、人が興奮に満ちた商売上の取り引きの合い間に、飼い犬の頭を撫でるように、彼女に口づけをしているのだ。

そのときホーンブロワーはまた顔を上げて彼女の顔に寄せ、その目に深い悲しみを読みとった。彼女の涙を見ていると、言いようのない感動にとらわれて彼女の頬を撫でた。「ああ、可愛い人」と、彼は英語で言ってから、言いたいことを表現するフランス語を探しはじめた。いとおしさが身内にわきあがってきた。彼は一瞬、目くるめくような啓示をうけて、夫人が自分に愛情を抱いていることを悟り、彼女が従順に自分の腕の中へ飛びこんできたのは愛ゆえだったと悟った。彼女の唇にキスをしながら、訴えるような彼女の目から見事な赤毛を掻き上げてやった。いとおしさが、また情熱を目覚めさせた。そして彼の抱擁の下で、彼女の最後のこらえが崩れた。

「愛しています！」と、彼女は抱きついてそっと囁いた。それだけは、彼にも自分にも、認めまいと思っていた。情熱に任せて自分を与えれば、結局は心が傷つけられることになるのはわかっているし、いま彼の目の中で、優しさが獣じみた情欲とすりかわった時に、彼には愛のないことがわかった。もしこのまま彼を愛してしまえば、心が傷つけられる。まだほんの一瞬の間、彼女はそれだけ見通す心の目を残していたが、やがて自分が自己欺瞞へ沈みこんでいくに任せ、いつかそれを自己欺瞞とは思わなくなることもわかっていた。そして、自分をあざむいても、自分は愛されているのだと思いたい誘惑がすべてを押し流した。彼女は情熱的に身を委ねた。

10

こうして成就した情事は、少なくともホーンブロワーの心には、雷雨のように空気を澄み切らせてくれるもののように思えた。今では、神がかった瞑想よりも、もっと明確に思い浮かべるものができた。心を慰めてくれる、マリーの愛情に満ちた優しさがあったし、それと拮抗する刺激剤には、この家の主の義娘を、同じ屋根の下で誘惑したという良心の呵責があった。もしや伯爵の精神感応力が、マリーとの秘め事を見抜きはしないかという不安と、もしや誰かが目配せを盗み、あるいは身振りからぴたりと読み取りはしまいかという心配のおかげで、彼の心はいつも生き生きと働いていた。

それにその情事は、進むにつれて、不思議な予想外の幸福をもたらした。マリーは、情事の相手として、ホーンブロワーの願望をすべてかなえてくれるものを備えていた。結婚によって貴族になった彼女は、彼の華族好みを充分満足させ、それでいて彼女が農家の生まれだとわかっているので、彼はそのために少しも畏怖を感じないですんだ。彼女は優しくも情熱的にもなれたし、頼もしくも従順にもなれたし、現実的にもロマンチックにもなれた。それに彼女は深く強く彼を愛しながら、同時に、近づく彼の出立に対しては、あきらめの心を保ち、健気にも絶えず何くれとなく出発のための手助けを心掛けてくれるので、彼の心は日の経つにつれて和らぎ、だんだん彼女に引きつけられていった。

その出発が、急にぐんと間近の、ずっと実現の見込みのあるものになった——偶然の一致ながら、ホーンブロワーが二階の回廊でマリーと会った日からわずか一日か二日後に、それは水平線を越えて現われ、望ましいものから予想できるものへと近づいてくるようだった。ボートは完成して、塗装も装備もすみ、いつでも使える状態で既の二階に据えてあった。ブラウンは井戸から水を汲んできてボートを満水にしておき、一滴の水漏れもないと得意げに報告した。海に出るまでの横断計画は明確な形をとりはじめていた。丸々太った調理人のジャンヌが堅パンを焼いてくれた——そこでホーンブロワーは、この家で軍艦用の堅パンの焼き方を心得ている唯一の人間として、得意然と本来の地位にもどり、ジャンヌは彼の指図に従って立ち働いた。

彼と伯爵との間で熱心に議論が交わされてきたことだが、途中で食糧を買うような危険なことは、やむをえぬ場合でもないかぎりやらないと彼が決めたことによって決着がついていた。ジャンヌが焼いてくれた五十ポンドの堅パンは（ボートに貯蔵するロッカーがあり）三人で毎日一ポンドずつ食べても十七日間はもつし、じゃがいもも一袋準備してあり、乾燥した豆も一袋あった。それから長細いアルル・ソーセージもあり——棒のように乾いていて、これは、ホーンブロワーの頭にはあまりぴんとこなかったが、長期間食べられるという長所があるらしかった——それにホーンブロワーがフェロルでの捕虜生活中になじみになった干《ひ》鱈《だら》が若干と、ベーコンの一塊りもあった。あれこれ合わせると——まだ足りぬげな伯爵にホーンブロワーが指摘したとおり——これだけあれば、彼らがジョージ国王陛下の軍艦でしばしば賄ってきた食糧よりも、こんどのロアール川の川下りの方がやりくりが楽そうだった。長年海の航海に慣れてきたホーンブロワーは、川では水の補給の問題が容易に解決するおかげで、横断計画がこんなにも簡単なものかと、しばらくは感嘆の声がやまなかった。飲むにも洗うにも浴びるにも、ボートのすぐ外から無際限に清水が得られるのだ——それも彼が伯爵に話したように、微生物のわいた臭い緑色の代物で、一日に一人頭四パイントの割合で惜しみ惜しみ配給され、それで艦内一同が満足しなければならない水とは、比較にならない良い水でもある。

彼は海に近づくまで何の支障も予想できなかった。はじめて何らかの危険に遭うのは、潮の干満のある水面に入ってからのことだ。フランス沿岸は駐屯軍や税関吏でいっぱいなことも知っている——ペルー提督の下で海尉だった当時、一度ブローニュの塩水沼沢地帯にスパイを上陸させたことがあった——そしてまさに彼らの目と鼻の先で、漁船を盗み、沖に逃れなければならないのだ。大陸封鎖（一八〇六年ナポレオンが英国の経済封鎖のためにとった政策）と、英国軍の急襲の恐怖と、スパイ活動に対する警戒とのおかげで、潮のさす河口付近は厳重に監視されているだろう。しかし運に任せるしか道はなかろう——どのような形をとるかわからない、さまざまな偶発的な出来事に備えて、計画を立てることは困難だし、それに、そうした数々の危険は何週間も先のことだし、そのうえホーンブロワーの新たな満足を味わった心は、実のところ、そうしたことに充分な配慮をするにはのんびりしすぎていた。それにマリーへの愛着がつのるにつれて、彼女から自分を連れ去るような計画を立てるのが、だんだんつらくなってきた。彼女への未練はそれほど強くなっていた。

そんなことで頼りにされた伯爵が、とびきり役に立つ提案をする結果になった。

ある晩、彼が持ち出した。「もしお許し願えるなら、あなた方のナント通過を簡単にするための一案をお話ししたいのですが」

「聞かせていただければうれしく存じますが」と、ホーンブロワーは言った——伯爵の回りくどい丁寧な言い回しが伝染した。

「どうか、誤解しないでいただきたい。わたしはあなたが立てておられる計画に差し出口をしたい気持ちは毛頭ありませんが、もしあなたが税関の高級官吏に変装なさったならば、沿岸に滞在なさる間ずっと安全になるのではあるまいか、ふと、こんなことを考えついたものですから」

「それはそうでしょうが」と、ホーンブロワーは辛抱強く受けて、「しかし、どうしたら、そうできるのか、わたしには思案がつきません」

「もし必要とあれば、オランダ人という触れこみもやむをえないでしょうな。オランダはフランスに併合され、ルイ・ボナパルトが亡命したからには、彼の使用人《アンプルワーエ》が帝国に仕えるようになることは当然考えられることです。ですから、たとえば、オランダ税関《ドワニエ》の大佐が、職務のとり方を学びにナントを訪れることは、いくらでもありうることだと思います——とくに、ナポレオンと彼の弟が争ったのは税関規則の施行をめぐってだったのですからなおのことです。あなたのたいへん立派なフランス語は、まさにオランダ税関の大佐に打ってつけでしょう。ただし——率直に申すことをお許しねがいたいのですが——フランス本国人そっくりとは言いかねますのでね」

「しかし——しかし——」と、ホーンブロワーは口ごもった。伯爵の身についた良識のおかげで、こちらの牙がなまってしまったのだろうか——「それは、実際には難しいでしょう——」

「難しい？」伯爵はにっこりして、「危険ではあるかもしれませんが、もしこんな真向からの反論を許していただけるならば、それは別に難しいことではないでしょう。英国のような民主的な国では、こういうことを目にする機会がなかったでしょうが、フランスのような国では、自信のある態度と制服が大いに物を言うのです。ですからここではすでに、貴族政治から官僚政治へ、あっという間に転落してしまいました。沿岸の高級税関吏はどこへでも行けますし、何でも指図できます。自分のすることに説明を要しません――制服が物を言うからです」

「しかし制服がありません」と、ホーンブロワーは言い、その言葉が口から出る前に、伯爵が何を言うか見当がついた。

「当家には縫い物のできる女が六人おりますよ」と、伯爵はにっこりして、「ここにいるマリーから調理人の娘の小さなクリスティーヌまでね。もしそれで、あなたと、あなたの部下たちの制服が作れなかったら、よほどどうかしていますよ。ついでながら、ミスタ・ブッシュの負傷は、たいへんお気の毒なことではありますが、あなたがこの企てを採用される場合には、たいへん有利な条件になります。それは、ナポレオンが採っている方法と、ぴたり一致します。つまり彼の軍隊で負傷した将校の処遇として税関吏の地位を与えることにしているのです。あなたといっしょにミスタ・ブッシュがおられると、あなたの外見のかもす効果に、さらに一つ――何と言うか、そう、真実味が加わります」

伯爵は、ブッシュの不自由な体をこのような形で引き合いに出したことを詫びるふうに、ブッシュにお辞儀をしたので、ブッシュは、今の話の少なくとも三分の二はちんぷんかんぷんなままに、椅子からぎごちないお辞儀を返した。

この提案の価値は、ホーンブロワーにとってたちどころに明白だったし、それから数日間、この家の女たちは、裁断、裁縫、仮縫いの着付けと、忙しく立ち働き、やがて三人が、白と赤の縁どりのある青い上衣をきちんと着付け、軍帽をかぶって、伯爵の前を行進する晩がやって来た。そのフランス軍将校の軍帽の型は、マリーが大いに知恵をしぼって作ったものだった、というのも、その当時、その種の帽子はまだフランスの官公署では物珍しいものだったからだ。ホーンブロワーの襟には、大佐の階級を示す八稜角の星章がずらりと光り、軍帽の頂きには金糸のバラ結びがついていた。伯爵の前で三人がおもむろに回って見せると、伯爵がこれはいいとばかりにうなずいた。

「上出来」と言ったが、そこでためらいを見せ、「そうだ、真実味を加えるために、いま一つだけ追加するものがある。ちょっと失礼」

顔を見交わす三人を残して、彼は書斎へ行き、すぐ革の小さなケースを持ってもどって来ると、開いて見せた。絹布の上におさまっているのは、白いエナメルがきらきら光る十字章で、上に金の王冠、中央に金のメダルがついている。

「これをあなたにつけなくてはいけない。レジオン・ドヌール勲章をもらわなければ、大佐には進級しませんからね」

「お父様！」と、マリーが言った——そういう親しい呼び方をするのはまれだった——

「それはルイ・マリーのですわ」

「わかっているよ、マリー、わかっている。しかしこれが分かれ道になるかもしれないんだよ、ホーンブロワー艦長の成功と——失敗の」

そうは言いながら、ホーンブロワーの上衣に緋のリボンをピン留めする彼の両手がかすかに震えていた。

「閣下《サー》——閣下《サー》、ここまでご厚意を受けることはできません」と、ホーンブロワーは反対した。

立ち上がる伯爵の、長い、表情豊かな顔は悲しげだったが、一瞬に振り払って、また例の苦笑になった。

「ナポレオンが送ってきたものです、息子が——息子がスペインで死んだあとで、つまり追叙の勲章です。もちろん、わたしにとって、これは取るに足りない物です——暴君のくれた小さな飾り物など、『聖霊の騎士』にとって何の意味もあろうはずがありません。ただ、これの感傷的な価値のために、もしこれをご面倒でも無傷のまま保管していただいて、戦争が終わった暁にはお返しねがえれば、ありがたいのですが」

「これは、お受けするわけにいきません」と、ホーンブロワーは身をこごめて外そうとしたが、伯爵が押しとどめた。

「どうぞ、艦長、わたしの希望を聞き入れて、それをつけていらしてください。そうしていただければ、わたしもうれしいのですから」

ホーンブロワーは、不本意ながら受け取ったあと、前にもまして良心の呵責に胸が痛んだ。伯爵の厚意をうけながら、この人の息子の嫁を誘惑したのだという思いに胸を刺され、そしてその夜遅く、伯爵の居間で二人きりになって話し合っていると、罪の意識はいっそう深くなった。

「あなたに居ていただくのも、あとわずかになってみると、艦長、あなたが行ってしまわれたあと、どれほどあなたのおられないことが淋しいか、今から思いやられます。あなたとお付き合いできて、ほんとうにこの上なく楽しい思いをさせていただきました」

「わたしが、あなたに抱いている感謝の気持ちとは、比較にならないと思います」

ホーンブロワーが骨を折ってぎごちなく言い表わす感謝の言葉に伯爵は手を振って答えた。

「いまさっき、戦争終結のことを口にしましたが、たぶん、いつかは終わる日がくるでしょう。わたしは老人ですが、生きてその日が迎えられるかもしれません。その時も、わたしを憶えていてくださるでしょうかね、それにロアール河畔のこの小さな家も」

「もちろんですとも」と、ホーンブロワーは強く返した。「決して忘れられるものではありません」

彼はすっかりなじんだ居間の中を見回した——燈架が枝状に分かれた銀の燭台、古めかしいルイ十六世時代風の家具類、青い燕尾服を着た伯爵の痩せた姿。

「あなたを忘れられるはずがありません、伯爵」と、ホーンブロワーは繰り返した。

「わたしの息子たちは若くして死にました。ほんの子供でしたし、あのまま成長しても、わたしが誇るに足る男たちにはならなかったかもしれません。ナポレオンのために働こうと出て行ったころには、すでに、わたしのことを旧式な反動主義者と見ていて、わたしの考え方などは我慢がならない——まあ、そんなふうにしか思っていなかったのでしょう。もし彼らが戦争を生き抜いたなら、互いにもっと理解し合った友だちになったかもしれませんが、彼らは死んで、わたしがラドン家最後の人間になりました。わたしは孤独な人間です、艦長、この時勢では孤独ですが、たとえナポレオンが没落し、反動主義者たちが勢いを盛り返しても、わたしはやはり孤独だろうと思います。しかし、この冬は孤独ではありませんでした、艦長」

ホーンブロワーと向き合って、坐り心地のよくない肘掛椅子に身を沈めている、しわ深い顔の、痩せ細った伯爵に、彼は心を引かれた。

「いや、私事はそれまでにしましょう」と、伯爵は語をついで、「実は、手に入ったニュースをお伝えしたかったのです——かなり重大なニュースです。きのう聞いた例の礼砲は、思ったとおり、ナポレオンの世嗣《よつぎ》の誕生を祝うものでしたよ。現在、皇帝の支持者に、ナポレオンがローマの王と称している者がおりますが、この先もそれが支えになるかどうか、わたしは疑わしく思っています——ナポレオンの政策支持者の中にも、不明確な形のままボナパルト王朝に権力が持続されるのを快しとしないであろうと思われる者も多いのです。それにオランダの崩壊は間違いないことです――税関法施行の問題をめぐって、ルイ・ボナパルトの軍とナポレオン・ボナパルトの軍との間では、現に戦闘が行なわれています。フランスは今や、バルト海まで広がっています――ハンブルクやルーベックも、アムステルダムやレグホンやトリエステと同様に、フランスの町です」

ホーンブロワーは、英国の新聞の漫画を思い出した――そこでは、しばしばナポレオンが、牛のように大きく自分をふくらまして破裂した蛙に喩えられていた。

「これは弱体化の徴候だと思います」と、伯爵は言った。「あなたのご意見は違うかもしれません。ご同感ですか？　わたしの懸念に同意していただいてうれしいです。いや、うれしいではすみません、ロシアとの戦争は必至ですからね。すでに軍団が東方へ移動されつつあるし、新たな徴兵のニュースが、ローマの王の宣言と時を同じくして公表されました。いま国内のあちこちに隠れこんでいる徴兵忌避者よりさらに多くの忌避者が出ますよ。たぶんナポレオンは、ロシアを掌中におさめた時、自分の力の及ばない仕事に手を出してしまったことに気づくことでしょう」

「あるいは」と、ホーンブロワーは言った。彼はロシアの軍事力を高く買っていなかった。

「それはそれとして、もっともっと重大なニュースがあるのです」と伯爵が言った。

「ついに、ポルトガル陸軍の公報が出たのです。アルメイダから速報が入りました」

それにどんな意義があるのか、ホーンブロワーは一瞬とまどったが、だんだん目先が明るくなるような具合に、そこには実に多くの含みのあることがわかってくるのだった。

「それはつまり、お国のウェリントンが、ナポレオンのマセナ元帥を破ったということです。ポルトガル征服の試みが失敗に終わったということですし、スペイン関係の問題全体がふたたび泥沼に投げこまれたということです。ナポレオンの帝国の横腹に、膿《うみ》の出る傷が口をあけたわけで、これは彼の力を抜き取ることになるかもしれません――それが哀れなフランスにとって、どんな犠牲を強いるものかは、ちょっと想像がつきません。しかし、もちろん、軍事情勢については、わたしより、艦長、あなたの方が確かな意見をお持ちなのだから、わたしとしたことが臆面もない話をしたものですが、ただ、このニュースの心理的な影響を判断することは、わたしのほうが易しいでしょう。ウェリントンはすでに、ジュノー、ビクトル、スルを破り、いままた最も偉大なマセナを打ち破りました。こうなると、ヨーロッパ中の世論がウェリントンと軽重を比べられる者は一人しか残っていません――それはナポレオンです。専制君主にとって威信を競う相手がいるということは良いことではありません。昨年、彼の権勢の寿命は何年ぐらいかと訊かれたら、どう答えたでしょうね。二十年？　そのくらいでしょう。いま一八一一年には、考えが変わっています。われわれは、十年と見ています。一八一二年には、また評価を変えて、五年ぐらいと言うかもしれませんよ。わたし自身は、この帝国が一八一四年以後ももつとは考えません——帝国というものは、幾何級数的な早さで倒壊するものですし、この帝国を引きずりおろすのはあなたの国のウェリントンでしょう」

「おっしゃる通りであればいいと、心から思います」と、ホーンブロワーは言った。

伯爵は、ウェリントンの名を口にすることが、聞き手にとってどれほど心を乱すものか知るはずがなかった。ウェリントンの妹が未亡人になったかどうか、レディ・バーバラ・レイトン、いやウェルズリーは、死を伝えられた海軍艦長に、一度でも思いをはせたことがあるかどうかと考えて、毎日のように苦しんでいることなど、伯爵の知るよしもない。もしや彼女の心は兄の戦勝のことでいっぱいで、他のことは一切立ち入る隙がないのかもしれないし、ホーンブロワーがやっと英国に帰りつくころには、名だたる貴婦人になっていて、一顧だにしてくれないのではあるまいか。それを考えると彼は悩ましくなるのだった。

いろいろな問題で心せわしく、彼は妙にまじめくさった気分で床に就いた——時機を早めつつあるフランス帝国崩壊についての憶測から、間もなく試みようとしているロアール川の川下りをめぐる胸算用まで、心は忙しかった。真夜中をかなり過ぎても、まだ眠らずに横たわっていると、ドアがそっと開いて閉まる音がした。とたんに彼は体を硬くした。暖かいもてなしを受けながら、その同じ屋根の下で、自分がしている不義の恋を、ふと思い出させるこの物音に、ちらっと厭気《いやけ》がさした。ごく静かに、ベッドのカーテンが引き開けられ、薄目をあけて見ていると、闇の中から幻のような人影が身をかがめてきた。優しい手が彼の頬をまさぐり、そっと撫でた。これ以上、眠ったふりをしてもいられなくて、彼ははっと目覚めたように装った。

「マリーです、オレーショ」と、甘い声がかかった。

「ええ」

どう言ったものか、したものか、彼はわからなかった——そう言えば、自分はどうしたいのかもわからなかった。こうして、発覚の危険を冒し、すべてを危険にさらしても彼の部屋に来ようとするマリーの無分別に、大きく心を占められていた。彼はまだ眠たげな目を閉じて、考える時を稼いだ。頬を撫でる手が止まった。ホーンブロワーはもうしばらくじっとしていると、ドアがまたかすかにカチリと鳴ったので、びっくりした。彼は急に起き上がった。マリーは、来たときと同じようにひっそりと立ち去って、もう姿はなかった。この出来事に面くらって、ホーンブロワーはそのまま坐っていたが、何の役にも立たなかった。もちろん、マリーの部屋まで追っていって説明を求めるような、危い橋を渡る気はなかった。彼はまた横になって今の出来事を考えていると、物思いの最中に、例の気まぐれな睡気が不意に襲ってきて、ブラウンが朝食のコーヒーを持ってくるまでぐっすり眠った。

その朝、彼の予感では非常に気まずい顔合わせになりそうなことに、思い切ってぶつかってみる覚悟をつけるまでに、午前の半分を要した。ブッシュとブラウンを伴って、ボートの最後の点検をしている時、ようやくその気になった彼は、無理にその場から自分を引き離し、階段を上がってマリーの居室へ行き、ドアをそっとノックした。返事があって中に入ると、思い出でいっぱいの部屋に立った——ピンクと白の柄物を張り、長円形の背もたれをつけた金色の椅子、朝日に光るロアール川に臨む窓々、そして出窓に掛けて針を使うマリー。

マリーが何のきっかけも作ってくれないので、とうとう彼の方から口をきいた。

「〝おはよう〟を言いたくて」

「おはようございます」と、マリーは縫い物の上に頭を下げた——窓から射しこむ日光が彼女の髪を華やかに照らしている——そして彼女は顔を見せずに口を開き、「きょうは〝おはよう〟を言うだけですみますけど、明日は〝さよなら〟を言うのですわね」

「ええ」

「もし愛してくださっているのなら、あなたに行かれるのは、そして何年も——たぶん永久に——会えないなんて恐ろしいことでしょうけど。でも、そうではないのですから、あなたが奥さんとお子さんのところへ、お艦《ふね》へ、戦いへ、帰っていらっしゃるのは喜ばしいことですわ。それがお望みのことですし、それがすっかりかなえられるなんて、うれしいですわ」

「ありがとう」

なおも彼女は顔を上げない。

「あなたは、女がすぐ愛してしまうタイプの男の方。わたしが最後だなんて思えませんわ。でも、あなたが誰かを愛することはないでしょうし、人を愛することがどんなものか、おわかりになることもないでしょうね」

はっとさせるその言葉には、英語でも答えようがなかったから、フランス語ではまったくどうしようもなかった。彼はただ口ごもるばかりだった。

「さようなら」と、マリーが言った。

「さようなら、マダム」と、ホーンブロワーはしどろもどろに返した。

廊下に出た彼の頬は火がついたように熱かったが、それは心のもだえのゆえで、屈辱感はごくわずかな役割しか演じていなかった。自分の振舞いのさもしさ、そして情けなく追い払われたことは、いやというほど心で感じていたが、マリーが口にした別の言葉には面くらっていた。自分が女から惚れられやすい男だとは、ついぞ思ってもみないことだった。マリア——妙なことにマリアとマリーと同じような名前だが——彼女が自分を愛していることはわかっている。前からちょっとうとましく有難迷惑な気もしていたことだ。バーバラは許しはしたが、愛してくれたとはとても信じられなかった——愛していたら、ほかの男と結婚しただろうか？　そしてマリーは自分を愛している。ホーンブロワーは数日前の出来事を思い出して気がとがめた。あの時、マリーが腕の中で熱っぽく、「愛しているとおっしゃって」と囁いたので、彼は優しく素直に、「愛している」と応じた。「それならうれしい」と、マリーが返した。それが嘘だったことを、マリーはもう知っていて、おかげで後に退きやすくなったことは、たぶんいいことだろう。ほかの女だったら一言で、彼とブッシュを監獄と死へ追いやったかもしれない――それができる女はいくらもいる。

それから、彼は決して人を愛さないという問題。その点は明らかにマリーの思い違いだ。バーバラのことを思い焦がれてどんなに悲しい思いをしてきたか、どれほど彼女を求めてきたか、今でもどれほど求めているか、マリーは知らないのだ。しかし思いを遂げたあとまでその気持ちが生きつづけるだろうかと思うと、後ろめたくなって、そこでためらった。それはあまりに不快な思いだったので、彼はあわててそれから飛びのいた。もしもマリーがただ恨みがましい気持ちから邪魔をしたかっただけだったのなら、もう目的は遂げたにちがいない。しかしもしも、彼を勝ちとって引きもどしたかったのだとしても、やはり決して手の届かないことではない。胸を刺す慚愧の思いと、自分自身についてのとつぜんの不安のために、ホーンブロワーは、もし彼女が指一本でも触れたら彼女の胸にもどったことだろうが、彼女はそうしなかった。

その夜の食事の席で、彼女は若やぎ心も軽そうな様子だった。目が輝き表情も生き生きして、伯爵が「ご帰国の航海が順調でありますように」と乾杯の音頭をとった時も、彼女はいかにも熱誠をこめた様子で乾杯に加わった。ホーンブロワーは無理に陽気を装っていたが、心は重く沈んでいた。今、目前に行動開始をひかえて初めて、この数ヵ月を過ごしてきた雌伏の場所がいかに有難い所だったかを、はっきり証明するものがいろいろあることに気づくのだった。明日は、この揺るぎなく安全で、世のわずらいを離れた隠逸の世界から去っていくのだ。行く手には身に迫る危険が待っている。それは平静に対処できるし、結果はせいぜい首を絞められるだけのことだが、それとは別に、これまでひどくわずらわされてきたあらゆる懸念や不安の解決を迫られるのだ。

しかし、そうした不安の解決を、自分がそれほど差し迫った気持ちで望んではいないことに、ホーンブロワーはとつぜん気づいた。今はまだ望みをつなぐこともできるからだ。もしもレイトンが、ホーンブロワーはロサスで命令の真意に背いて戦ったと公言したら。もしも軍法会議が、サザランド号は最後の一兵まで戦わなかったと判定したら──そして軍法会議は偶然に左右される水物だ。もしも──もしも──もしも。そしてあの鼻につく優しさいっぱいのマリアが待っており、またレディ・バーバラを恋い焦がれるみじめな生活が待っており、それもこれも、伯爵のおうような優雅さと、マリーの健康な官能主義の刺激につつまれた、ここの生活の静穏に比べると何たる相違か。ホーンブロワーは努めて笑顔をつくりながらグラスをあげるのだった。

11

大河のような緑のロアール川が、夏の水位に退こうとしていた。ホーンブロワーは、川の氾濫や凍結の移り変わりを見てきたし、岸の柳が水中に没しかけているのも見てきたが、今それも事なくすんで、川はまた広い川床におさまり、両岸には、ちらほらと金茶色の小石が露われていた。流れの速い、緑の川はようやく澄んで、もう濁流ではなく、はるか彼方へ伸びる川筋も青空を映して青く、谷間の春の緑一色と、両岸の金色との色の対比が、うっとりするほどきれいだった。

ようやく射しそめた曙光のなかを、艶々した焦茶色の牛が二頭、辛抱強く軛《くびき》をつけて、運搬用のそりを水際まで引きおろしてきた。そりの上で釣り合いを保っている大事なボートに間違いのないようにと、ブラウンとホーンブロワーがわきについて歩き、その後ろからブッシュが息を切らしながら、どしんどしんと義足を運んできた。

ボートが川面へ静かに滑りこむと、厩の連中が、ブッシュの指図で、運んできた食糧や必要品の袋を積みこんだ。谷間にはまだうっすらと朝靄がかかり、川面にも靄がただよって、日の出に飲み干されるのを待っている。出発にはもってこいの時刻だ。もし詮索好きの人間がいれば、一行の乗り出す光景を見て、ひどく好奇心にかられもしようが、この靄に包まれていれば詮索の目から逃れられるだろう。

上の家で、別れの挨拶はすべてすんでいた——伯爵はいつもながらの穏やかな態度で、朝の五時起きなど毎度のことというふうだったし、マリーもにこやかで取り乱した気振りはなかった。しかし厩の前や台所では、愁嘆場もあって、女たちはみなブラウンの出立を悲しみ、恥も外聞もなくすすり泣いていたが、それでもブラウンが、すっかり身につけた達者なフランス語で、笑いまじりに冗談を飛ばしたり、彼女たちの大きな尻を叩いたりすると、女たちも泣き笑いになった。この冬の間に、ブラウンは彼女たちの何人をくどいたのだろうか、そしてその置きみやげに、今年の秋、英仏混血の子供が何人生まれるのだろうかと、ホーンブロワーはそんなことを考えた。

「戦争が終わったら、またお出くださるという約束をお忘れなく」と、伯爵がホーンブロワーに言った。「またお会いできたら、マリーも、わたし同様に、さぞ喜ぶことでしょう」

その笑顔に、意味ありげな気色はちらりともうかがえなかった——それにしても、彼はどの程度まで察していたのか、知っていたのか？　ホーンブロワーはふと思い出してごくりと生唾を飲んだ。

「突き離せ」と、声がきしんだ。「ブラウン、オールを取れ」

ボートは砂利の上をザーッとすって行き、やがて流れに乗って、すいと浮かび、早くも靄の中におぼろな、厩舎の人たちと逞しい牛たちの小さな群から、ゆらゆらと離れていった。オールの受け金がきしみ、ボートはブラウンのオールさばきに合わせて揺れた。ホーンブロワーはそんな物音を耳にしながら、隣り合って艇尾に坐っているブッシュの気配は感じたが、目にはしばらく何も映らなかった。現実の靄よりもはるかに濃い靄が彼を包んでいた。

その靄も、現実の靄も、太陽が彼の背を温めて光を通してきたとたんに、さっと霽《は》れた。向こう土手の上に高く、ホーンブロワーがよく窓から眺めた果樹園がある。今そこの枝もたわわな花盛りは、はっとするすばらしさだった。振り返ると、館が朝日に光っていた。角々の小塔は、年代物へのロココ趣味を持っていた何代目かのグラセー伯によって、ほんの五十年ばかり前に建て増されたことは知っていたが、それも遠目にはなかなか見ばえがした。真珠色の光を浴びて、それはお伽噺の城、夢の城のようだった。そして、そこで過ごした数カ月も、早くも夢のように——醒めるのが口惜しい夢のように思えてくるのだった。

「ミスタ・ブッシュ」と、彼は鋭く呼んで、「面倒だろうが釣り竿を出して、釣り人のふりをしてくれ。ブラウン、もっとゆっくり漕げ」

彼らはその見事な川をただようように下りつづけた。遠くなるにつれて青く、船縁越しには緑の川面の水は澄み切って透明だったから、現に下を流れ過ぎる川底が見えた。そこからほんの数分で、アリエ川の合流地点に着いた。それもロアール川とほぼ同じ大きさのりっぱな川だから、二つを合わせた流れは堂々たる広さで、岸から岸まで少なくとも百五十尋（約二百七十五メートル）はあった。その岸辺から、マスケット銃の遠撃ちのとどく距離ではあったが、実際は案ずるよりずっと安全な位置だった。それというのも、両岸の水際からかなりの幅で、持ち主のない、砂と柳の土地がつづいており、毎年のように繰り返す冠水のために住む人も絶えてなく、せいぜい釣り人か、洗濯をする主婦が、たまさかやって来るぐらいなものだったからだ。

靄はもうすっかり消え去って、熱いほどの太陽が、中部フランスのすばらしい春の一日を約束していた。ホーンブロワーは座席の上で腰をずらし、もっと坐り心地を良くした。この神聖なる職場、彼が新たに指揮をとるこの船は、頭でっかち《トップヘビー》だ。副長一名、艦長一名に対して水兵一名という比率はこっけいだ。この三人全員をつねに満足させておくには、大変な気転を働かせなければなるまい——ブラウンがあらゆる仕事を一人でやらされると怒りださないように気を配りながら、しかもあまりに民主的な労働分配によって、規律の維持が危なくならないように注意しなければならない。わずか十五フィートのボートの中で、艦長にふさわしい超然たる威厳を保つのは難しいことだろう。

「ブラウン……今までのところ、お前にはたいへん満足してきた。このまま良い成績をつづければ、英国に帰ったとき、きっと然るべき報償があるように取りはからってやろう。お前が望めば、航海士へ昇格の道もあるだろう」

「ありがとうございます、艦長。たいへんご親切に、ありがとうございます。ですけど、せっかくなのに申し訳ありませんが、今のままで幸せです」

彼は、艦長付き艇長《コクスン》の階級で幸せだと言ったつもりだろうが、その声の響きにはもっといろいろな含みが聞き取れた。太陽に顔を上げ、ゆっくりオールを漕ぐ彼を、ホーンブロワーは目におさめた。その顔には至極幸せそうな微笑が浮かんでいる――この男はすばらしく幸福なのだ。この数ヵ月、食事にも住み家にも恵まれ、女付き合いもたっぷりあり、仕事は楽で何の苦労もなかったのだ。今でも、この先まだずっと、フランスに入るまでついぞ味わったことのなかった、うまい食べ物にありつける見込みが立っているし、仕事といってもちょっと軽く漕ぐだけのことで、荒れ狂う夜に起き出してトプスルを縮帆する必要はさらにないのだ。ジョージ国王の海軍で、下甲板の水兵暮らしを二十年間もつづければ、どんな男だって、現在だけに生きる習性がつくにちがいないと、ホーンブロワーは改めて思い当たるのだった。明日は、鞭打ち、危険、病気、死を運んでくるかもしれない。いずれにしろ艱難に遭うことは間違いないし、おそらく飢えにも遭うのだろう。しかもどれ一つ逆らって払いのける機会はない、逆らえばかえってそれらは確かなものになってしまうのだ。二十年間、人生の大事ばかりか、些事に至るまで、一寸先は闇の暮らしをつづけてくれば、それに耐えて生き抜く者は、なべて宿命論者にならざるをえまい。一瞬、ホーンブロワーはブラウンをうらやましく思い、ちくりと胸が痛んだ。この男は、無力感にさいなまれる悲惨な思いも、決断に迷って面目を失う恥も、永久に味わうことはないのだろう。

川の中のあちこちに、それぞれ金色の小石でふちどられた島があり、ここで川筋はいく股にも分かれていた。そのうちでいちばん船の通りやすそうな水路を選ぶのはホーンブロワーの仕事だ――容易ならぬ業だ。主流と思っていた水路のどまん中に、浅瀬がいわくありげに現われた。浅瀬にかかると、緑《あお》く澄んだ流れがだんだん速くなり、だんだん浅くなって、しまいにはボートの底が小石の川床をこするようになった。ときどき、中洲がまるで出し抜けに途切れるので、いま、水深六インチの早瀬にいるかと思うと、次の瞬間には、六フィートの透明な緑《あお》い流れに乗っていることもあり、そうかと思うとこんどはがっちりとつかえて動きがとれなくなり、ブラウンとホーンブロワーは、膝までズボンを巻き上げてボートを降り、いくらも水のない浅瀬を百ヤードも押して行き、やっと充分な深さのあるところを見つけることも一度ならずあった。ホーンブロワーはボートを平底に造らせることに決めた自分の星回りを感謝した――竜骨《キール》が出ていたらさぞ厄介なことだったろう。

やがてダムまで来た。この川を下ろうと最初に試みたとき、あの暗がりのなかで酷い目に遭わされたダムと似ている。なかば自然、なかば人工のもので、川床をよぎって積みあげられた粗石で大ざっぱに造られており、それを越えて川が数ヵ所ではげしい滝になっていた。

「あそこの浅瀬へ漕ぎつけろ、ブラウン」と、ホーンブロワーは、艇長《コクスン》が指示を求めて向けた顔へ、とっさにぶっつけた。

ダムのすぐ上手にある小石の瀬までボートを進めると、ホーンブロワーはボートから出て下流を見た。ダムの下流に百ヤードばかり奔湍がつづいている。荷物を残らず運びおろさなければなるまい。ホーンブロワーとブラウンの二人で、彼の選んだ地点まで荷物を残らず運び、ふたたび川に乗り出せるようにするまでに、三往復かかり――木の義足をつけたブッシュは、荷物を担わなくても、凸凹の石地の上をよろよろと歩くのが精いっぱいで――次に二人はボートを運ぶ作業にとりかかった。生易しいことではなかった。たとえ水深が一インチしかない浅瀬でも、ボートを引きずっていけるのと、ボートをそっくり運ぶのとでは、大変な違いがある。ホーンブロワーはしばらくむっつりして段取りを考えてから、ままよと作業にとりかかった。まず腰をかがめて、ボートの下に両手を入れた。

「そっち側を持て、ブラウン。よし――持ち上げろ」

二人がかりで上げるのが精いっぱいだった。よろよろと一ヤードも行くか行かぬうちに、ホーンブロワーの手首と指から力がすっかりなくなって、ボートはまたするっと地面に落ちてしまった。彼はもうへとへとで、ブラウンの目を見ないようにしながら、また腰をこごめた。

「上げろ！」

そうやってボートを運ぶのは無理な相談だった。持ち上げるか上げないうちに、また も落とす羽目になった。

「こりゃあうまくないです、艦長」と、ブラウンが穏やかに言った。「背中にしょわなけりゃだめでしょう。それしか手はありません」

そっと丁寧に言う囁きが、ホーンブロワーの耳には遠くの声のように聞こえた。

「申し訳ありませんが、艦長、舳を持っていただければ、自分が艉尾《とも》を受け持ちます。では、向こう側へ回って持ち上げてください。自分が艉尾《とも》に行くまで、持っててください。そうです。用意。それ、上げて！」

二人は重荷の下で体を二つ折りにして、とうとうボートを背中にのせた。ホーンブロワーは軽い舳の下でがんばりながら、はるかに重い艉尾《とも》を背負っているブラウンのことを思い、歯をくいしばり、ブラウンが休んでくれと頼むまでは休むまいと心に誓った。そして五秒もしないうちに、そんな誓いを後悔した。息が吐きにくくなってきて、胸の中に刺すような痛みがあった。凸凹な石地をよろよろと踏んでいくにつれて、足をまともに踏み出す努力がだんだんしにくくなった。グラセーの館で何ヵ月も楽をしていたために体がなまって、だめになってしまったのだ。えっちらおっちら、最後の数ヤード、彼は首と両肩にかかる圧倒的な重みと息苦しさのほかは何も意識になかった。と、ブッシュの単刀直入な言葉が聞こえた。

「はい、艦長。わたしが持ちましょう」

ブッシュにできる、わずかだが有難い手助けをうけて、彼はやっと体をはずし、ボートを地面に降ろすことができた。ブラウンは艇尾の向こうに立って息を喘がせ、肘で額の汗をぬぐっていた。そして、たぶんボートの重さのことだろうが、何か言おうと口を開けたが、そこでまた規律にもどり、話しかけられた時しか口をきいてはならないことを思い出したとみえ、また口をつぐんだ。そして規律を守るためには、ホーンブロワー自身も部下の前で弱みを見せてはならないのだと思いついた——ボートの持ち上げ方について、ブラウンから助言をうけなければならなかったとは、ずいぶんお粗末な話だ。

「もう一度持て、ブラウン、彼女を川に入れよう」と、彼は息を鎮めてそれだけ言うのに大変な努力がいった。

彼らはボートを滑りこませ、また荷を積みこんだ。ホーンブロワーは苦しさのあまり頭がふらふらしてきた。早く艇尾の心地よい座席に腰をおろしたい気持ちがしきりだっ

たが、やがてその思いを振り払って、

「おれがオールを取る、ブラウン」と言った。

ブラウンはまた口を開け閉めしたが、明確な命令に訊き返すことはできなかった。ボートは揺れ返りながら流れに乗り出し、オールを取るホーンブロワーは、たかだか艇長《コクスン》風情が、たとえヘラクレスほどの腕力であろうと、英国海軍の艦長たるもの、体力にひけはとらないことを目にもの見せてくれたと、あまり根拠のない自信ながら心楽しかった。

その日、また一、二度、川の中ほどで浅瀬につかまり、最大限までボートを軽くしなければ通り越すことができなくなった。ホーンブロワーとブラウンが、急流に足首をつけてボートを引っ張ったが、びくともしないので、ブッシュも降りて、幅の広い革底の義足でももぐりこむ砂地を、がくんがくんと体をゆさぶりながら浅瀬の下手の外れまで渡り、ほかの二人が、軽くなったボートを引っ張ってくるまで待たなければならなかった——一度など、彼がパンの袋と巻いた寝具を持って、ようやく二人がボートを引いて浅瀬を渡ることができるようになり、その時は、二人が義足のバンドをはずして彼をボートの中に助け入れ、砂地から義足を引き抜かなければならなかったほど、深くもぐりこんでしまった。その日、もう一度ボートの運搬作業があったが、幸いに最初の時よりはずっと距離が短かった。それやこれやで、その日の旅路はかなり面白味があり、退屈しないですんだ。

そういう大きな淋しい川を下っていると、どこか無人の境を越えて旅をしているようだった。一日の大半は、ほとんど人っ子ひとり見られなかった。一度、渡しに使われているにちがいない雑用艇《スキフ》が岸にもやってあるのを見かけ、一度は、荷馬車《ワゴン》を運ぶ大型の渡し船《フェリー》を見て通りすぎた——平底の運搬船《スカウ》で、流れに押されてひとりでに川中へ振れ回り、長い繋留索の先で振り子のように動いていた。一度は、何かを建設する目的で、川底から砂の浚渫作業をしている小船の近くを通った。船上で、老練そうな男が二人、棹につけた小さな手じゃくり道具でせっせと川底をかいては船の中にあけていた。それに近づく時は神経をとがらせ、ブッシュとブラウンが見てくれだけの釣り竿を差し出し、ホーンブロワーは極力オールを使わないように努め、ただボートを川の中流に保つだけにとどめた。ゆっくりただようように下りながら、もし二人の男が怪しむふうを見せたら、ただちに二人を沈黙させろと、ブッシュとブラウンに命じておこうかと考えていたが、思いとどまった。注意しなくても彼らがすばやく行動に出ることは間違いないと思えたし、威厳にかけて、内心の不安をおくびにも出してはならないと考えたからだった。

とは言っても、その不安はまったく根拠のないものだった。ちらっと、二人の砂掘り人夫がこちらへ投げた視線には、少しも怪しむ気配がなかったし、彼らの笑顔と丁寧な「ボンジュール・ムッシュウ」には実意がこもっていた。

「ボンジュール」と、ホーンブロワーとブラウンが応えた——ブッシュは、口を開けばたちまち正体がばれると分別して、口を閉じたまま、竿に余念がないふりをしていた。釣り人の一行を乗せたボートなど、ロアール川ではごくありふれたもので、とやかく言われる心配はないはずだし、それに、ホーンブロワーと伯爵がだいぶ前に同感しあったとおり、遊びの釣りは本来のどかで無心なものだから、疑いを避ける隠れミノになる。そして、フランスの真ん中にいる小さなボートが、逃亡した捕虜を乗せているなどとは、誰ひとり夢にも思うはずがなかった。

ずっと川筋に沿って、いちばんありふれた光景は、洗濯をしている女たちの姿で、ときには一人のこともあり、ときには一塊りずつ小さく群れて、彼女たちの口さがないおしゃべりの声は、川面を渡ってこちらまではっきりと流れてきた。パタン、パタン、パタンと、板の上で濡れた衣類を打つ木の叩き棒の音が聞こえ、ひざまずいた女たちが、流れですすぎ洗いにかかって、体を上下にゆさぶる格好が見えた。女たちのほとんどが、洗い物から顔を上げ、ただよい過ぎるボートへ目を向けはしたものの、せいぜい、じっと見つめることがあるぐらいで、たいていはそんなこともなかった。戦乱と変動の時勢に、その女たちがボートの三人を、どこの誰ともわからなかったところで、いくらでも解釈がつけられることだから、わからないために不審を抱くことはなかった。

急流も、たとえば前に一度、危うく命を落としそうになったことがある、あんな轟き沸き返る早瀬にはついぞ出くわさなかった。それもそのはずで、ここはアリエ川の合流地点だし、冬の増水も終わったのだ。岩のごろごろしている砂洲があちこちにあって、冬の早瀬の跡をまざまざと見せており、他の場所よりもずっと通りやすかった、と言うより回避しやすかった。実際、困難はまったくなかった。天気までがうららかで、ぽかぽかと暖かい陽射しが金色と青と緑の次々に変化するパノラマを明るく照らして、心地よく澄み渡った一日だった。ブラウンはなりふりかまわず日向ぼっこを楽しみ、かたくななブッシュも、そののどかさに、つい居眠りをしては寛いでいた。ブッシュの厳しい人生哲学では、人間というものは――少なくとも海軍の人間は――悲哀と困難と危険に出会う運命を背負って生まれついているのだから、そうした情況から生まれる新しい変化は、疑いの目で見るべきで、複利をつけて返済しなければならなくなるといけないから、あまり手放しで楽しんではならないものなのだが。それほど、この楽しい川下りはすばらしくて、本当だと思えないほどだった。午前の時間が次第に過ぎて昼になり、コールド・パテ（おでぶのジャンヌから餞別にもらったパイ）とワインが一壜という、うまい昼食をとるうちに、やがて日の長い夢見るような午後になった。

通り過ぎる小さな町々、というより村々は、みな、氾濫期にもとどかない遙か彼方の堤の上に高くひろがっていた。ホーンブロワーは、伯爵が作ってくれた簡略な旅程と距離表をすでに暗記していたので、とっつきの橋のある町はブリアルにあり、夕方遅くにならなければ、近づけない場所だということもわかっていた。そこで町の上手で待ち、夜になったら闇に乗じて走り抜けるつもりだったのだが、時間が経つにつれて、待たずにこのまま押し進もうという決意が次第に固まってきた。その動機は分析できなかったが、任務上の必要に迫られてでもなく、功名心に駆られてでもなく、自分から、そういう些細なことにもせよ、やろうとするのは、危険に飛びこんで行こうとするのは、たいへんめざましいことだと気づいた。ここでせめても得なことといえば、一、二時間の節約になるということだ。〝一時間を無駄にするな〟という、ネルソン以来の伝統は彼の心に深く刻みこまれていたが、それに動かされたとも言い難かった。

一つには、彼の持って生まれた片意地のせいだ。これまで、何もかもがあまりにもうまくゆきすぎた。護送隊からの脱走は奇跡に近かったし、フランス全土を探してもそこにしか見つかるまいという、グラセーの館へ行きついた偶然は、それよりさらに奇跡に近いものだった。そして今この川下りの旅も、まんまと成功する見込みが充分にある。こうした普通では考えられないような幸運に対する、彼の本能的な反応が、自分を難儀な道へ進ませようとするのだ——彼の人生にはあまりにも難儀が多かったので、それがないとかえって気持ちが落ち着かないのだ。

だが、一つには、心の鬼に駆り立てられていたのだ。彼は気むずかしくて、つむじ曲がりだ。マリーがだんだん遠くなると思うと、二人を隔てる一ヤードごとに、ますます未練がつのってきた。自分が演じた破廉恥な役割を思い浮かべるにつけ、またいっしょに過ごしたあの時この時を思い出すにつけて彼は心をさいなまれるが、そのくせ心には焦がれる思いがつきまとって離れなかった。そして行く手には、彼を死んだと思っている英国があった。マリアはもう亡失を諦め運命に甘んじているだろうから、夫の帰還はそれだけ倍増しに苦しいほどうれしいだろう。バーバラはもう忘れてしまっただろう。それに彼の行動を聴聞しようという軍法会議が待ち受けている——いっそ死んでいたほうが、みなのために良かったのかもしれないと、彼は暗い思いに沈んだ。そして、人が冷たい水に飛び込むのを尻ごみするように、今の彼は英国へ帰ることにちょっと気おくれした。あるいは彼が大きな危険を前にして尻ごみするように、今の彼は英国へ帰ることにちょっと気おくれした。それが支配的な動機だった。これまで彼は、つねに自分を鞭打って危険に直面し、勇敢に前進して危険に体当たりしてきた。つねに、人生から与えられたどんな苦い薬も飲みこんできたが、それは、躊躇すればますます自分を軽蔑する気持ちのつのることがわかっていたからだ。だからいま彼は、遅滞の口実はいっさい受けつけようとしなかった。

ブリアルが、長く真っ直ぐに伸びる広い川筋の先に、ようやく見えてきた。そこの教会の塔が夕空を背景にしてシルエットになり、そこのだらだらと長い橋が、遠く銀色に見える川面に映えて黒く浮き出している。ホーンブロワーはオールを漕ぎながら顔を振り向けてそれをそっくり目におさめた。そこで、部下たちの目が物問いたげに自分へ向けられているのに気づいた。

「オールを取れ、ブラウン」と、彼は怒ったような声で言った。

二人は無言で場所を交代し、ブッシュは舵柄《チラー》をわたしたが、合点のゆかぬ面持ちだった——橋を通過するのは夜間だけという当初の計画が強く意識にあったからだ。そのとき、下手の川面をのろのろと渡る二つのかさばった黒い影があった——対岸で交差する運河から引き出されてきた艀《はしけ》で、川を横断するために浚渫された水路を通って、ブリアル側の運河に曳きこまれようとしているところだ。ホーンブロワーは、ブラウンの着実なオールさばきでぐっぐっとボートを近づけながら、じっと前方に目をこらした。一渡りすばやく川面をうかがうと、橋のどのアーチをくぐればよいかすぐ見当がつき、艀の曳き綱と導索を見分けることができた——橋の上にも両岸の堤の上にも、組になった馬たちがおり、図体の大きな艀を、速い流れと直角に渡そうと綱を曳く姿が、背景の空にくっきりとシルエットになっている。

いま、橋の上からこちらを見ている男たちがいるが、艀と艀の間にボートが充分すり抜けられるだけの開きがあるから、止まって言い訳がましいことを言わなくてすむ。

「漕げ！」と、ブラウンに声をかけるが早いか、ボートはまっしぐらに突き進んで川を下った。さっと橋の下をくぐり抜け、一艘の艀の船尾をきれいに回った。小さな孫を片側に、舵柄《チラー》を取る逞しい老人が、勢いよく通り過ぎる彼らを、さほど好奇心のなさそうな目で見下ろした。ホーンブロワーは子供へ陽気に手を振ってみせ――興奮は彼の渇望する良薬だ、いつも精神を高揚してくれるからだ――それから、橋と堤の男たちを見上げて、にんまりした。やがてそれも過ぎ、ブリアルの町は後方に去った。

「簡単にいきましたね、艦長」と、ブッシュが感想を口にした。

「そうだな」

これがもし陸路の旅だったら、きっと旅券の検札に足止めされたにちがいないのだが、船舶が航行できない川にいれば、調べることなど誰も思いつきはしないのだ。ようやく太陽が西空に落ち、一時間足らずで暗くなるだろう。ホーンブロワーは、今夜を楽に過ごせそうな場所を探しはじめた。一つ、細長い島を行き過ごさせると、理想的な場所が目に入った――ちっぽけな小丘のような島で、柳の木が三本生えており、中央部の緑を、金茶色の幅広い帯が取り巻いているのは、川の水位が下がって石地が露出しているのだ。

「あそこに乗り上げるぞ、ブラウン」と、彼は声高に言った。「漕ぎ方やめ。右舷オール漕げ。両舷とも漕げ。やめえ」

あまり感心できる乗り上げ方ではなかった。ホーンブロワーは、大きな船を扱う腕こそ確かだが、川の浅い所で平底のボートがどう動くかについては、まだ学ぶところがたくさんあった。どす黒い渦流があって、ボートをぐるっと振り回した。ボートが川底に触れるか触れないうちに、流れがまたぐっと引き離した。ブラウンは舳から飛び降り、腰のあたりまで水につかって、もやい綱をつかみ、流れに逆らって懸命にボートを引き止めなければならなかった。そのあと、気を使って抑えたような沈黙が何となく感じられ、その間に、ブラウンがまたボートを石地に曳き上げた――ホーンブロワーはそんな困惑の最中にも、ブッシュのそわそわと落ち着かない様子が心にとまり、もし士官候補生がこんな不注意な操船の責任者だったら、この副長は、どんなふうに叱りつけるだろうかと想像してみた。ブッシュは努めて感情を押しこめているのだと思うと、苦笑が漏れ、苦笑のおかげで困惑を忘れた。

彼は浅瀬に降り立ち、ブラウンに力を貸して、軽くなったボートをもっと砂洲の奥へ押し上げ、ブッシュも降りようとするのを制した――ブッシュは自分がのんびり坐っている前で、艦長が仕事をしているのを平気で見ていることがどうしてもできないのだ。ようやくブッシュを降りさせたころには、水深がやっと足首を埋めるほどになっていた。彼らはできるだけ奥までボートを曳き上げ、万一不意に水位が上がってボートを浮かした場合の用心に、ブラウンが地面にしっかり打ち込んだ杭へもやい綱をがっちり結びつけた。太陽はもう夕焼け空に沈んでいて、あたりがどんどん暗くなってきた。

「夕食だ」と、ホーンブロワーは言った。「何を食うかな？」

規律にやかましい艦長ならば、ただ何を食べろと頭ごなしに言うだけだろうし、決して部下の意見を求めはしないところだが、ホーンブロワーは、現在の船の人員構成が頭でっかちなことを強く意識しているので、とてもそこまで形を保つことができなかった。しかしブッシュとブラウンは、今も長年身についた服従の習性が重くのしかかっているから、艦長に助言をするような真似のできるはずがない。彼らはただそわそわと無言で突っ立っているばかりで、あとはホーンブロワーが任された形で、結局ゆでたじゃがいもを添えて、例のコールド・パテを片付けてしまおうということになった。いったん決定が下されると、ブッシュはいかにも有能な副長の見本のように、さっそく艦長の原命令の拡大解釈にかかった。

「おれはここで火を起こす。ブラウン、欲しいだけ流木があるはずだ。うん、それから、鍋を火にかける三叉が欲しいな——あそこの木から三本切ってこい」

ホーンブロワーが、夕食の仕度に手を貸そうかどうしようかと思案していることをブッシュは直感し、その考えに耐えられなかった。半ば訴えるように、半ば反発するように、艦長を見上げた。艦長たる者は、威厳を損なうような仕事をしている姿を、決して見られてはならないばかりか、恐ろしげに孤高を保ち、壁を隔てて、艦長の底知れぬ神秘性を守ってもらわなければ困るのだと。ホーンブロワーは仕度を二人に任せて、このちっぽけな島をぶらぶらと歩き回りながら、深まる暮色の中にたちまち消えていく遠い堤、遥かな人家を眺めた。この島の大部分を、じゅうたんのようにおおっている、目に快い緑は、彼が予想していたような草むらではなくて、季節もまだ早いというのに、もう膝の高さにまで伸びた、棘《とげ》の痛いイラクサの盛り上がりだと初めて知って、ぎょっとした。ブラウンの言葉遣いから察するところ、向こう側でも、裸足でたきぎを集めている最中に、同じ発見をしたところらしかった。

ホーンブロワーが石地の洲をしばらく歩き回ってから戻って来た時、彼の目に触れたのは牧歌的な場面だった。片やブラウンが、三叉からぶら下がって揺れる鍋の下に、ちろちろ燃える小さな焚き火の番をしており、片やブッシュが木の義足をぴんと突き出して、じゃがいもの最後の一個の皮をむいているところだった。どうやらブッシュは、一人きりの乗組員と副長が卑しい仕事を分担しても、規律を損なうことはないと判断してのことらしい。三人は、消えかけている焚き火のわきで、いっしょに、黙々と、しかし親しく、食事をした。冷たい夜気も、戦友同士に通う情をさましはしないことを、それぞれが自分なりの感じ方で嚙みしめていた。

夕食がすむとすぐ、ブッシュが、「当直を立てましょうか、艦長」と訊いた。

「いや」

三人が一人ずつ交替で寝ずの番をして、わずかに安全の度合を高めたところで、各自が夜毎に四時間の睡眠を犠牲にして、不快で不便な思いをするのでは、お話になるまい。

ブッシュとブラウンは、外套と毛布にくるまって地べたに寝るのだから、さぞ寝心地が悪かろうと、ホーンブロワーは察した。彼のほうはイラクサを刈って、ボートのおおいの下にうまく詰めこんだマットレスがあり、これはブラウンが洲のいちばん高い所に用意してくれたのだったが、ちくちく痛いのをよほど我慢して作ったものだろう。その上で彼は安らかに寝た。夜露が顔をしっとりと濡らし、その上に、十日過ぎの中高な月が、星を散りばめた夜空から光を投げかけていた。苦々しい思いで彼はぼんやりと、人間の偉大な指導者たちの話を――とりわけシャルル七世（十五世紀のフランス王。通称「常勝王」）の話を――思い出していた。みな、部下たちと粗末な食事をともにし、部下たちと同じように地面に寝たのだ。一瞬、彼は自分も同じことをすべきではないかと思ったが、やがて常識がそんな遠慮を押しのけて、ブッシュとブラウンから良く思われたいために、芝居がかった演出の跡なぞりをする必要はないのだと思い直した。

12

そうしたロアール川の日々は楽しかったし、毎日が前日よりも楽しかった。ホーンブロワーにとっては、二週間のピクニックをする消極的な楽しみがあるだけでなく、その日々に戦友同士の友愛をつちかう積極的な楽しみがあった。艦長としての十年間に、彼は生来の内気から、自分の立場にあらゆる隔たりの壁を張り回し、だんだん自分を自分の中に追いこんで、しまいには人間的な親しい付き合いを強く求める気持ちが起きなくなっていたのだ。その小さなボートの中で、他の二人と肌を触れ合って、一蓮托生の生活をしていると、彼は幸福というものがわかってきた。彼の鋭い洞察力から、彼はブッシュの純良な資質を前にもまして理解するようになった。その当人は、心密かに、片足を失ったことを悩み、またそのためにこうむる体の不自由と、身障者としての将来の不安に悩んでいた。

そんな心の憂さを、ブッシュが一度だけ口裏にのぞかせた際に、ホーンブロワーは言った。「きみが艦長に任命されるよう力を尽くそう——それがこの世の置きみやげになるとしてもな」

たとえ自分の身には、面目を失うようなことが英国で待ちうけているとしても、そのことは何とかやってのけられそうに思った。レディ・バーバラはまだ、ブッシュのことも、リディア号の懐かしい日々のことも、憶えているにちがいないし、彼の優れた資質についても同じように気づいているにちがいない。しかるべき書面で彼女に訴えれば――たとえ軍法会議にかけられて挫折した男からのものでも――効果があるかもしれないし、政府部内の隠れた支援者を動かすきっかけになるかもしれない。ブッシュは、艦長名簿に載っている、顔見知りの艦長たちの半数より、この官職に任ぜられる資格がある。

それに、いつも陽気さを失わないブラウンがいる。二人の士官とこんな間近で暮らすブラウンの、立場のつらさは、誰よりもよくホーンブロワーが察していた。しかしブラウンはいつも、親しみと隔てをうまくつきまぜるこつを心得ていた。丸くなった岩に足を滑らせて川の中に尻もちをついたりした時は、にぎやかに笑ってみせることもできたし、ホーンブロワーが同じ目に遭った時には、同情の笑顔を見せることもできた。また、やらなければならない、あの仕事この仕事でいつも大忙しだが、十日間のくりかえし仕事が一種の習慣のようなものをつくりだしてからも、決して彼は、士官たちが分担するのを当然のことと思うような様子は見られなかった。ホーンブロワーは、ブラウンのためにも、ちょっと有力者からうまく力添えが得られれば、洋々たる将来を望むことができると思った。彼も末は艦長になれる見込みが充分にある――ダービーもウエストコットも同じようにして水兵から身を起こしたのだ。たとえ軍法会議で解職されても、何らかの形で彼の役に立ってやることはできる。少なくともエリオットとボールトンだけは、完全には見捨てはしないだろうから、特に熱心に頼めば、ブラウンを彼らの艦の士官候補生に列してくれるだろう。

こうして戦友の将来のために、あれこれ思案をめぐらしていると、ホーンブロワーは、この旅の幕切れも、逃れ難い軍法会議も、何となく平静に近い気持ちで見つめるように自分を仕向けることができた。他の二人のために、こうした黄金の日々がつづく間じゅう、彼はこの旅の終わりのことを一切考えないでいられた。それは静穏な地獄の辺土を行く静穏な旅路だった。マリーにあのような振舞いをした恥ずかしい思い出は、過去のこととして置き去ろうとしていたし、やがてくる厄介事のあれもこれもまだ未来のことだ。生まれて初めて、この時ばかりは、彼も憂さを忘れて安逸をむさぼる現在に生きることができた。

この旅の種々雑多な些事のすべてが、この好ましい結果を生むのに役に立った――それらはごく卑小なことばかりだったが、その時々には極めて重大なことだった。川中の金色の砂洲と砂洲の間に進路を選んだこと、彼の判断が間違ったためにボートから降りて押したこと、露営する島を探し、見つけてそこで夕食を作ったこと、浚渫船のわきや数少ない釣り人の前をのろのろと通り過ぎたこと、町々の前を通っている間は人目につく態度を避けたことなど、つねに心を占める細々《こまごま》した事があった。雨降りの夜が二度あって、柳の木の間に張り広げた毛布の下に、体を寄せ合って眠った——ふと目を覚ますと、ブッシュが横でいびきをかきながら、その腕がこちらをかばうように胸に掛け渡されているのに気づいて、何かこっけいなうれしさを覚えたものだった。

ロアール川の美観も楽しみだった——丘の上に高く館砦がそびえるジアン、それから、大きな円筒形の稜堡のサリー、シャトー・ヌフ・シュル・ロアール、それからジャルゴー。次は、数マイル下る間、オルレアンの寺院のひょろ長い角柱形の塔が見えていた——オルレアンは長く伸びた河岸のある数少ない町の一つで、そこを通過する時は、目立たぬように、そしてくぐりにくい橋のところは特に用心して、そっとボートを流していく必要があった。オルレアンがまだ視界から去るか去らないうちに、数えきれないほどアーチのある橋がいつ果てるともなく続き、角柱形の塔がそびえるボージャンシーに着いた。川は青と金と緑だった。ヌヴェールから上流は岩、つづく中流では小石の洲、そしていまは小石が砂に変わり、船縁近くでは澄んだ緑の川の、ちらちら青く光る川中に金色の砂洲があった。千変万化の緑が、ホーンブロワーの目を楽しませた——果てしなく立ち並ぶ緑の柳、葡萄園、とうきび畑、牧場の緑。

ブロアを過ぎた——高くそそり立つ太鼓橋の、上に戴く尖塔の銘には、この橋が幼いルイ十五世の最初の公共事業であることを宣していた――それからショモン、そしてアンボワーズと、それぞれ美しい城館が川に臨んでそびえ、やがてツール――ここも河岸がつづいて、ひっそりと通り過ぎ――そしてランジェーを過ぎた。洲が点在する川の、荒涼たる景色に、いたる所で区切りをつけて、塔や城館や寺院が、遠く堤の上にそびえていた。ランジェの下流で、左手から広い静かなヴィエンヌ川が流れ込み、合流した川筋にそれ自体の特質をいくつか持ちこんでいるようで、それにここから川は前より少し流れをゆるめ、川筋がさらにととのい、浅瀬がだんだん少なくなった。ソミュールを過ぎ、レ・ポン・ド・セーの数知れぬ島を過ぎると、右手からもっとはるかに広いメーヌ川が流れ込み、ついには彼らが愛着をおぼえてきたこの荒涼たるロアール川から、あらゆる特徴が奪い去られてしまった。いまや川は、はるかに深く、はるかにゆるやかに流れ、そして初めて、この川をうまく商業的な舟運に利用できるようにしようという試みが目についた――彼らは上流で、ナポレオンの行なった無駄な工事の跡をたくさん見てきたのだった。

しかし、マイエンヌ川の合流点から下流では、防砂堤と堤防が冬の増水と絶え間ない浸食にもちこたえ、両岸ぞいにずっと金色の砂を浜辺のように堆積させ、川中には艀《はしけ》が上下できる深い水路を残していた――彼らもナントからアンジェへと遡っていく艀といくどかすれちがった。そのほとんどは数頭ずつ組になったロバに曳かれていたが、一、二艘は、四角い大きな縦帆《ガフ・メンスル》を張り、西風を利用して遡っていた。ホーンブロワーはそれを飢えたように見つめた、それというのも数ヵ月来はじめて目にする帆だったからだが、一艘を盗もうかという考えは、きっぱりと捨てた。その動きの悪そうな船姿を一目見ただけで、それに乗って海に乗り出すことは、たとえ短い距離でも、今持っている平底のボートで出るよりもっと危険が多いことが、はっきりわかった。

艀を上らせるその西風は、ほかのものも運んできた。ブラウンがせっせとオールを使ってボートを風に押し立てながら、急に鼻をしわ立てた。

「失礼ですが、艦長、海のにおいがします」と言った。

三人は一斉に、風のにおいを嗅いだ。

「やあ、おまえの言うとおりだ、ブラウン」と、ブッシュが言った。

ホーンブロワーは何も言わなかったがやはり潮のにおいを嗅ぎとっていて、それといっしょに、入り混じった感情の波が押し寄せてきたために言葉を忘れていたのだった。

そしてその夜、露営をしたあと——川の様子はいろいろ変わっても、露営の場所を選ぶ荒れ果てた島は同じようにあった——ホーンブロワーは、ボートを引き上げた時より川の水位が、それとわかるほど上がっていることに気づいた。前に、大雨のあとで夜中にボートが危うく流れそうになったことがあったが、あの時のような増水のためではない。ナントの上流にいたこの夜まで三日間、雨はなかったし、降りそうな気配もなかった。

見ていると、夜の川がそれとわかるほどにひたひたと上げてきて、やがて上限に達し、しばらくそのまま落ち着いたかと思うと、やがて下がりはじめた、潮だ。下流の河口にあるパンボーフでは、十ないし十二フィートも満干の差があるし、ナントでも四ないし五フィートの差がある。そしてここでも、左右から堤にせかれて押し上げてきた潮が、最後の死力を使い果たして、川がもとの流れにもどるのを、彼は目のあたりに見ていた。

胸の内に不思議な感傷があった。ついに潮汐のある所に行き着いたのだ——半生を過ごした棲息地にもどってきたのだ。海から海へ、地中海から、少なくとも専門的には大西洋と呼ばれる所まで、旅をしてきたのだ。今ここで目のあたりに見ている、この同じ潮が、英国の海岸をも洗っているのだ。そこには、バーバラが、マリアが、まだ見ぬわが子が、そして海軍本部委員の諸卿たちがいるのだ。いや、それだけではすまない。つまりこれで楽しかったロアール川の旅が終わったということなのだ。潮が満ち干する所で動き回るとなると、内陸で味わってきた自由の半分も望めない。見知らぬ顔の新来者は、うさん臭くせんさくされることだろうから、おそらくこれからの四十八時間余りで、英国に帰り着いて軍法会議に立つ運命なのか、それともふたたび逮捕されて銃殺隊の前に立つ運命なのかが決まるだろう。そう思った瞬間、ホーンブロワーはあのおなじみの気の高ぶり、自分では恐怖と呼んでいるものを覚えた——早鐘のような鼓動、手のひらの汗ばみ、両脚の脛にちくちくと走る痛み。彼は気力を奮い立てて、やっとそうした徴候を押さえつけてから、部下のところにもどり、見てきたことを話した。

「満潮が三十分で引いた、ですって、艦長?」と、ブッシュがおうむ返しにくりかえした。

「そうだ」

「うーむ」

ブラウンは分をわきまえて何も言わなかったが、その顔にはちらっと、同じように深く考えこむ表情が浮かんだ。二人とも、船乗りの仕草にもどって、その事実を吸収していた。これから先は、ちらっと太陽を見れば、必ずしも川を見なくても、彼らは、長年の海上生活の間につちかった半ば無意識の計算能力に助けられて、考えるまでもなく情報をとりだし、潮の状態を即座に言い当てることができるだろう。彼自身も同じことができる——ただ一つ彼らとの相違は、彼がその現象に関心を持っているのに対して、彼らはそれに無関心か、あるいは気づいていないことだ。

13

ナントの町へ入るためには、税関の制服でなければならないと、ホーンブロワーは腹を決めた。この決断に達したのは、長いことあれやこれや考えあぐね、必死の思いで厳しく成算を秤にかけた挙句のことだった。もし一般市民の服装で入ったら、尋問されることはまず間違いないし、そうなったら、身分証明書と旅券を持っていない言い訳は、まず立たないだろうが、官服姿なら、まったく尋問を受けないですむかもしれないし、もし尋問されても、尊大な態度をとってみせれば、うまく切り抜けられるかもしれない。だが、税関の大佐《ドウニエ》に化けるとなると、ホーンブロワーの側に演技力が必要となり、彼は自分自身に――能力でなく、神経に――自信が持てなかった。手心を加えずに自己分析して、彼は自分自身に言い聞かせた――これまで長年の間、一つの役を演じてきたではないか、まるでそんな人物でもないのに、物事に動じない冷静沈着な男として振る舞ってきたではないか、だったら、フランス語を話さなければならないという不利な条件が一つ加わるにしても、ほんの数分間、いばりくさった、権柄ずくの男として振る舞えないはずはなかろう。結局、いろいろ懸念はあったが、こういう結論に達し、彼は小ぎれいな官服を着て、燦然と輝くレジオン・ドヌール勲章を胸元に留めた。

　例によって、いちばん苦しかったのは、出発間際の一瞬——ブラウンがオールを二本取り出す前で、ボートの艇尾座席《スターン・シート》に乗り込み、舵柄《チラー》を握った一瞬だった。重くのしかかってくる緊張感は、たいへんなものだったから、もしそれにとらわれたら、舵柄《チラー》に預けた手は震え、ブラウンに指示を与える声は上ずるだろう。だから彼は、部下たちにはおなじみの、断固とした、厳格な態度に身を固め、口をきくにも、例の戦闘用の、感情を殺した、厳しい口調だった。

　ぐっぐっと、ブラウンの漕ぐオールの力で、川面は滑るように後方へ流れナントの町がぐんぐん近づいてきた。土手の家並みが次第に立てこんできて、そうするうちに川は、数本の支流に分かれはじめた。島にはさまれたのが主流だとホーンブロワーにはっきりと見分けられたのは、土手沿いに商いが盛んに行なわれた形跡が残っていたからだった——それは大半が昔のものだった。というのは、ナントは死にかけた町、英国の封鎖で徐々に首を絞められて、死にかけている町だったからだ。岸壁をぶらぶら歩いている浮浪者たち、立ち並ぶ空き倉庫、こうしたものすべてが、戦争の、フランス商業に与えた悲惨な影響を物語っていた。

　きつい流れに乗って橋を二つくぐり抜け、公爵の広大な城館を右舷に見て通りすぎた。

ホーンブロワーは、人目を誘うでもなく、避けるでもなく、努めて何気ない、寛いだふうを装った。レジオン・ドヌール勲章が胸元で踊るたびに、カチンカチンと鳴った。横目でちらっとブッシュを流し見たとたんに、ホーンブロワーは大いに慰められ、ほっとした。というのは、ブッシュも動じない顔付きをしているものの、神経をとがらせているのが見てとれたからだ。ブッシュは危険など意に介さずに戦闘に突入し、敵の片舷斉射に立ち向かうことのできる男だが、いま大勢のフランス人の目の前に身を晒し、死刑あるいは虜囚の身をまぬがれるためには、ただじっとしていなければならないこの状況の下では、さすがの彼も神経がぴりぴりしているのだ。その様子は、ホーンブロワーにとっては一種の強壮剤のようだった。いろいろな心配がきれいさっぱり抜け落ち、愉快な、ぞくぞくする向こうみずな勇気が沸きあがってくるのを覚えた。

行く手の橋の向こうに、港が開けはじめた。まず漁船が数隻、目に入った——ホーンブロワーは、食いいるように見つめた。その一隻を盗もうという魂胆があるからだ。数年前に、ペルー提督の率いる封鎖艦隊にいたときの経験が、今になって大いに物を言っていた。というのも、彼はそういう漁船の航路を知っていたのだ。彼らは決まって、ブルトン海岸の島陰で漁に精を出し——フランス人たちが名前にこだわってサルデンと呼んでいる小イワシを獲り、そして漁獲物を河口まで運んで、ナントの市場で売るのだ。彼とブッシュとブラウンの三人でやれば、そんな漁船の操船は朝飯前だし、しかも充分に航海に耐えられそうな船だから、封鎖艦隊まで、あるいは必要とあれば英本国までも無事に行き着けるだろう。彼は、自分がこういう計画を頭の中だけで終わらせない確信があったので、漁船の横を通りがけに、ブラウンへ、もっとゆっくり漕げと鋭く命じておいて、全神経を船団へ集中した。

漁船の下流にアメリカ船が二隻、岸壁に繋留しており、星条旗が、穏やかな風にさっそうと翻っていた。ホーンブロワーは、鎖のガチャガチャいう物悲しい音に注意を引かれた――捕虜の一団が、二隻の船から積荷を下ろしているところだ。どの男もふらつく足取りで、腰を二つに折り曲げて穀物袋をかつぎ出している。これはおもしろい。ホーンブロワーはもう一度、目をやった。鎖で珠数繋ぎにされた一団は、数人の下士官に監視されていた――歩兵用の筒形前立て付きの軍帽と、きらっときらめくマスケット銃の銃身が見える――それで、あのあわれな男たちが何者なのか、察しがついた。軍法を犯した犯罪人、脱走兵、自分の部署で眠りこけていたところを逮捕された者、命令に背いた者、みんな、ナポレオンが、ヨーロッパ各地に配備している陸軍の不運な男たちだ。彼らは〝ガレー船行き〟の判決を受けたが、フランス海軍はもう、オール漕ぎの強制労働をさせるガレー船を使っていないので、今は、各地の港で、ありとあらゆる重労働を科せられているのだ。ペルー提督指揮下のインデファティガブル号の海尉だったころ、ホーンブロワーは二度、脱艦兵の小集団が逮捕されるのを目撃したことがあった。彼らは、今ホーンブロワー自身がもくろんでいるのとまったく同じ手立てで、ナントから逃亡してきた連中だった。

さらにアメリカ船の下手の岸壁に、別の船がついていた。それを見たとたんに、彼らは座席の中で体を固くした。ぼろぼろの青い軍艦旗の上に三色旗を掲げて、取るに足りない勝利をひけらかしている。

「ウィッチ・オブ・エンダー号、十二門搭載のカッターです」と、ブッシュがしゃがれた声で言った。「去年、ノワールムーティエ島沖の風下の海岸で、フランスのフリゲート艦に拿捕されたものです。こいつは驚いた、いかにもフランス人のやりそうなことではないですか。十一カ月もたっているのに、まだフランス国旗の下に英国の軍艦旗を掲げていやがる」

見事な小型艦だった。彼らのところからでも、その申し分ない船姿が見えた――スピード性能も耐航性もすべてその船体に書いてある。

「マストやヤードもフランス野郎がやりそうな取り付け方をしてないようですね」と、ブッシュが注釈を加えた。

彼女は出航準備が整っており、彼らの玄人目には、巻き込んであるメンスルとジブの帆面積が推測できた。岸壁ぞいのカッターが細く揺れるたびに、その高く優雅なマストが、ほとんどわからないくらいに彼らに向かってこっくりをした。それはまるで、捕虜が助けを求めて訴えているかのようで、はためくフランス国旗――青い軍艦旗の上の三色旗は、一編の悲劇を物語っていた。不意に強い衝動につきあげられて、ホーンブロワーは舵柄《チラー》を一杯にとった。

「岸壁に横付けしろ」と、ブラウンへ言った。

数掻きで漕ぎ着いた。しばらく前に、潮が変わっていたので、流れに逆らう形だった。ブラウンは繫索環《リング》をつかむと、しっかりともやい綱を繫ぎ、まずホーンブロワーが身軽に石段を上がって岸壁の上に立ち、次にブッシュが骨を折りながらつづいた。

「われわれにつづけ《スイヴエ・ヌ》」ホーンブロワーは、フランス語で話さなければならないのを、危ないところで思い出して、ブラウンに言った。

ホーンブロワーは、無理に顔をしゃんと上げ、胸を張って歩いた。両脇のポケットのピストルが、励ますように腰にぶつかり、剣が太腿を叩く。片脇のブッシュの義足が、いざま大股の規則正しい歩調で、石の岸壁を踏みならしている。兵隊の一団がすれちがいざまに、りゅうとした官服に敬礼したので、ホーンブロワーは平然と答礼を返して、自分の冷静ぶりに驚いた。心臓は激しく動悸を打っていたが、びくついていないのがわれながら惚れぼれするほどだった。こんな思いがけない雄々しい気分を味わえたのだから、これだけの危険を冒した甲斐があった。

彼らは足を止めて、岸壁に横付けのウィッチ・オブ・エンダー号を見た。甲板は、英国の副長ならそんなことはさせておくまいが、ぴかぴかに磨きたてられてないし、支索《ステー》はだらしなくたるんでおり、こんな扱いをうけてと考えると胸が張りさける思いだった。二人の男が、もう一人の男の監督の下で、甲板をぼんやりと動き回っていた。「停泊当直員です」と、ブッシュはもぐもぐ言った。「二人は水兵で、もう一人は航海士です」

彼は、行儀の悪い生徒のように、唇を動かさないで言った、その辺にいる者に言葉を読みとられ、フランス語で話していないのを感づかれるといけないからだ。

「ほかの者は全員、上陸中です、新米水兵どもは」と、ブッシュはつづけた。

岸壁に立つホーンブロワーの耳元をかすかな潮風が撫で、兵隊やら水兵やら市民やらがそばを往き交い、遠くの方で、アメリカ船の荷下ろし作業が騒々しい音をたてていた。ブッシュはあとからあとから新たな考えが浮かんできた。ホーンブロワーが、誘惑を感じているのに気づいた。ウィッチ・オブ・エンダー号を盗んで、本国へ帰る——自分からは決して思いつかなかっただろうが、この艦長の下で長年勤務してきたおかげで、どんなとっぴな考えでも受け入れられるようになっている。

途方もないという言葉がぴったりだった。そういう大型のカッターは、乗組員が六十名も乗れるから、索具《ギヤ》や滑車《テークル》はそれに合わせて設計されている。三人で——しかも一人は足が不自由で、大きなメンスルを揚げることなど望むべくもない。だが、三人でも、好天に、障害物のない海上で、帆を張っての操船なら、見込みはある。この見込みがあったから、一連の考えが浮かんできたのだが、しかし、その反面、自分たちと海との間を、ロアール川の、ひどく操船のむずかしい河口が隔てている。しかもフランス軍が、英国海軍の攻撃を恐れて、浮標と航路標識を残らず取りはらってしまったこともわかっている。水先案内なしで、三十五マイルに及ぶ浅瀬を坐礁しないで通過できる航路を見つけだすなど、望むべくもないし、しかも、パンボーフとサン・ナゼールには砲台があって、未許可の出入国船をはばんでいる。やはり不可能だ――まったく気分だけでこんなことを考えているのだ、とホーンブロワーは自分に言い聞かせると、急にまた一瞬、自己批判が頭をもたげるのだった。

彼は踵を返すと、アメリカ船の方へぶらぶら近づいていき、鎖で珠数繋ぎにされて穀物の荷を背負うあわれな一団が、渡り板の上をふらつく足取りで渡るのを、興味深く見つめた。その悲惨な光景を見ると胸がむかついた。いばって、ふんぞりかえって彼らを監督している軍曹たちを見てもそうだった。ここに、もしどこかにあるとすればここにこそ、誰もが待ち望んでいる、反ナポレオン運動の核心を見出すことができると、彼は心の中で呟いた。あとは、命知らずの指導者がいさえすればいいのだ――これは帰国したら、政府に報告する価値のあることだ。川のさらに下流の方から、また一隻、船が港へ向かって近づいて来た。トプスルが夕日に重なって黒く浮かびあがり、航跡を白くつむぎ出しながら、かすかな南風を受けて、詰め開き《クロースホールド》で針路を保っていた。星条旗をかかげている——またもアメリカ船だ。ホーンブロワーは、昔、ペルーの指揮下で勤務していたころ味わったあの苛だたしい無力感を覚えた。中立国の船が、無事に出入国できるとすれば、海岸を封鎖し、苦しく、危険なありとあらゆる任務に耐えたところで、一体何の役に立とう？　積荷の小麦は公式には戦時禁制品ではないが、ナポレオンにとっては、麻酔薬、あるいはピッチ、あるいは戦時禁制品リストの他のどの品物にも劣らず、重要不可欠なものだ——小麦の輸入量が増せばそれだけ多くの人間を徴募して、軍隊に送りこめるのだ。ホーンブロワーは、果てしもない自問自答を繰り返していた——いずれアメリカが、中立というコウモリのような立場をうとましく思うようになった時、武器をとって刃向かうのは英国にだろうか、フランスにだろうか——現に、アメリカは短期間だがフランスと交戦したことがあるし、帝国の独裁政治を押しつぶす手助けをすることは大いにアメリカの利益になるだろうが、英国の獅子のしっぽをひねりたい誘惑に勝てるかどうか疑わしい。

新来の船が、巧みな舵さばきで岸壁にじわじわ寄ってきた。トプスルが裏帆を打ち、行き脚が落ちると、繋柱《ボラード》に巻きつけた曳き綱がきしんだ。ホーンブロワーはブッシュとブラウンを脇に従えてのんびりと眺めていた。船がしっかりと繋がれると、渡り板が岸壁へ掛け渡され、ずんぐりした男が下船の用意をして待っていた。平服姿で、丸い赤ら顔に、先がぴんとはねあがったこっけいな黒い小さな口髭をたてた男だった。船長と握手する態度や、非常にくずれた英語で話しているところから、ホーンブロワーは、水先《パイ》案内人《ロット》だろうと推測した。

水先案内人！　その瞬間、ホーンブロワーの頭の中に、いろいろな考えがどっと押し寄せてきた。あと一時間足らずで暗くなり上弦の月がかかる——月はすでに見て取れ、夕日のはるか上空に、薄白く見えた。澄み切った夜、もうすぐ干潮がはじまるし、風は穏やかで、心もち東寄りの南風だった。水先案内人はここで、乗組員はあそこで、つかまえられる。そう考えて彼は躊躇した。この計画はまるで向こう見ずで、無謀だ——いや無謀を通り越している。生ごなれで、食い違いもあるにちがいない。彼はもう一度、狂い立ったように計画をたどり直してみたが、そうするうちにも、向こう見ずな考えに押し流された。少年時代から忘れていたことだが、渡らぬ先の用心など風に吹きとばすのが、ぞくぞくする快感だった。緊張のうちに数秒間がすぎ、水先案内人が渡り板を踏んで岸壁へ移り、こちらへ近づいてくる間に、ホーンブロワーは腹を決めた。両脇の仲間を肘でそっと突くと、前に踏み出して、きびきびした足取りで通りすぎるずんぐりした水先案内人に声をかけた。

「ムッシュウ、訊きたいことが二、三ある。ちょっとわたしの船までご同行ねがえまいか？」

水先案内人は、官服、レジオン・ドヌール勲章、ゆうゆうたる態度に心付いて、

「はあ、承知しました」と、言った。彼の本心は見えすいていた。ただ、金のために大陸封鎖政策に違反したやましさがあるのだ。彼はくるっと回ると、ホーンブロワーと並んでちょこちょこと足早に歩いた。「この港にはいらしたばかりのようですな、大佐?」

「昨日、アムステルダムから転属になってきた」と、ホーンブロワーはきっぱりと言った。

ブラウンは、水先案内人の向こう側に並んで、大股に歩いていた。後ろから、健気にも何とか三人に遅れまいと懸命に歩調を合わせている、ブッシュの木の義足が舗石を打ち鳴らしている。ウィッチ・オブ・エンダー号に近づいた一行は、渡り板から、甲板に上がった。そこにいた士官が、ちょっと驚いた顔をして彼らを見た。だが彼は水先案内人を知っていたし、税関役人の制服も知っていた。

「貴船の海図を調べたい」と、ホーンブロワーは言った。「船室へ案内していただけるかな?」

航海士は少しも怪しまなかった。部下たちに作業をつづけるように合図すると、短い昇降階段を下って、後部船室へと案内した。航海士が中へ入ると、ホーンブロワーは次にまず水先案内人の背を軽く押して中へうながした。狭い船室だったが、向こう端へ追

いつめておけば、彼らとの距離は充分あるので安全だ。ホーンブロワーは戸口に立って、ピストルを二挺抜き出した。

「騒ぐと」気が高ぶり、ぶるぶる震える唇で「殺すぞ」

二人はただ突っ立って彼を見つめていたが、とうとう水先案内人が口を開いた――しゃべらずにはいられなかったのだ。

「黙れ！」ホーンブロワーはぴしゃっと言った。

彼はブラウンとブッシュがつづいて入れるように、奥へ進んだ。

「縛りあげろ」と、彼は命令した。

ベルトとハンカチーフとスカーフで事足りた。たちまち二人の男はさるぐつわをかまされ、両手を後ろ手に縛りあげられて、身動きがつかなくなった。

「テーブルの下に押しこんでおけ」と、ホーンブロワーは言った。「さあ、もう二人連れてくるから、用意しておけ」

彼は甲板に駆けあがった。

「おい、そこの二人」と、ぶっきらぼうに言った。「訊きたいことがある。いっしょに来い」

二人は仕事をおき、言われるままについてきた。船室まで来ると、ホーンブロワーはピストルで二人をおどして黙らせた。ブラウンが甲板まで駆けあがっていって、綱をたくさん調達してくると、二人を縛り、さっきの二人も、さらにしっかりと縛りあげた。それから彼とブッシュ――互いに冒険が始まって以来、まだ一言も言葉を交わしていない二人は、ホーンブロワーを見つめて命令を待った。

「連中を見張ってろ」と、ホーンブロワーは言った。「乗組員を連れて五分でもどってくる。少なくとも、もう一人は縛りあげることになるぞ」

彼はまた岸壁まで上がると、一日の荷下ろし作業でへとへとになったガレー船の奴隷たちが、幾組にも分かれてたむろしているところへ近づいていった。軍曹に声をかけると、彼の指揮下の、珠数繋ぎにされた十二名の男たちが、生気の失せた目をホーンブロワーに向け、このりゅうとした大佐が、今度はいったいどんな苦しみを持ってくるのかと、ぼんやり眺めるばかりだった。

「軍曹」と、彼は言った。「きみの班を、わたしの船まで連れて来てくれ。連中にさせる仕事がある」

「承知しました、大佐」と、軍曹は言った。

彼に命令をがなりたてられると、疲れ切った男たちは、ホーンブロワーにつづいて岸壁を進んだ。はだしの足は何の音もたてなかったが、腰から腰へと渡された鎖が、一足ごとに、ガチャッ、ガチャッと、歩調を刻んで鳴った。

「連中を甲板におろせ」と、ホーンブロワーは言った。「それから船室へ降りるよう命令しろ」

まんまとうまくいった。官服と勲章のおかげだった。武器を没収されて縛りあげられた軍曹の狼狽ぶりを見て、ホーンブロワーは噴き出すまいと懸命にこらえなければならなかった。どのポケットに捕虜たちの鍵が入っているのか軍曹に白状させるには、ピストルを意味ありげにちらつかせるだけでよかった。

「こいつらを、テーブルの下に押しこんでおいてもらいたい、ミスタ・ブッシュ」と、ホーンブロワーは言った。「水先案内人《パイロット》は別だ。甲板で用がある」

軍曹と航海士と二人の乗組員が押しこまれた。あまりおとなしくしてはいなかったが。それからホーンブロワーは甲板へ上がっていき、ブラウンとブッシュの二人が水先案内人を引っ立てて後につづいた。あたりはもうほとんど真っ暗で、月だけが明るく輝いていた。ガレー船の奴隷たちは、艙口《ハッチ》の縁に腰をおろし、膝をかかえて身も世もなくうずくまっていた。ホーンブロワーは、穏やかに彼らに向かって話した。言葉がままならなかったが、煮えたぎる胸の高鳴りが、自ずと彼らに伝わった。

「わたしは、諸君を自由の身にしてやることができる」と、彼は言った。「わたしが命令するとおりにやれば、鞭の雨とも重労働ともお別れだ。わたしは英国海軍の士官だ。この船で本国まで行くつもりだ。いっしょに行きたくないものはいるか？」

一団から、かすかな溜め息がもれた。自分の耳が信じられないようだった――実際、信じられなかったのだろう。

「英国に着いたら」と、ホーンブロワーはつづけた。「諸君には報償が与えられるだろう。新しい生活が諸君を待っているのだ」

今度は彼らも、さらにきつい労役のためにこのカッターに連れて来られたのではなく、自由の身になれる見込みがほんとうにあるのだと、ようやく合点しはじめた。

「行きます」と、声があがった。

「よし、おまえの鎖をはずしてやる」と、ホーンブロワーは言った。「いいか、コトリとでも音をたてるな。行動を命令されるまでは、じっと坐ってるんだ」

彼は薄明かりの中で小型の錠を手探りし、鍵を差しこむと、パチンと開けた——最初の男が両手を差し上げた動作は、いかにも哀れを誘う、反射的なものだった。彼は毎日、動物のように錠を掛けられてははずされるのが、習慣になっていたのだ。ホーンブロワーが一人ずつ順に自由にしてやるたびに、鎖の音が甲板に響き渡った。彼は叛乱に備えて、ピストルの床尾を握って背後に立ったが、そんな気配はまるでなかった。男たちはぼうっとなって突っ立っていた——わずか三分で奴隷の身から自由の身に、百八十度転換したのだ。

ホーンブロワーは、風に振れ回るカッターの動きを足下に感じた。岸壁と船側の間にぶら下げてある緩衝材に、軽くぶつかっている。舷側越しにちらっと目をやって、彼は腹を決めた——潮はまだ引きはじめていない。もう数分、待たなければならなかったので、彼は、メンマストの船尾よりにそわそわと落ち着かない様子で突っ立っていたブラウンを振り返った。その足元には水先案内人がしょんぼりとうずくまっている。

「ブラウン」と、彼はそっと声をかけた。「ボートまでひと走りして、衣類の包みを持ってきてくれ。今すぐ、走っていけ——何をぐずぐずしてるんだ」

ブラウンは不承不承、駆けだした。艦長が貴重な数分間を衣類の取り戻しに使うなんて、そんなことに心をわずらわすのさえ、彼にはとんでもないことに思えたのだ。だがホーンブロワーは、見かけほど度を失ってはいなかった。潮が変わるまでは出航できないのだから、ブラウンをただ落ち着きなく突っ立たせているよりは衣類を取りにやるほうがましだった。かつてないことだが、こんどばかりは彼も、部下の前で気取るつもりなどなかった。気は高ぶっていたが、頭は冴えていた。

帆布製の袋をかかえ、息せき切って戻ってきたブラウンに、「ご苦労」と、彼は言った。

「わたしの軍服の上衣を出してくれ」

大佐の上着を脱ぎ、ブラウンが着せかける上衣の袖を通して、冠に錨のボタンをかけると、ぞくぞくと快感がこみあげてきた。上衣はひどく皺だらけで、そのうえ金モールは折れたり、切れたりしていたが、軍服は軍服だ。もっとも、数カ月前にロワール川で転覆した時から、一度も袖を通していなかった。この軍服を着たからにはもうスパイの罪に問われることもないし、万一この計画が失敗してふたたび捕虜の身になる結果に終わっても、これは自分をも部下をも守ってくれるだろう。失敗し、再逮捕される可能性は大いにある、と、論理的な頭は自分に言いきかせていたが、それでももう、闇から闇へ葬られることはない。カッターを盗んだことが世人の注目を引くだろうから、そんなことはできなくなる。もうすでに、今の立場を良くしたことになる——スパイとして銃殺されることも、牢獄の中で声も出せずに絞殺されることもなくなった。今、逮捕されたとしても、ただ、戦時法違反という昔の罪に問われるだけだし、最近の英雄的行為が多大な世論の同情を集めるだろうから、その罪科さえナポレオンが強調することは、逆効果になる可能性もある。

さあ、行動開始。彼は手摺りから索止め栓《ビレイ・ピン》を抜きとると、手にずっしりとくるおどし道具の持ち重みを確かめながら、しゃがみこんだ水先案内人の方へ、ゆっくりと近づいていき、

「ムッシュウ」と、声をかけた。「この船の水先案内をして、沖へ出してもらいたい」

水先案内人は目を丸くして、かすかな月明かりに浮かぶ彼を見上げた。

「できん」と、彼は早口に言って、「職業人としての誇りが——わたしの職責が——」

ホーンブロワーの、ビレイ・ピンで脅かす仕草に、彼は絶句した。

「ただちに出航する」と、ホーンブロワーは言った。「指図するもしないも貴様の勝手だ。だが、これだけは言っておくぞ、ムッシュウ。船底が海底にかすりでもしたら、とたんにこいつで貴様の脳天をぶち割って、脳みそのりをつくってくれるぞ」

ホーンブロワーは、水先案内人の血の気の失せた顔を見据えた——手荒な扱いを受けて、今ではもう、口髭は左右アンバランスに垂れ下がり、こっけいな有様だ。手のひらにピシッピシッと打ちつけられるビレイ・ピンに男の目が吸いつけられているのを見ると、ホーンブロワーは勝利の軽いときめきを覚えた。ピストルの弾丸で頭をぶち抜いてくれると脅したところで、この想像力に乏しい南部フランス人には、たいして効き目はなかっただろう。だが、ビレイ・ピンで頭蓋骨をくだかれ無残に撲殺される図は、彼にもはっきりと思い描くことができるから、ホーンブロワーの取った論法はまったく功を奏した。

「わかりました、ムッシュウ」と、水先案内人は力なく言った。

「よろしい」と、ホーンブロワーは言って、「ブラウン、こいつをそこの手摺りに縛りつけろ。それで出航できる。ミスタ・ブッシュ、舵柄《チラー》についてくれ」

必要な準備はすぐ整った。各揚げ索《ハリヤード》に連れていかれた囚人たちは、索を持たされ、命令が下り次第、すぐにぐっと引こうと身構えた。ホーンブロワーとブラウンは、これまでにもしばしば、新米水兵をそれぞれの部署にしゃにむにつかせた経験があるし、英国の強制徴募隊の広地域にわたる活動をありがたいと思ったこともたびたびあったし、今、ブラウンのフランス語が、ホーンブロワーの手本に助けられてここで充分に役立っているのを見るのも、良いものだった。

「もやい綱を切りましょうか？　艦長」と、ブラウンから言いだした。

「いかん、解いて放すんだ」と、ホーンブロワーはびしっと言った。

繋柱《ボラード》からもやい綱の切れ端がぶら下がっていたら、よほど慌てて、おそらくは不法出航したのだろうという、動かぬ証拠となる。一方、ほどいておけば、数分間は敵の調査と追跡を遅らせられる可能性があるし、何が起こるかわからないこの先で、一分一分の差が貴重になるかもしれないのだ。潮が引きはじめてもやい綱がぴんと張っていたおかげで、岸壁から離れる作業は容易だった。縦帆艤装の小型艦の操船作業には、横帆艤装の大型艦の操船に要求される判断力も動物的な体力も、ほとんど必要ない。しかも目下、風は岸壁のほうから吹き、潮は干潮とあっては、艦首のもやい綱を放つ前に艦尾のもやい綱を解き放すことさえ注意すればよく、そのことはホーンブロワーばかりではなく、ブラウンもよく心得ていた。事は当然の成り行きとなった。というのは、ホーンブロワーは、フランス兵がしっかりと結んだ巻き結びを、仄暗い中で、手探りして一つ一つほどかなければならず、ブラウンのほうが、ずっと先に受け持った分をほどき終わっていたのだった。潮の力に押されてカッターは、岸壁から艦尾を離して振れ回っていた。ホーンブロワーは、たよりない明かりの下で、当てにできない水兵たちや、岸壁沿いの渦流、潮の流れ、風を考え合わせながら、帆を揚げる頃合を見計らわなければならなかった。

「帆を揚げろ」と、ホーンブロワーは指示してから、男たちに向かって、「引け」と言い直した。

滑車がギーギーきしる音を伴奏に、メンスルとジブが揚がった。どの帆もばたつき、ふくらんでまたばたついた。そして風をいっぱいにはらむと、ブッシュは舵柄《チラー》に――カッターの舵は、舵輪ではなく舵柄《チラー》でとる――確かな手応えを感じた。カッターは動き出していた。彼女は死物から命あるものへと姿を変えていた。微風を受けて艦がごくかすかに傾くと、索類が静かにきしみ、同時に、竜骨の前端部が分ける波の、ぶつぶつ泡立つ音が、艦首の方から、音楽のようにかすかに聞こえてくる。ホーンブロワーはまたビレイ・ピンを引き抜き、水先案内人から三歩ほどのところに近づくと、手の中で、おどし道具をもてあそんだ。

「艦首を右に、ムッシュウ」と、男は口早に言ってから、「そのまま右一杯」

「左舵だ、ミスタ・ブッシュ。右舷がわの水路を通る」とホーンブロワーは言ってから、水先案内人の矢つぎ早の指示を通訳して「当て舵！　そのまま保て！」

カッターは、かすかな月明かりの中を、滑るように川下へと進んだ。土手からは、すばらしい一幅の絵と見えるにちがいない——本艦が長途の旅に出る不法出航船とは、誰も思いもよらないだろう。

水先案内人が、今また何か言っていた。ホーンブロワーは耳を寄せて聞き取ろうとした。誰かを測深作業につけたほうがいい、という意見だったが、ホーンブロワーは当面それを考慮するつもりはなかった。それができるのはブラウンと彼自身だけで、二人とも、カッターを上手回ししなければならない場合に、いつ何時、必要とされるかわからないのだ——それに、尋《ひろ》とメートルの混同はさけられまい。

「できん」と、ホーンブロワーは言った。「測深せずにやってもらわねばならない。それに、約束は約束だぞ」

彼はビレイ・ピンを手のひらにピシッピシッと打ちつけ、高々と笑った。その笑い声に自分でもハッとした。実にぞっとする冷たい響きがこもっていたのだ。それを聞いた者は、もし本艦が坐礁したら、ホーンブロワーは本気で水先案内人をなぐり殺す腹だと、信じて疑わないだろう。彼は、自分が実際にそうするかどうか自分の胸に問うてみて、答えられないとわかると当惑した。自分が、がんじがらめにされた男を殺す姿など、思い描くことはできなかった——が、確信も持てなかった。自分に食い入ったこの兇暴で残忍な決意は、例によって、彼にはなじみのないものだった。自分は、いったんある計画に着手したら、その成就をはばむどんな考えも、断じて許さない男だと自覚してはいたが、反面いつも自分を、宿命論者的な、あきらめきった男だとも見ていた。他の男たちの敬服する性質を、自分自身の中に見出すと、いつもびっくりする。だが、いま差し当たっては、万一カッターが海底をかすりでもしたら、自分はぞっとする手口で殺されるのだと、水先案内人が思い込んでいるのがわかっただけで、効果は充分で、満足のいくものだった。

半マイル足らずで、向こう岸へ横切らなければならなかった――この広大な湾口は、規模こそ大きいが、上流の特徴を繰り返して、砂洲の間をくっきりした川筋で、右岸により左岸によりして、蛇行しているのが面白かった。水先案内人の警告で、ホーンブロワーは、雑多な人間ばかりの乗組員《クロースホールド》を集めて、上手回しをしなければならない場合に備えたが、その必要はなかった。詰め開きで速い潮の流れに逆らって、カッターは滑るように流れを横切った。ホーンブロワーとブラウンは帆脚綱《シート》についており、舵柄《チラー》を取るブッシュは、またもや彼がいかに鍛え上げた船乗りであるかを見せてくれた。艦首が一定方向にすわり、ふたたび艦尾越しに風を受けた。ホーンブロワーは心配そうに風向きを調べ、幽霊のようにぼうっと浮かぶ各帆を見上げた。

「ムッシュウ」と、水先案内人は哀願するように言った。「ムッシュウ、この綱がきついんですが……」

ホーンブロワーはすごんでまた高々と笑った。

「おかげで、居眠りしないですむわけだ」と、彼は言った。

直覚的に浮かんだ返事だが、理性もよしとした。すべてを台無しにするもしないも自分の胸一つというこの男には、ちらっとでも弱味をみせないことが賢明だ——水先案内人に自分が冷徹無比の男だと思いこませるほど、彼に裏をかかれる危険性は少なくなる。自分たち三人が幽閉と死の危険にさらされるより、水先案内人に綱目の痛みを耐えてもらったほうがはるかにいい。そのとき不意にホーンブロワーは、他の四人の男たち——軍曹と航海士と二名の乗組員のことを思い出した——さるぐつわをかまされ、がんじがらめにされているのだ。ひどく辛いにちがいないし、おそらく窒息しかけているだろう。やむをえない。誰も、甲板から下へ降りて行って、彼らのめんどうを見るためになど一瞬の時間も割くことはできないのだ。彼らに救出の手が伸びる可能性がなくなるまで、あそこに転がっていてもらわなければならない。

ホーンブロワーは、彼らを気の毒に思っている自分に気づいて、そんな感情を振り払った。英国海軍の戦史は、弱気な拿捕船回航員たちが、捕虜たちにまんまと打ち負かされて拿捕船を奪い返された話でいっぱいだ。そんな危ない橋を渡る気は毛頭ない。そう思うと、われ知らず唇がぎゅっと引き締まるのが面白かった。それに本国へ帰って、難局に立ち向かうことを渋る気持ちが逆にこの事態を切り抜けようという決意に働きかけるのを観察するのもやはり面白かった。失敗はしたくないし、失敗すれば自分の問題の落着《らくちゃく》が先へ延びるのだからうれしいかもしれないと思うと、かえって、失敗すまいという決意が強まるばかりだった。

「綱を解いてやるぞ」と、彼は水先案内人に言った。「ノワールムーティエ島の沖に出たらな。それまでは、駄目だ」

14

夜の引き明けに、今にもぱったり止みそうな風を受けて、彼らはノワールムーティエ島の沖にいた。灰色に明るむころにはべた凪ぎになって動けなくなり、穏やかな海面を千切れ雲のようにただよう薄靄に巻かれながら、日の出が靄を晴らすのを待った。ホーンブロワーは、だんだん細部がはっきりしてくる周囲を見回した。前部甲板では、重労働から解放された男たちが、豚小屋の豚のように、暖を求めて身を寄せ合い、みな眠りこけており、そのわきのハッチの上にブラウンが頬杖をついてうずくまっている。ブッシュは相変わらず立ったまま舵柄《チラー》についており、徹夜のあとだというのに、疲労の色などみじんも見られない。彼は環付《リング》きボルトで義足の脚を踏んばり、舵柄《チラー》を腰にあてがっている。縛りつけられた水先案内人は、がっくりと首うなだれて手摺りにもたれかかっている。昨日は丸々としてピンク色だった顔も、今朝は苦痛と疲労のために、ゆがみ、灰色に変わっている。

嫌悪感にちょっと身震いして、ホーンブロワーは綱を切ってやった。

「どうだ、約束は守ったろう」と言った。水先案内人はただ苦痛に顔をひきつらせて甲板に倒れこんだだけだったが、やがて血のめぐりがもどると苦しがってうめきつづけた。大きなメンスル・ブームが、帆をばたつかせて、ぐっと艦内へ回りこんだ。

「針路が保てません、艦長」と、ブッシュが言った。

「よろしい」

こんなことだろうと思わないでもなかった。河口からここまで吹き送ってきたああいう穏やかな夜風は、夜明けとともにぱたりと止んで船を立ち往生させる風なのだ。しかしあと三十分もってくれたら、そしてもう二、三マイル進んでいたら、もっとはるかに安全だったろう。今、左舷にノワールムーティエ島があり、艦尾後方に本土が横たわっている。切れぎれになってきた靄をすかして、本土の手旗信号所のひょろ長い輪郭が見分けられる——十六年前、あそこを破壊するために、ペルー提督が送った上陸部隊の、彼は副指揮官だった。あの島々は、英国軍の間断ない襲撃をうけたために、今では駐屯軍ががっちりと守備を固め、大きな大砲が据えてある。彼はノワールムーティエ島までの距離を見はからい、目測した——今はあの大型砲の射程圏外だろうが、潮流に流されれば、たちまち近くへ持っていかれそうだ。それにこの辺の潮のさし方を思い出してみると、ブールヌフ湾へ持ちこまれる危険性もあるのではなかろうか。

「ブラウン」彼は鋭く呼んだ。「連中を起こせ。長櫂《スイープ》で漕ぐ。位置につかせろ」

片舷に六門ずつある砲の、それぞれの両脇に、長櫂用のかい栓がある。ブラウンはねぼけ眼《まなこ》の乗組員たちを突っこくって各自の位置につかせ、長いロープで柄をつないだ長大なオールを突き出す方法を示した。

「一、二、三、漕げ！」と、ブラウンが怒鳴った。

男たちは力一杯オールを漕いだ。オールの先が静かな海面を泡立てて水をかいたが、結果は思わしくなかった。

「一、二、三、それ！　一、二、三、それ！」

ブラウンは活発そのもので、漕ぐ身振りを示し、男から男へと走り回り、全身で、拍子を取った。徐々に、カッターは行き脚をつけ、動きはじめると、オールの先がもっと有効に水をとらえた。

「一、二、三、それ！」

ブラウンは英語で音頭を取っていたが問題はなかった。その音頭と、彼の大きな体の激しい動きの意味は、取り違えようがないからだ。

「それ！」

漕ぎ手たちは、ガレー船の奴隷よろしく、甲板に足がかりを探ってはオールを引いた。

ブラウンの熱気は他の者にもうつらずにいなかったから、一人二人は、後ろへのけぞるたびに、声まで上げてしゃにむに勇み立った。今カッターははっきりそれとわかる船脚になっていた。ブッシュが舵柄《チラー》をいっぱいに回し、舵の手応えを感じとると、またもとへもどして針路を保った。彼女は小さなうねりに乗って浮き上がり、沈みこみ、カタカタと滑車が鳴った。

ホーンブロワーは力漕する男たちから目を移して、油を流したように凪いだ海面を見渡した。運がよければ、封鎖艦隊の軍艦が一隻ぐらいは海岸近くにいるのだが——彼らはよく大胆にも島の間まで入ってきてナポレオンのひげを引っ張ろうとするのだが、今日は一隻も姿が見えない。彼は人のいる気配を求めて、陰気な島影に目をこらした。折りもおり、本土の手旗信号所のY字に上げた腕が目に飛びこんだ。腕はそれ以上の動きを見せないところを見ると、もっと海岸よりの、ここからは見えない信号所から受信する用意ができていることを告げる動作にすぎないらしい——その通信の趣旨は見当がつく。と思っているうちに、二本の腕が空を背景にして区切りのある動きで信号を始め、海岸寄りの相手へ手短かな答信を送った。またしばらく静止する間があって、こんどは信号手の腕がこちらへくるっと向き変わった——さっきのはほぼ横向きだったのだ。思わずつられてノワールムーティエ島のほうへ目を向けると、そこのマストの先端で、小さなしみのような旗が諒解の印にすっと下がった。ノワールムーティエ島で本土からの命令を受信する用意ができたのだ。ぐるぐるっと手旗の腕が回る。通信文の一区切りごとに、応答の旗が上下する。

マストの根方近くで、長く白煙の噴き出すのが見え、たちまち煙の玉になって飛び離れたと思うと、ガラスのような海面に砲弾がはずむたびに、一つまた一つと四本の水柱が立ち、そのあとに鈍い砲声が伝わってきた。いちばん近かった水柱でもゆうに半マイルは離れていたから、ここは射程圏からかなり外れている。

「どんどん漕がせろ！」と、ホーンブロワーはブラウンへ怒鳴った。

次はどんな手段に出てくるか、彼には見当がついた。長いオールで漕いでも、カッターは一時間に一マイル足らずしか進まないから、風が立たなければ、一日中、危険にさらされっぱなしになるが、凪いだ海面にいくら目をこらして見ても、そよ吹く風の気配もなく、朝空の鮮やかな青にも風の吹きだす兆しはなかった。今にも、兵士を満載した数隻のボートが繰り出してくるだろう――そのオールはカッターの長櫂《スイープ》よりもはるかに速く動くはずだ。各ボートに五十名は乗っているだろうし、舳に大砲も載せているかもしれない。ガレー船の奴隷十二名の、おぼつかない助力しか得られない三人で、彼らに対抗することなど望むべくもない。

「なにくそ、できるとも」と、ホーンブロワーはひとり呟いた。

さっと行動に移る彼の目に、島の突端から繰り出す数隻のボートが映った。海面に散らばる豆粒。本土からの命令を受けるが早いか、守備隊が出動してボートに分乗したものにちがいない。

「それ漕げ！」と、ブラウンが叫んだ。

長いオールが、櫂栓にきしみ音をたて、カッターはその反動でぐっと傾いた。

ホーンブロワーは左舷最後部の六ポンド砲を取り片付けさせてあった。手摺りの下のロッカーに砲弾はあるが、火薬がないのだ。

「仕事の手を休ませるな、ブラウン。パイロットから目を離すな」

「アイ・アイ・サー」

ブラウンが熊手のような手を伸ばして、水先案内人の襟がみをつかみ、その間にホーンブロワーはキャビンへ飛びこんでいった。そこにいる四人の捕虜の一人が、体をくねらせ這いずって、小さな昇降階段の下をふさいでいた——ホーンブロワーは急いでいるので男を踏みつけた。一言ののしると、男を引きずってわきにどけた。思ったとおり、食糧貯蔵室に降りる昇降口がある。ホーンブロワーはぐいと開け、勢いよくもぐりこんだ。ほとんど真暗だった。それというのも、キャビンの天窓を通り、昇降口から差しこむ明かりしかないからで、彼は蹴つまずいたおかげで、中に積み上げてある貯蔵品を見つけた。まず気持ちを落ち着けた。いくら急ぎの用でもあわてて得をすることはない。彼は暗闇に目が馴れるのを待ち、その間にも頭上から、相変わらず怒鳴りまくっているブラウンの声と、相変わらず櫂栓にオールのきしむ音が聞こえた。ようやく目の前の隔壁に、求める物が見えた。ガラスのはまった低い戸口があるから火薬庫にちがいない—

ドア──掌砲長《ガンナー》はここで、カンテラから差し出す明かりを頼りに働くのだ。

彼は、急ぐのと暑いのとで汗だくになりながら、食糧品の山をわきへ積み変え、ドアをこじ開けた。中はごく手狭で、彼は二つ折りに近い格好で周りを手探ると、大きな火薬樽が四つ手に触れた。こぼれた火薬がざらざらと足裏に感じられるような気がした。こちらがうっかり動くと、火花が散って、カッターを木っ端微塵に吹き飛ばすことになりかねない──爆発物に不注意なところが、いかにもフランス人らしい。彼の指先が、すぐ使えるようになっている装薬の紙容器を探り当てた時は、ほっと安堵の溜め息が出た。それを見つけたくて来たのだが、使える薬包がないということも、もちろんありうることだったが、火薬びしゃくを使うことはあまり当てにしなかった。彼は薬包を両手いっぱい抱え、あとずさりで火薬庫からキャビンに出ると、あとはまた一気に甲板へ、明るい陽光の下へ駆け上がっていった。

ボートの一団はかなり近づいていた。その証拠に、もう黒い点々ではなく、ボートの形でこちらへ向かって海面をじわじわと水すましのように渡って──すでに競争で大きく差を詰められ、再逮捕も目前の三人に向かって来る。ホーンブロワーは薬包を甲板におろした。激しい動作と興奮のために、心臓がどっどっと胸を打ちつづけ、彼が気持ちを落ち着けようといくら努力しても、そのたびにだんだん思うにまかせなくなるようだった。頭で考え、企て、指図したり、「これをやれ」とか「あそこへ行け」とか言ったりするのと、自分の指の熟練と自分の目の見分ける力を頼りに成功するのとでは、まったく別物だ。

彼の感覚は、ワインを一杯余計に飲んだ時に味わう感覚と似かよっていた――つまり、何をしなければならないか、はっきりわかってはいるのだが、手足が、いつものように頭の命令に従おうとしないのだ。彼は大砲の複滑車を取り付けながら一度ならず手がもたついた。

そんな不手際が薬になった。彼は、罪の重荷を解き放すキリスト教徒のように、ぐらつく気持ちを振り切って立ち上がった。手元の仕事にすっかり身が入って気持ちも落ち着いた。

「おい、お前」と、水先案内人へ言った。

水先案内人は一瞬つんとして、大砲で同胞を狙うことなどできるはずがないと、りっぱな言い分が喉まで出かけたふうだったが、ホーンブロワーの形相が変わっているのを見たとたんに、たちまち卑屈な服従の態度にすり変わった。ホーンブロワーのほうは、非情で恐ろしげな自分の目つきには気づかず、ただ、自分の意志に逆らう者への瞬間的な腹立たしさを感じただけのことなのだが、水先案内人のほうでは、これ以上ぐずぐずすると、ホーンブロワーが情容赦なく自分を殺すことになると思ったのだ――そしてそれは正しかったかもしれない。二人で両側から複滑車の綱をつかみ、大砲を曳きもどした。ホーンブロワーは砲口の木栓をはずし、砲尾へ回った。それから仰角を上げるネジを回し、砲門から突き出せるぎりぎりの角度と見て取るまで砲口を上向けた。次に打ち金を起こしておいて、砲身の上に身をかがめ、自分の影が日光をさえぎるようにして、発射索をぐいと引いた。火花は満足のいくものだった。

そこで薬包を引き破り、火薬を砲口に入れ、紙を折りたたんだおくりをつくり、しなりのある突き棒で火薬をいっぱいに押し込んだ。時間は切迫していない。ちらっとボートの一団へ目をやると、どうやらまだ射程圏外にいるようだから、彼はしばらくロッカーの砲弾を転がすことに熱中し、いちばん丸みの完全なものを三つ四つ選び、それから右舷のロッカーへ行って、そこでも砲弾を選び出した。六ポンド砲で遠くを狙う場合、砲身の中を走る途中でがたがた躍る弾丸、砲口を飛び出したあとは、どこへ飛ぶか、神だけがご存じというようなものは困るのだ。彼は最終的に選んだ砲弾をおくりの上にしっかり押し込んだ——この仰角では、もういちどおくりを入れる必要はない——そこで二つ目の薬包を破り、砲尾に火薬を詰めた。

「それ《アロン》！」と、彼は水先案内人へ鋭く言い、砲を押し出した。六ポンド砲に二人というのはぎりぎりの人数だが、ホーンブロワーのひょろ長い体は、その気になると意外な力を発揮できた。

彼はてこを使って、砲口をできるかぎり後方へ回したが、それでも、先頭のボートに狙いが決まらなかった。ボートはずっと斜め後方にいるからで、それを狙い撃ちするにはカッター自体が頭を振らなければだめだ。ホーンブロワーは朝日を浴びて背を伸ばした。ブラウンがすぐ耳元でしゃがれ声を張り上げ、ガレー船の奴隷たちに号令をかけており、いちばん手前のオールは真横で動いていたのに、彼はどちらにも気づかずにいた。それほど仕事に熱中していたのだった。

カッターの頭を振るということは、なにがしかの距離を失うことだ。それだけの損失と、二千ヤード向こうのボートに六ポンド砲の弾丸を命中させる確率とを、秤にかけてみる必要がある。目下のところ、それだけの甲斐はないだろう。射距離が縮まるまで、しばらく待った方がよさそうだ。それにしてもこれは面白い問題だ、ただし、未知の要素——風の吹き出す可能性——が加わるので、正確な答えは得られない。

その風だが、鏡のように凪いだ海面を、一心にいつまで眺めていても、吹き出しそうな気配はなかった。ホーンブロワーはぐるりと顔を回した拍子に、舵を取りながらこちらを気づかわしげに見ているブッシュと目が合った——ブッシュが回頭の命令を待っている。ホーンブロワーは笑顔で受けて、かぶりを振ると、また視線を回して、水平線を、遠い島々を、自由の海へつづく果てしない広がりを、まじまじと眺めた。一羽のカモメが、空の青に映えて眩しい白で、もの悲しげに鳴きながら、頭上を旋回している。カッターが小さなうねりに乗ってこっくりをしている。

「失礼ですが、艦長」と、ブラウンが耳元で言った。「失礼ですが、艦長――漕げ！――この連中はもうあんまり長いことつづきません、艦長。あすこの、右舷がわの、あいつを見てください――漕ぐんだ！」

そのことは疑う余地がなかった。彼らは長い大きなオールを持って身を乗りだすたびに、疲労のあまりよろけていた。ブラウンの手から、結び目をつくったロープがぶら下がっている。早くも彼は、男たちを働かせるのに最も説得力のある手を使っていたらしい。

「連中をちょっと休ませて、なんか飲み食いさせれば、まだつづきます、艦長。漕ぐんだ、お前ら！　連中は朝食をとってませんし、きのうから夕食もとってません」

「よろしい。休ませて、腹ごしらえさせてやれ。ミスタ・ブッシュ！　ゆっくり回してくれ」

ホーンブロワーは大砲をのぞきこんだ――ガレー船の奴隷たちが漕ぐのをやめて、手放すオールのガタゴトという音も、たちまち意識から遠のき、そういえば、彼自身も、きのうから水も食事も睡眠もとっていなかったことを、ころっと忘れているのだった。舵柄《チラー》の手加減と、まだ残っている行き脚で、カッターはのろのろと回った。ボートの黒い塊が、照尺のVの中に入ったので、彼はブッシュへ手を振った。ボートはまた見えなくなり、ブッシュが舵柄《チラー》で回頭を抑えると、また照準に入ってきたが、砲と一線に並ぶところまでいかなかった。ホーンブロワーはてこで少しずつ砲口を回して狙いを正し、背を伸ばすと、発射索をにぎったまま、砲の後退がかわせる位置にどいた。止むを得ないことだが、方向よりも射距離のほうをはるかに危ぶんでいたから、砲弾の落下位置を見届けることが重要だった。彼は、うねりに乗ったカッターの動きを心で測り、うねりの最高点を待って発射索をぐんと引いた。轟然と砲が発射し、彼の前を後退した。彼は横飛びに煙をかわした。砲弾の四秒間の滞空時間が無限に延びていくように思えたが、やがてついに、まるまる二百ヤード手前の、百ヤード右手に、ぱっと水柱が立ってすぐ消えるのが見えた。お粗末な射撃だった。

彼は砲身をぬぐい、装塡しなおし、出し抜けの身振りで水先案内人を呼び寄せ、ふたたび砲を押し出した。この砲で、何とかうまい射撃をしたかったら、使うこつを飲みこむことが必要だと気づいたので、仰角を変えず、大砲を前回とまったく同じ位置に据えるように努力し、船の揺れもできるだけ同じような瞬間をはかって発射索を引いた。こんどは、仰角が合ったらしく、砲弾はボートまで飛んだが、またも右へ、少なくとも五十ヤードは外れた。つまりこの砲は右へ外れる癖があるらしいので、ホーンブロワーは少し左目に狙いをつけ、仰角はいぜん変えずに三発目を発射した。こんどは左へ外れすぎて、また二百ヤードも手前だった。

六ポンド砲をいっぱいの仰角で撃てば、砲弾の落下位置に二百ヤードの差ができるのは至極当然のことで、そうなるのは初めからわかり切ったことだとは思うものの、それで気持ちが慰められるわけではなかった。空中の状態や砲身の熱の変化は別としても、一発ごとに火薬の量が違うし、砲弾も決して完全な球形ではないのだ。彼は歯をくいしばり、狙いを定めてまた発砲した。届かない、それに少し左だ。気がおかしくなりそうだった。

「朝食です、艦長」と、すぐ片脇でブラウンが言った。

ホーンブロワーがさっと振り向くと、盆を持ったブラウンがおり、堅パン一皿、ワイン一本、大コップに水を一杯、白鑞《しろめ》製の取っ手付きのカップが載っている。それを見たとたんに、ホーンブロワーは、強烈に腹が減ってノドが渇いていることに気づいた。

「お前たちは、どうだ?」と、ホーンブロワーは尋ねた。

「自分たちは大丈夫です、艦長」と、ブラウンが答えた。

ガレー船の奴隷たちは、甲板にしゃがみこんで、がつがつとパンを食ったり水を飲んだりしていた。舵柄《チラー》のわきで、ブッシュも同じようにしている。ホーンブロワーは、初めて自分も舌と口蓋が皮のようにからからに渇いているのに気づいた――ワインを水で割ってがぶがぶ飲む手が震えた。キャビンの天窓のわきに、さっき縛ってキャビンに残してきた四人が横たわっていた。足はまだ縛ったままだが、手は自由になっている。軍曹と水夫の一人は顔が土気色だ。

「わたしが勝手に上がらせました、艦長」と、ブラウンが言った。「あの二人は、死にそうでした、さるぐつわのせいです、艦長。しかし、もうすぐ良くなると思います」

彼らを縛ったまま放っておいたのは、心ない残酷なことだった、とホーンブロワーは思った。しかし、夜来の出来事をあれこれと思い返してみたが、彼らに注意を割いてもよかったと思える時は今までまるでなかった。戦争には残酷がつきものだ。

「こいつらは」と、ブラウンがガレー船の奴隷たちを指しながら、「ソーイェルを見つけたら海へほうりこみたいと言ってました、艦長」

ホーンブロワーは、そのことが非常におかしいとでも言うふうに、ににたした。その言葉から、ガレー船の奴隷生活のみじめさと、彼らの監視員たちの残忍さが、あれやこれや思いやられた。

「うん」と、ホーンブロワーはひとかじりの堅パンを飲み下し、また水を飲んだ。「全員オールにつかせたほうがいいな」

「アイ・アイ・サー。自分もそう思ったところでした。連中を二交替にすることもできますが」

「お前のいいようにやれ」と答えて、ホーンブロワーは大砲へ向き直った。

先頭のボートはもうかなり近づいていた。ホーンブロワーは仰角を少し小さくしたほうがいいと判断し、こんどはそのボートの間近に着弾した。片側のオールとオールの間に落ちたようだ。

「お見事、艦長！」と、舵柄《チラー》のわきからブッシュが言った。

ホーンブロワーは汗と硝煙で肌がちくちくしていた。両わきのポケットに入れたピストルの重みが急に気になって、金モールの上衣を脱いだ。ピストルをブッシュへ預けようとしたが、彼は首を左右に振り、ホーンブロワーのわきのラッパ型の短砲を指さしながら、にやっとした。なるほど、あの混成の乗組員たちに厄介事がもちあがった場合には、そのほうがよほど効力のある武器になる。一瞬、ホーンブロワーはいらいらしながら、ピストルをどうしたものかと迷ったが、結局、手近の排水口に置いて、砲身の中を拭き、弾丸をこめた。こんども至近弾だった——どうやら、射距離が少し縮まったために、狙いの正確さがぐんと増したようだ。砲弾は先頭のボートの舳近くに落ちた。これだけの射距離では、命中したところで、まぐれ当たりにすぎない、それと言うのも、五十ヤード離れて正確さを期待できる大砲などないからだ。

「オールの用意できました、艦長」と、ブラウンが言った。

「よろしい。ミスタ・ブッシュ、あのボートの狙い撃ちがつづけられるようにコースをとってくれ」

ブラウンが頼みの綱だった。彼は六人を仕事につかせ、両舷とも最前部のオール三本だけを取りつけさせていた。あとの男たちは前部にかたまって、漕ぎ手が疲れたらすぐ交替できるように待機している——六本のオールでは、この大きなカッターに、舵の効くぎりぎりの速力をつけるのが精々だろうが、動いたり待ったりを交互にするには、ゆっくり進行をつづけることがむしろ望ましい。ブラウンが、どんな口説きの手を使って、ガレー船の奴隷でない四人のフランス人にオールを漕がせたものか、聞かぬが花だとホーンブロワーは分別した。彼らは足を引きずりながら、オールについて懸命に漕いでおり、ブラウンは結び目をつくったロープをぶらぶらさせながら櫓《ろ》拍子をとっている——それで充分ではないか。

カッターはふたたび青い海面をのろのろと進みはじめ、オールが引かれるたびに、索《リ》具《ギン》がカタカタと鳴る。もしこの追跡をできるだけ長引かせるためなら、こうして敵を艦尾斜め後方に保つかわりに、敵へ艦尾を向けるべきだが、命中弾を一発見舞えるとあれば距離を損するだけの値打ちはあると、ホーンブロワーははっきり腹を決めていた——この決断が大胆極まるものであることは痛いほどわかっているだけに、それだけの甲斐があったことを示さなければならない。彼は大砲にかぶさるようにして入念に狙いを定めたが、こんどはまた大きく外れてしまった。手摺りから水しぶきを眺めて、ホーンブロワーはこみあげてくるいらだちを感じた。いっそ大砲をブッシュに任せて腕試しをさせようかと、一瞬そんな誘惑にかられたが、払いのけた。のっぴきならぬ現実を目の前にして、なまじ無用の遠慮からあれこれ立ち迷うことなどせずに、自分はブッシュよりも射撃がうまいのだと自らを恃《たの》むことができた。

「引《テイ》け《レ》！」と、彼は水先案内人を叱咤し、二人でまた大砲を突き出した。

青い海面をじりじりと追ってくる黒いボートの一団は、それまでのところ、射撃の標的にされて狼狽《ろうばい》する気配は一向に見せなかった。彼らのオールは着実に漕ぎつづけ、あと一マイルかそこいらで、ウィッチ・オブ・エンダー号の行く手をさえぎるコースを断固として保っている。三艘とも大型ボートで、少なくとも百五十名は乗っていよう——そのうちの一艘だけでも並航したところを射距離内にとらえさえすれば事はすむのだ。ホーンブロワーは外れても外れても、そのつど苦い失望を押し殺しながら、かたくなに撃ちつづけた。射距離はいま一千ヤード強と彼は判断した——公式の報告書では〈長砲射距離〉と呼ぶことにしている距離だ。彼はそのひるむ様子もなくじりじりと進みつづけ、彼の生命を脅かすその黒いボートを憎悪し、同時に二発と同じ弾丸《たま》を撃ち出そうとしないそのがらくた砲を憎悪した。汗がシャツをべたつかせ、火薬が肌をひりひりさせていた。

次の弾丸は水しぶきが立たなかった。どこにも落ちた印が見えなかった。と、先頭のボートがぐるっと半回転し、オールの動きが止まった。

「命中です、艦長」と、ブッシュが声を張りあげた。

次の瞬間、ボートはさかんにオールを使って、ふたたび立ち直り、元のコースを進みはじめた。がっかりだった――艦載の長艇《ロングボート》が六ポンド砲の砲弾の直撃をうけながら、戦闘能力を損なわれずに立ち直れたことなど、まずありえないことだったが、やはりありうるのだ。ホーンブロワーは初めてひしひしと挫折感を味わった。あれほど苦労して命中させた一弾が何の役にも立たなかったとすると、この上あがいて何の意味があろう? それでも頑なに彼はふたたび砲にかぶさり、照準を見通し、この砲の癖である右寄りの偏差を勘定に入れて狙いをつけた。そうして見ているうちにも、先頭のボートがふたたび漕ぐのをやめたと思うと、ぐるっと回りながら、他のボートへ死物狂いで合図をしている。それへ向けて、ホーンブロワーは狙いを定め、ふたたび発射して命中しそこなったが、ボートは目に見えて沈んでゆく。他のボートが漕ぎ寄って横付けしたのは、明らかに乗員を移すためだ。

「左舵一点（十一度十五分）、ミスタ・ブッシュ!」と、ホーンブロワーは大声で号令した――すでにボートの一団は有効射距離から外れてはいるが、このまま見過ごすにはあまりにも誘惑が強すぎた。フランス人の水先案内人が、ふたたび大砲を押し出す手伝いをしながらうめき声を洩らしたが、ホーンブロワーにはその愛国的な抗議に耳を貸している暇がなかった。入念に照準を定め、発射した。またもや、水しぶきの上がる様子はなかった――砲弾は有効だったが、どうやら、すでに被弾したボートに命中したらしい証拠に、その直後、他の二艘が水びたしの僚艇から漕ぎ離れ、ふたたび追跡を開始した。

ブラウンがオールの漕ぎ手を交替させている——さっき命中した時、彼がしわがれ声で歓声をあげていたのを、ホーンブロワーは今になって思い出した——そしてホーンブロワーは、戦争捕虜であれ、逃亡奴隷であれ、見事に人間を扱う彼の腕前に、一瞬つくづく感心した。感心する暇はあったが、うらやむ暇はなかった。

追跡者側が作戦を変える気だ——一艘はまっすぐこちらを目ざし、他の一艘は、いくらか向きを片寄せはしたものの、相変わらずこちらの行く手をさえぎるコースをとっている。理由はすぐ明らかになった。こちらを目ざすボートの舳から、ぱっと煙が吹き出したと思うと、カッターの艦尾斜め後方に水しぶきが上がり、海面で弾んだ砲弾が艦尾をかすめた。

それを見て、ホーンブロワーは首をすくめた——ウィッチ・オブ・エンダー号よりさらにはるかに不安定なボートの砲座から発射される三ポンド砲が、これだけの射距離で、めったに損傷を与えられるものではないし、一発撃つたびに追跡が遅れる勘定だ。彼はぐるっと砲口を回して、行く手をさえぎろうとしているボートに狙いを付け、発射したが、外れた。ボートから二発目の砲声が耳に届かないうちに、彼は早くもまた狙いをつけており、わざわざ着弾の位置を見届けようとはしなかった。砲弾は標的の間近に落ちた。射距離が短くなってきたのと、彼がだんだん砲に手慣れてきたのと、ウィッチ・オブ・エンダー号を揺さぶる大西洋の波長の長いうねりのリズムに馴染んできたせいだ。

一回、二回、三回と、ボートの至近距離に着弾させたから、オールを漕ぐ連中は、水しぶきでびしょ濡れになったにちがいない——いずれも命中弾と呼んで恥じないものだったが、火薬と砲弾と砲とに、計算できないさまざまな誤差があるために、いくら狙いが良くても、半径五十ヤードの円内の、どこに着弾するかは偶然の問題になってしまうのだ。もし十二門の大砲を正しく扱って、片舷斉射で同時に発射したら、目的を達することができるのだが、十二門をいっしょに発射することなど望むべくもない。

前部で、被弾の音がして、支柱の根方からどっと、木の破片が噴き上がり、砲弾が前部昇降口に近い甲板を斜めにえぐっていった。

「こら、いかん」と、ブラウンが吠え、ロープの端をつかんで飛びかかっていった。「漕ぎつづけるんだ、この野郎！」

彼は、オールを落としてすくみあがった奴隷の襟首をひっつかんで元の位置にもどした——今の一弾が一ヤードそこそこのところを危うくかすめたにちがいない。

「漕げ！」と、彼は人並はずれた巨体で漕ぎ手たちの中に仁王立ちになって叫んだ。結び目をつくったロープをぶらぶらさせて、甲板にぐったりしている連中や、汗水流してオールを漕ぐ連中の中に立つ彼は、ライオンの檻の中の調教師のようだった。ホーンブロワーは、自分もピストルも無用だと見て取ると、こんどは本当にちくりと、うらやましい気持ちに胸を突かれながら、砲の上に身をかがめた。

撃ちかけてくるボートは、ぜんぜん距離を詰めてこなかった――いや、いくらか遠ざかったぐらいだったが――もう一艘のほうはもうずっと接近していた。そこに乗っている人間たちの、一人一人が見分けられるようになり、黒い頭と茶色の肩が見て取れた。いっとき、彼らのオールが止まり、ボートの中が何やらごたついたのは、漕ぎ手の配置を整えているのだろうか。と見ているうちに、ボートはふたたび動きはじめ、前よりはるかに速さを増して、まっすぐこちらを目ざしてくる。指揮をとる士官は、ここまで接近したからには、最後の、いちばん危険な距離を一気に詰めようと、漕ぎ手を倍増しにして、これまで残しておいた部下の全力を、ここで惜しみなく注ぎこんで、船縁を接するところまで漕ぎつけようとはやっている。

ホーンブロワーは、急速に縮まってくる射距離を推定し、砲の仰角を変えるネジを回し、発射した。砲弾はボートの舳から十ヤードの海面に当たり、弾んで、ボートを大きく飛び越えたにちがいない。彼は砲身内を拭き、砲弾をこめ、奥まで突っこんだ――ここで不発になったら致命的だと、胸の中で呟きながら、自分を鞭打って、これまでどおりの正確さでお定まりの手順をやりおおせた。大砲の照準は、ボートの舳をまっすぐ見通すようになった。直射だ。彼は発射索をぐんと引き、弾丸の行く方を見て時間を浪費するようなことはせずに、すぐさま次の装塡に身を翻した。いまの砲弾はオールを漕ぐ連中の頭上すれすれを越えたにちがいない、その証拠に、ふたたび照準をのぞいた時、ボートはいぜんそこにいて、こちらへまっすぐ目ざしていた。わずかに仰角を下げると、彼はわきによけて発射索をぐんと引いた。目が見えるようになる前に、大砲を突き出す滑車索《テークル》を引いていた。ボートの舳が扇のように開いている。ボートの上の空中に、一つ黒い点――命中弾の衝撃で、フットボールのようにはねあげられた水切り板だろう。砲弾が、艇尾の喫水線のあたりにもろに命中したのだ。そのために舳は少し海面から持ち上がり、ばらばらになった外板《がいはん》が四方へ吹き飛び、それが落ちてくるのと、水がどっと寄せてくるのがいっしょで、ボートは弾道の途中で、舳ばかりか艇尾まで砕かれて、一瞬の間に船縁まで没していた。

ブラウンがまた歓声をあげ、ブッシュも舵をとりながら、木の義足で精いっぱい騒ぎ立て、片脇のフランス人の水先案内人は、一声鋭くスーッという声をたてて息をひそめた。青い海面に点々と黒いものがあるのは、命からがらもがく男たちにちがいない――ひどい冷たさだろうから、粉砕されたボートにつかまるものを見つけられない者は、たちまち死んでしまうだろうが、彼らを救おうにも手のほどこしようがない。今でも、うまくさばき切れないほどの捕虜がいるのに、ぐずぐずしていれば、もう一艘のボートも横付けしてくるだろう。

「漕ぐ手を休ませるな！」と、ホーンブロワーは声をからしてブラウンへ言ったが、それには及ばなかった。そこで彼は身をかがめ、もういちど弾丸をこめた。

「コースをどうしますか、艦長」と、ブッシュが舵柄《チラー》のわきから訊いた。彼は、三番目のボートに砲弾を撃ちかけられるように舵をとったものかどうか訊きたかったのだ。そのボートはすでに射撃をやめていて、破砕されたボートのほうへ急行するところだ。

「そのままに保て」と、ホーンブロワーはぶっきらぼうに言った。これ以上あのボートがうるさく付きまとうことはない。それは確かだ。僚艇が二艘も沈没するのを見た上に、盛りこぼれるほど人間を乗せざるをえないのだから、戦闘をつづけるより引き返す方が先だろう。そしてそのとおりになった。見ていると、ボートは生存者を収容したあと、ぐるっと向きを変えてノワールムーティエ島をめざし、ブラウンの嘲笑的な歓声がそれを追った。

ようやくホーンブロワーは周囲へ目を向けることができた。艦尾手摺り《タフレール》へ行き、ブッシュと肩を並べた――大砲についているよりも、そこにいるほうが遙かに自然な感じがするから妙なものだ――そして水平線を目でたどった。戦闘中に、カッターはオールの力でずいぶん距離をかせいでいたのだった。本土はもう薄靄の中に消えており、ノワールムーティエ島はもうはるか彼方だった。だが、いぜんとして、風の立つ気配はなかった。彼らはまだ危険を脱していない――万一このまま暗くなれば、島からボートが乗りつけられるし、夜襲となれば話はまるで違ってくるだろう。ここは是が非でもかせげるかぎり一ヤードでも進むことが肝心で、男たちは、日がな一日、そして必要とあれば、夜もぶっ通しで、奴隷のオール漕ぎをつづけなければならない。

今になって気づくのだが、午前中いっぱい大砲の操作に死力を尽くしたせいで体の節々が痛い。それに一晩じゅう一睡もしなかったのだ――ブッシュもそうだし、ブラウンも同じだ。汗と硝煙で体が臭いし、火薬で皮膚がちくちくする。彼は休みたかったが、そのくせひとりでに大砲へ行き、しっかり固縛し、使わなかった薬包を危険のない所へ片付け、それから自分のうかつさを責める声を心の内に聞きながら、排水口からピストルを取って、またポケットにしまった。

15

夜半に、それまでなかったかすかな風が、もやった海面をひそやかに渡ってきた。初めは、ただ大きな主帆《メンスル》をぐるっと回し、索具《リギン》をさわさわと鳴らすだけだったが、そのうちにもっと強く吹きだして、こんどは各帆がそれをとらえてはらみ、闇の中で弓なりに張り渡ることができたので、ようやくホーンブロワーは、オールを漕いでへとへとの男たちに苦役をやめさせる命令を出すことができ、カッターはほとんど気づかぬほどの動きながらも滑りつづけることができた。その進みはいたって遅かったので、艦首には泡もろくに立たないほどだったが、それでもやはり、オールで漕ぎ進んできたのよりは速かった。東から吹き出したその微風は、弱いながらも途切れなくつづいた。ホーンブロワーは主帆《メン》の帆脚索《シート》を扱う手に、ほとんど張りを感じなかったが、それでもカッターの帆面積が大きいので、優雅な船体はなんとか進むことができ、目に見えない海面を静々と渡っていく様は夢かと思うようだった。

まったく、それは夢のようだった——疲労と睡眠不足がいっしょになって、ホーンブロワーをそんな夢見心地にさせ、彼は、海面のおぼろな闇と調和するおぼろな非現実の中で、あちこち作業に動き回っていた。ガレー船の奴隷たちも捕虜たちも、横になって眠ることができた。彼らは、この二十時間のうち十時間も、オールを漕ぎどおしで、その手は、夜に入ったころにはもう血が流れていた——そんな彼らから面倒がもちあがる心配は目下のところないが、ホーンブロワーにとっても、ブッシュとブラウンにとっても眠る暇などなかった。彼は命令を下すたびに、自分の声が遠い他人の声のように耳に響き、たとえば別の部屋で他人が口をきいているようだったし、ロープを持つ手までが自分のものとは思えなかった。それはまるで、物を考えようとする頭と、その命令に従おうとする体とが、分裂しているかのようだった。

北西のほうのどこかには、不眠不休でブレスト港の監視をつづける艦隊がいる。彼は艦尾斜め後方からの順風をうけて、カッターを北西の針路に乗せてきたのだったが、もし海峡艦隊を発見できなければ、ウェサン島を回って英本国へ船を進めるつもりだった。これはすべて現実のこととわかっていた——わかっていながら信じられないがゆえに、ますます夢のようだった。マリー・ド・グラセーの二階の夫人の居間《ブドワール》や、ロアール川の濁流での命からがらの闘いの記憶のほうが、いま甲板を歩き、メンスルを操っているこの堅牢な小型艦よりも、はるかに現実感が強かった。ブッシュに舵を取らせる針路を定めることも、子供相手にうそっこの遊びをしているようだった。これは今に始まった現象ではない、前にもたびたび経験したことだ。一晩ぐらいは、たいして惜しげもなく眠らずにすますことができるが、つづいて二晩となると、想像力がいろいろいたずらを始めることがあったではないかと、自分に言い聞かせても、頭をすっきりさせる役には立たなかった。

彼は舵柄《チラー》を握るブッシュのところへもどった。羅針儀箱《ビナクル》のかすかな明かりで、副長の顔が闇の中にやっと見えた。ホーンブロワーは、現実感をつかめるものなら、それと引き替えに、立ち話もあえてやろうという気持ちにすらなっていた。

「疲れたか、ミスタ・ブッシュ?」

「いいえ、艦長。ちっとも疲れてません。でも艦長はいかがですか?」

ブッシュはこれまで、この艦長に仕えて、多くの戦いを闘い抜いてきた経験からも、その体力を過大に考えたりはしていなかった。

「元気だよ、おかげで」

「この風がもってくれればですね、艦長」と、ブッシュは艦長と少しでも話ができる稀な機会だと気づいて、「朝には艦隊と出会いますね」

「そうなるといいがな」

「やれやれ、英国ではこのことを何と言うでしょうね」

ブッシュの表情はうっとりしていた。彼は、艦長のためにも自分自身のためにも、名声を、昇進を、夢みているのだ。

「英国でか?」と、ホーンブロワーはぼんやり訊き返した。

彼はこれまで忙しすぎて、自分ではどんな夢も見ている余裕がなかったし、逃走中の英国人艦長が、ほとんど単身で、拿捕された軍艦を奪い返し、それに乗って凱旋したら、英国の例によって感情的な大衆がそのことをどう思うだろうかを、考えてみるゆとりもなかった。それに第一、ウィッチ・オブ・エンダー号を分捕ったのは、ただ機会に恵まれたためと、彼が敵に与えられるそれが精いっぱいの打撃だったからだ。その乗っ取り以来、まずは忙しすぎたのと、あとでは疲れすぎたために、自分の行動の劇的な興趣を味わってなどいられなかった。彼の自己不信と、自分の将来についての長年の悲観論とのために、自分を劇的な成功者と見ることができなかった。その点、想像力の乏しいブッシュのほうが、裏に潜む可能性を楽しむことができるのだ。

「そうです、艦長」と、ブッシュが気を入れて言った——舵柄《チラー》と羅針盤と風と、心を配ることがいくら多くても、この時ばかりはおしゃべりになれた——「官報では受けがいいでしょうね、このウィッチ号奪還は。いや、さすがの《モーニング・クロニクル》もですね、艦長——」

《モーング・クロニクル》は、政府側には目の上の瘤《こぶ》で、勝ち戦にはけちをつけ、負け戦は大いに利用しようといつでも構えている。ホーンブロワーにも憶えがあるが、ロサスでの捕虜生活のつらかった初期のころ、サザランド号の降伏について、《モーニング・クロニクル》が何というだろうかと、いつも気に病んでいたものだ。

と、急に胸のむかつきを覚えた。ようやく心が活発になった。これまで曖昧だった理由の最たるものは、将来を考えることを臆して拒んできたためだ、と彼は自分に言い聞かせた。今夜まで、何もかもがおぼつかなかった――いつ何時また逮捕されないとも限らなかったからだが、今となれば、海上で確かと言えるどんなことにも劣らず、ふたたび英国を見ることは間違いなかろう。そうなれば、サザランド号喪失の責任を問われ、海軍勤務十八年目で、軍法会議の裁きをうけなければならない。軍法会議は、たぶん、彼が敵前で全力を尽くさなかったとして有罪の判決を下すだろうし、それに対する罰はただ一つ、死刑だ――陸海軍条令のなかで、あの条項だけは、最後に罰を軽減する言葉「罪一等を減じ――」というのがない。ビング提督は五十年前、あの条項のもとに銃殺されたのだ。

もしその罪状では赦されるとしても、サザランド号を指揮した彼の行動が賢明であったかどうかは、やはり裁かれることになろう。そして四対一の不利な戦闘で自艦を危険にさらした判断に誤りがあったとして有罪を宣告され、軍籍剝奪の処罰をうけて世の除け者か乞食になるかもしれないし、軽くても懲戒処分をうけて結局は将来を台無しにすることになろう。どのみち軍法会議はつねに危険な試練で、そこから無傷で出てくる者はめったにいない——コクラン、シドニー・スミスなど、これまでにも五指に余るりっぱな艦長たちが、軍法会議にかけられて手痛い目に遭ってきたし、つてのないホーンブロワー艦長がその次に名を連ねることになるのかもしれない。

それに、軍法会議は、彼を待ちうけている試練の一つにすぎない。子供はもう生後三カ月になったはずだ。今のいままで、子供のことをはっきり考えることなどできなかった——男か女か、健康なのかひ弱いのか。彼はマリアのことを案じて、ひどく心が痛んだ——そのくせ、辛い現実をごくりと呑みこんで、彼はマリアのもとへ帰りたくない本音を自分に認めさせた。帰りたくない。彼女が身籠ったのはレディ・バーバラとレイトン提督の結婚の知らせを聞いた、あの瞬間の狂おしい嫉妬の最中《さなか》だった。英国のマリア、フランスのマリー——彼の良心はその二人をめぐって混乱し、そしてその混乱の底には、レディ・バーバラへの不倫の渇望がひそんでいた。それはこれまで他に心を奪われている間、ひっそりと鎮まっていたが、いずれ、他の悩みや厄介事がなくなったとたんに——もしそうなればだが——大きくなって、癒されることのない苦痛となり、腹中の癌となるに決まっている。

ブッシュが片脇で舵柄《チラー》をとりながら、相変わらずご機嫌でぺちゃぺちゃしゃべっていた。ホーンブロワーはそれを耳にしながら、それに意味を付けなかった。

「オ、ホン……そのとおりだ」

彼は、ブッシュがうっとりと口にしていた単純な喜び——海の息吹き、足下の甲板の感触——に、少しも満足感を見出せなかった。今は駄目だった、こもごも心を痛めつける苦い思いをそっくり抱いていたのでは、駄目だった。ブッシュが、朴訥で不慣れなおしゃべりに、珍しく打ち興じている最中に、ホーンブロワーのざらざらした語気が歯止めになって、副長は急にはっと口をつぐんだ。こんなふうに、ときおり切りつけるような酷な扱いをうけながら、ブッシュがなおも何らかの親愛の情を抱いているなど、ホーンブロワーには理屈に合わないことに思えた。ブッシュは犬のようだと、彼は辛辣なことを考えた——いくぶんでもブッシュに先見の明ありとほめてやるべき瞬間に、あまりにも皮肉だが——自分をぶつ手にじゃれつく犬のようだと思った。ホーンブロワーは、ふたたび前部のメン・シートへ、彼自身の果てしなく長い孤独と暗黒の地獄へ、歩いていきながら、そんな自分を軽蔑した。

ごくかすかな朝の兆し、夜の陰鬱な色にあるかなしかの真珠色の和らぎ、靄の奥の黒さにすりかわる灰色の気配が、そこはかとなくただよいだすころ、ブラウンが前部からホーンブロワーのところへ来た。

「失礼ですが、艦長、たった今、何かぼーっとしたものが見えたような気がします。左舷艦首です、艦長——そら、あれです、艦長」

ホーンブロワーは闇の奥に目を凝らした。その辺りの黒いおぼろの中に、もっと黒々とした塊りがある——ごく小さいものだ。目の疲れのせいか、遠く近く見える。

「何だと思う、ブラウン？」

「初めて見た時は、船だと思ったんですが、こんなに靄ってますんで——」

それがフランスの軍艦である可能性はごくわずかだ——たとえば、4からエースまでの組札からまっ先に出す札が、あっけらかんとキングである場合と同じぐらいの確率だ。それが英国の軍艦であることはまず間違いないし、次に可能性が大きいのは商船だ。いまいちばん安全なコースは、風上側からそれにじわじわと近づくことだ、というのは、横帆船ではとても望めないほど風上にのぼっているカッターは、必要とあればこのままの針路で逃げることができるからで、相手の射程外に脱出しないうちに、行動不能に陥らされることを避けるには、この靄と闇を頼み、そして不意を突くことだ。

「ミスタ・ブッシュ、風下側に船がいるらしい。本船は追風をうけて、風上から相手へ接近するようにしたい。わたしが号令したら上手回しにするように用意していてくれ。ジブ・シートだ、ブラウン」

ホーンブロワーの頭は今、緊急事態の可能性を前にして、ふたたび冴えていた。心臓の鼓動が速くなってくるのがしゃくだった——おぼつかないものがあるとき、いつもそうなるのだ。カッターは新しい針路に乗り、主帆《メン》ブームを左舷に大きく張り出して追風をうけ、靄った海面をひたひたと進んでいた。ホーンブロワーは、万一にもブッシュが船首を風下に落として裏帆を打つようなことをしでかさないかと、一瞬の懸念をおぼえたが、注意をうながすようなことはしなかった――ブッシュほどの技倆をもつ船乗りが、この種の非常事態に、ジャイブして、帆とブームが反対舷へ移るような危険を冒すはずはないから、信頼していていい。彼は闇の奥に目を凝らした。靄が濃く薄く、彼の視界に去来するが、あれはまさしく船だ。トプスルだけ張って走っている――すると、英国の軍艦と見てまず間違いない。たゆみなくブレスト港の監視をつづける艦隊の一隻だ。また靄の濃い塊りが闇に流れて艦影をおぼろにし、それを通り抜けるともうかなり近づいており、夜明けが間近で――その帆は明るみの増す中でほのかに灰色だった。いよいよ接近だ。

と、不意に、甲高く、よく通る誰何《すいか》の声に静寂が引き裂かれた。メガホンを通しても声の質はほとんど冒されていない――大西洋の強風の中で鍛えたノドであることが自ら聞き取れる声だ。

「おーい、カッター！　どこのカッターかあ！」

英語の響きに、ホーンブロワーはほっとした。これでもう、上手回しも、骨折って風上へのぼることも、靄の奥に隠れこむことも必要がなくなった。だが、一方、彼が思い描いてきた将来の、不快な事柄は、これですべて動かぬものになった。彼はごくりと生唾を飲みこんだ。しばらくは言葉が出ない。

「どこのカッターかあ!」と、誰何の声がじれたように繰り返した。

それで軍人生活が終わるのなら、最後まで堂々と旗をかかげて行動しよう。将来がいかに不快なものであろうと、冗談を飛ばして終わりにしよう。

「英国海軍の武装カッター、ウィッチ・オブ・エンダー号、艦長ホレイショ・ホーンブロワー。そちらはどこの船かあ」

「トライアンフ号、艦長サー・トーマス・ハーディ――何のカッターと言ったのか?」

ホーンブロワーは独りでにやにやした。その見知らぬ艦の当直士官は、反射的に返事をしてしまったのだ。艦と艦長の名前を高らかに言ってしまってから、初めてカッター側の応答に不審の点があることに、ようやく気づいたのだ。ウィッチ・オブ・エンダー号といえば、フランスに拿捕されてから一年近くになるし、艦長ホレイショ・ホーンブロワーといえば六カ月前に死んでいるはずだ。

ホーンブロワーはさっき答えたとおりに繰り返した。ブッシュもブラウンも、実に強く胸に響く冗談を聞いて、ゲラゲラと声をたてて笑っていた。

「本艦の風下側へ回れ、不審な行動があれば撃沈する」と、大声が返ってきた。

トライアンフ号で、各砲が押し出されている音が、こちらからも聞き取れた。ホーンブロワーは艦上の光景を思い描くことができた――乗組員たちが呼集され、艦長が呼び起こされている――サー・トーマス・ハーディといえば、トラファルガル沖の海戦のとき、ネルソンの旗艦の艦長で、艦長名簿の序列はホーンブロワーの二年先輩にあたるはずだ。彼とは海尉時代の知り合いだが、それ以来、すれ違いばかりで会うこともなかった。ブッシュがその二層甲板艦の艦尾の下へカッターをゆっくり回し、風下舷の下へ持っていった。いま白々明けはどんどん空に広がってきたので、うねりに揺れながら一時停船《ヒーブ・ツー》している艦の細部まで見えるようになり、身を震わす長い溜め息がホーンブロワーの胸からあふれ出た。がっしりとして美しい艦姿、艦側を走る二本の黄色い縞、黒い砲門が並ぶ市松模様、メンマストの長旗《ペナント》、甲板上の乗組員たち、海兵隊の赤い上着、のろまの水兵を怒鳴りつける掌帆長《ボースン》の声——すべては彼が育ってきた海軍の、なじみの光景であり声であり、いま長い捕虜生活と逃亡生活に終止符を打つこの瞬間、彼は言うに言われぬ感動を覚えるのだった。

トライアンフ号がボートを一艘着水させており、ボートは波面に弾みながら急速にやってきて、若い士官候補生が、腰には短剣、顔には尊大な猜疑心を見せて、ひょいと器用に飛び移り、四人の水兵がピストルと斬り込み刀《カットラス》を持ってあとにつづいた。

「いったい、この有様は？」と、士官候補生が問い質した。その視線がさっとカッターの甲板上を回り、ねぼけ眼をこする捕虜たちを、舵柄《チラー》についた木の義足と平服の男を、そして待ちうけている士官服に無帽の男をしげしげと見た。

「〝艦長《サー》〟と呼べ」と、ホーンブロワーは怒鳴った。海尉になって以来いつもこの調子で士官候補生へやってきたのだった。

士官候補生はじろっと金モールの服を見た――まぎれもなくその造りは、経歴三年以上の艦長の上衣で、それを着ている男は、敬意を期待しているような態度仕草だ。

「はい、艦長」と、士官候補生はちょっとどぎまぎして言った。

「舵柄《チラー》のところにいるのがブッシュ副長だ。彼の指揮の下に、この男たちといっしょに、ここに残っていてもらいたい、その間にわたしはきみの艦長に面会してくる」

「アイ・アイ・サー」士官候補生はぴんと不動の姿勢をとった。

引き返すボートはホーンブロワーを乗せてトライアンフ号の艦側に着けた。艇長《コクスン》が四本指の合図で艦長職の来艦を伝えたが、ホーンブロワーが艦側を上がっても、海兵隊員と舷側当直員は出迎えていなかった――海軍は、官位を詐称しているかもしれない者に、伝統的な礼を行なうような無駄なことはしていられないのだ。しかし甲板上にハーディがいて、巨体は周りの誰よりも高く抜きん出ていた。その肉づきのいい顔の表情が、見合ったとたんに変わるのがわかった。

「いやいや、これはまさしくホーンブロワーじゃないか」と、ハーディは手を差し伸べながら、すたすたと寄ってきた。「よく帰ってきたな。どうやってここへ来た？　どうやってウィッチ号を取り戻した？　どうやって――」

ハーディは、「どうやって墓から起き出したんだ？」と言いたかったのだが、そんな質問は礼を失するきらいがあると思ったのだろう、ホーンブロワーは握手を交わし、久しぶりで戦列艦の艦尾甲板《コーターデッキ》をうれしそうに闊歩した。胸が一杯で口がきけないのか、それとも疲労のあまり頭がしびれているのか、彼はハーディの矢つぎ早の質問にすぐさま答えることができなかった。

「さあ、わたしの部屋へ降りよう」と、ハーディが優しく言った——冷静というか鈍重というか、そんな彼でもやはり他人の難渋を思いやることはできるのだ。キャビンで、隔壁に掛けたネルソンの肖像画の下の、クッションを置いたロッカーに腰掛けていると、船材があたりでかすかにきしみ、艦尾の大窓から青い海が見えて、いっそう寛ぎがました。ホーンブロワーは、これまでのことをかいつまんで話した——多くは語らず、詳しくも語らず、ただ五つ六つ、短い文を並べたにすぎなかった、ハーディは多言を用する男ではなかったからだ。彼は頰ひげをつまみながらじっと耳をかたむけ、要所要所でうなずいていた。

「官報はロサス湾攻撃の記事でいっぱいだった。レイトンの遺体を持ち帰って、セント・ポール寺院で葬儀が行なわれた」

ホーンブロワーの周りでキャビンがふわふわ浮き上がり、回りはじめた。ハーディの質朴な顔と見事な頰ひげがかすんで消えた。

「では、戦死だった？」

「負傷して、ジブラルタルで死んだ」

するとバーバラは未亡人だ――それももう六ヵ月になる。

「わたしの妻の消息を何か？」

ハーディ自身は、あまり女に用のない男ながら、その質問は彼にとっても自然のものだった。それに、それと、その前の話との関連が読めるはずがなかった。

「わたしが読んだところでは、確か、奥さんは政府から、王室費の年金を与えられることになった、きみが死んだという知らせが届いた時にね」

「ほかには何も？　お産をひかえていたのだが」

「いいや、別に。本艦に来て四ヵ月になるのでね」

ホーンブロワーはうなだれた。レイトンの死を聞いて、心はいっそう乱れた。それを喜ぶべきか悲しむべきか、わからなかった。これからもバーバラは相変わらず手の届かぬ存在だし、たぶん彼女の再婚で、嫉妬に耐えるみじめな思いばかりするのだろう。

「ところで、朝食は？」と、ハーディが訊いた。

「カッターに、ブッシュと艇長《コクスン》を残してあるので、まず彼らの無事を見届けなければならない」

16

キャビンで朝食をとっているところへ、士官候補生が入ってきた。

「檣頭《マストヘッド》から艦隊が見えます、艦長」と、ハーディに報告した。

「よろしい」出ていく士官候補生からハーディは向き直ってホーンブロワーへ、「きみの乗艦を閣下に報告しなければならない」

「まだ閣下が司令官を?」と、ホーンブロワーはびっくりして訊いた。政府が、提督ギャンビア卿のバスクロード（北岸地域《スペイン》）制圧の失敗にもかかわらず三年間も海峡艦隊の司令官に残してきたとは、彼にとって驚くべきことだった。

「彼は、来月、旗を引き降ろす」と、ハーディが暗い口調で言った。〝陰気なジミー〟のことを話し合う時、たいていの士官が暗鬱になる。「当局は軍法会議で彼の汚名をすすぐ体裁はとったので、丸三年間は残さざるをえなかった」

気まずそうな表情がハーディの顔を曇らせた。間もなく同じ試練に遭う男に、うっかり口をすべらせて、軍法会議のことに触れてしまったからだ。

「やむをえなかったのだろう」と、ホーンブロワーは、同僚の艦長の考えの流れをたどりながら、自分の裁きには、何らかの雪辱の手段がとられるのだろうかと考えた。

ハーディがそのあとの気まずい沈黙を破って、

「よかったら、いっしょに甲板に上がってみないか？」と言った。

風下の水平線の彼方から、長い戦列が、詰め開き《クロースホールド》で姿を現わすところだった。各艦は一糸乱れぬ縦列を組み、見ていると、まるで鎖で繋ぎ合っているように、次々と順序正しく上手回しに入った。海峡艦隊が艦隊訓練をしているのだ——十八年間にわたる海上訓練の結果、世界のいかなる艦隊をも凌ぐことは疑いない。

「ビクトリー号が先頭に立っている」と、ハーディが言い、望遠鏡をホーンブロワーに手渡した。

「信号係士官候補生！　〈トライアンフ号ヨリ旗艦へ。本艦ニ——〉」

ハーディが信号を送らせている間、ホーンブロワーは望遠鏡をのぞいていた。メンマストに提督旗をかかげる三層甲板艦が、艦側の太い縞を陽光にきらきらさせながら、長い戦列の先頭に立っている。彼女は、サン・ビセンテ岬沖の海戦でジャービスの旗艦となり、地中海ではフードの旗艦、トラファルガル沖海戦ではネルソンの旗艦だった。そして今は〝陰気なジミー〟の旗艦だ——もし悲劇というものがあれば悲劇だ。そのヤードの端に、信号旗が高々と上がっていく。ハーディは応答させるのに忙しい。

「提督は来艦せよと信号しておられる」と、ようやくホーンブロワーを振り返って言った。「わたしの送迎艇《バージ》を使ってもらえれば光栄だが」

トライアンフ号の送迎艇《バージ》は、淡い黄緑色に黒の縁取りの塗装で、オールも同じ塗りだった。乗員は、淡い黄緑色のジャンパーに幅広の黒い襟飾り《ネッククロス》だ。ホーンブロワーは、ハーディの力強い握手の感触をまだ手のひらに痛く感じながら、座席に着いた拍子に、自分はまだ送迎艇《バージ》の乗員に奇抜な服装をさせるほどの余裕を、ついぞ持ったためしがなかったと、暗い気分で振り返っていた。ハーディは、トラファルガル沖海戦での戦利金と、海兵隊長の年金で、裕福な身分にちがいない――準男爵で、金もでき、名声もあるハーディ、そして自分は、貧しく、名もなく、裁きを待つ身だ。

ビクトリー号では、海軍本部の規則が定めるとおりに、呼び子を吹き鳴らし、登舷礼で彼を迎えた――海兵隊の衛兵が捧げ銃《つつ》をし、舷側当直員が白手袋をして彼の乗艦に手を貸し、その間、下士官の呼び子が鳴り響いていた。そして艦尾甲板《コーターデッキ》には彼と握手をしようと艦長が待ちうけていた――間もなく生死にかかわる裁きをうけるのだと思うと、ホーンブロワーには不思議な感じだった。

「わたしは、旗艦艦長のカレンダーです」と、艦長が言った。「閣下は下で待っておられます」

彼は異常なほど愛想よく下へ案内した。

「あなたがインデファティガブル号にいらした時に」と、彼は問わず語りに、「わたしはアマゾン号の副長でしたが、憶えておられますかな？」

「ああ」と、ホーンブロワーは言った。つっけんどんでお高くとまっていると思われる危険のある、そんな言い方を初対面でしたことはなかった。

「わたしは、はっきり憶えていますよ」と、カレンダーが言った。「ペルーが、あなたのことで、いろいろ言っていたことを憶えています」

ペルーが言ったことなら、いずれは好意的なことだったろう――艦長への昇進は、ペルーの熱烈な推薦のおかげだったのだから――それに、こんな人生の危機に、それを思い出させてくれるカレンダーの応対がうれしかった。

ギャンビア卿のキャビンは、ハーディの部屋に比べると、はるかに飾り気のないものだった――ここでいちばん目立つ装飾品は、テーブルの上に置いてある真鍮綴じの聖書だった。ギャンビア自身は、下顎のがっしりした、暗い感じの男で、艦尾の窓際に腰を掛けて、書記に口述筆記をさせているところだったが、二人の艦長が入っていくと書記は引きさがった。

「報告は口頭でよろしい、差し当たっては」

ホーンブロワーは深く息を吸うと、思い切って話しはじめた。まず、ロサス沖でフランス艦隊に対してサザランド号を戦闘に突入させた時の戦略的な情況をかいつまんで話した。戦闘自体には、一言二言、説明をつけただけだった——聞き手たちは歴戦の士で、言い足りないところは補足できる。彼我ともに大破して、もつれ合い、どうする術もなく一団になってロサス湾をただよっていくうちに要塞の砲火が待ち構えている所へ流され、砲艦の一群が忍びやかに漕ぎ出してきた有様を、彼は目に見えるように話した。

「百十七名が戦死。百四十五名が負傷、そのうち四十四名は、自分がロサスから移送される前に死にました」

「それはひどい！」と、カレンダーが言った。慨嘆させたのは病院での死亡数ではなく——その数字なら普通の死亡率だが——死傷者の総数のほうだった。サザランド号では、降伏前に、半数をはるかに越える乗組員が戦闘不能になっていたのだ。

「レアンダー号のトンプソン艦長は、三百人中、九十二名を失いました、閣下」と、彼が言った。トンプソン艦長は、クリート島沖で、フランスの戦列艦と戦い、あとで全英国の賞賛を浴びた防戦の末に降伏したのだった。

「わかっておる」と、ギャンビアは返してから、「つづけたまえ、艦長」

ホーンブロワーはつづいて、目のあたりに見たフランス艦隊潰滅の有様を、カイヤールが彼をパリへ護送のため到着した有様を、そして、まず護送隊から逃れ、つづいて溺死から逃れたいきさつを語った。グラセー伯爵のことと、ロアール川の川下りのことについては、ほんの一言しか触れなかった——そんなことは、提督の知ったことではない

――しかし、ウィッチ・オブ・エンダー号の奪還について話す段になると、ずっと詳細にわたった。ここのところは、細部が重要だ。というのは、英国海軍が多面的な作戦行動をつづけるうちには、いずれ、ナント港内の配備や、ロアール川の下流と河口辺の航海上の障害についての情報が役に立つことは大いにありうるからだ。

「なんとまあ呆れたもんだな、きみ」と、カレンダーが口をはさみ、「よくもそこまで冷酷にやれたね。それを何とも――」

「カレンダー艦長」と、ギャンビアがさえぎって、「そういう口汚い言葉は口にしないようにと、前にも頼んだことがある。こんど繰り返したら、わたしの強い不興を買うことになるよ。どうかつづけてくれたまえ、ホーンブロワー艦長」

ノワールムーティエ島から来たボートの一団については、いまさら詳しく語るまでもなくて、さらっと通った。ホーンブロワーは形式的に話をつづけたのだが、こんどはギャンビア自身が口を差しはさんだ。

「六ポンド砲で砲撃を開始したと言うが、捕虜たちはオールを漕いでいるし、船は舵を取らにゃならんし。いったい誰が砲を操作したのかね？」

「自分がやりました、閣下。フランス人の水先案内人《パイロット》に手伝わせて」

「うーむ。それで、奴等を威嚇して追い払ったというわけだね？」

実は、向かって来たボート三艘のうち、二艘を撃沈することに成功したのだと、ホーンブロワーはありのままに話した。カレンダーが驚嘆の口笛を吹いたが、ギャンビアの顔に深く刻まれたしわは、ますます深くなるばかりだった。

「ほう？　それで？」

「夜半までオールで進み、ようやく風をとらえました。明け方、トライアンフ号を視認しました」

キャビンの中はしんとして、ただ時おり甲板のいろいろな物音に静けさを破られるだけだったが、やがてギャンビアが椅子の中で身じろいだ。

「艦長、きみのそうした奇跡的な生還については、神のご加護に感謝したことと思う。そうした冒険の数々の中に、神の御手がうかがえる。今宵は祈禱の時、司会をする者に命じて、きみの感謝でいっぱいの心をお祈りの中で特に触れさせることにしよう」

「はい、閣下」

「それでは、きみの報告を文書にしてもらおう。夕食までには用意できるだろう——夕食にはぜひ付き合っていただけるでしょうな？　そうすれば、いま海軍本部委員諸卿へ送るばかりになっている急送便に、それを同封することができるわけだ」

「はい、閣下」

ギャンビアはなおも深く考えこむふうだった。

「その急送便は、ウィッチ・オブ・エンダー号が届けることもできるな」と、彼は言った。世界中の提督のご多分にもれず、彼のいちばん苛だたしい不断の悩みは、所属艦艇の分遣によって主力艦隊の力を弱めることなく、情報の収集と伝達をする方法だ。したがって、カッターを今いる雲の上から引き降ろして、急送便を届けさせれば、彼は大いに助かるというわけだ。彼はなおも考えつづけた。

「きみのその副長、ブッシュを、海尉艦長《コマンダー》に昇進させて彼女を任せよう」

ホーンブロワーは、あっと小さく声を漏らした。海尉艦長《コマンダー》への昇進は、まず間違いなく年内に、勅任艦長《ポスト・キャプテン》として任命されることを意味するものであり、艦隊司令官が握っている任命権の最たるものは、まさにこの昇進の権限なのだ。ブッシュはその昇格に価する人物だが、それをギャンビアが与えるとは意外だった——提督連にはたいがい、ひいきの海尉か、さもなければ、甥とか旧友の息子とか、空席を待っている者がいるからだ。ブッシュが、命あればいずれ自分も提督になれる道へ、ついに第一歩を踏み出したのだと知った時の喜びようが、ホーンブロワーは目に見えるようだった。

しかしそれだけではない、決してそれだけのことではない。自分の副長の昇進は、艦長自身に対する大いなる賛辞なのだ。これは艦長のとった処置を正式に是認する太鼓判なのだ。このギャンビアの決定は、ホーンブロワーのとってきた行動が正しかったことを、ただ個人的にだけでなく、公式に宣言したことになるのだ。

「ありがとうございます、閣下、感謝いたします」と、ホーンブロワーは言った。

「彼女は、もちろんきみの戦利品だ」と、ギャンビアが語をついだ。「政府は、彼女の到着を待って、褒賞金を出さざるをえまいよ」

そんなことは思ってもみなかった。それはつまり、ホーンブロワーの懐に、少なくとも一千ポンド入るということだ。

「きみのその艇長《コクスン》は、安楽に暮らせるだろう」と、カレンダーが笑いまじりに言った。「水兵の分け前を一人占めにするわけだ」

確かにそのとおりだ。ブラウンは、ウィッチ・オブ・エンダー号の船価の四分の一を受け取ることになる。別荘か土地を買い、望みとあれば自営の商売を始めることもできる。

「ウィッチ・オブ・エンダー号は、きみの報告書が用意できるまで待機ということにする」と、ギャンビアが考えを述べた。「きみのところへ、わたしの秘書をやる。カレンダー艦長からは、キャビンと、不足している必要品を提供する。ひとつ、わたしが来週ポーツマスへ向けて出帆するまでは、引き続きわたしの客分になってもらいたいな。それがいちばん良かろうと思うがね」

この最後の言葉は、ホーンブロワーがここに着いた時からずっと、彼の心を大きく占めていながら、まだ触れられずにいた問題に、それとなく触れたものだった——つまり、彼はサザランド号喪失の廉《かど》で軍法会議にかけられなければならないこと、そしてその時まで止むなく軟禁状態に置かざるをえないということだ。昔からの慣例によって、軟禁中は、同じ階級の士官の監督下にいなければならない。従って、ウィッチ・オブ・エンダー号に乗せて国へ送り返すことは問題外のことだ。

「はい、閣下」と、ホーンブロワーは受けた。

ギャンビアの好意と惚れこみにもかかわらず、カレンダーの開けっぴろげな賞賛にもかかわらず、その軍法会議のことを考えると、彼はまだ喉が引きつり、口がからからに乾く感じが去らなかった。やがてカレンダーに呼ばれてキャビンに姿を現わした、きびきびした若い牧師の助けをかりて、なんとか腰を落ち着けて報告書を作ろうとした時も、まだその徴候はしつこくつづいていた。

〈われ武器とその人を詩わん《アルマ・ビルンケ・カノー》〉と、提督の秘書が、おぼつかない書き出しの数行を見かねて引用した——ホーンブロワーの報告は当然ロサスの海戦から始まった。「書き出しは〈問題の核心は《イン・メディアス・レス》〉から入るのがよろしいです、艦長、すぐれた叙事詩はみなそうなっています」

「これは公式の報告書だ」と、ホーンブロワーははねつけた。「この前、レイトン提督に出した報告書のつづきなんだ」

彼のちっぽけなキャビンは、どちらを向いても三歩しか歩けず、それもほとんど二つ折りに身を屈めて歩く狭苦しさだった——それでも彼にそれだけの余地を作るために誰か不運な士官が追い出されたのだ。旗艦となると、ビクトリー号のように大型の三層甲板艦でも、いろいろなキャビンに要する空間はつねに貯蔵物資のそれを大幅に上回る——提督、旗艦艦長、副官、秘書、牧師、そのほかの幕僚などがいるからだ。彼は吊り寝台《コット》のわきの、十二ポンド砲の砲尾に腰を掛けている。「〈これらの状況を考慮した結果、本官はさらに前進し——〉」

「つづけてくれたまえ」と、彼は命じた。

ようやく書き終えた——この朝、ホーンブロワーは自分の冒険を詳述すること三度、自分にはもう味もそっけもないものになってしまった——大砲に腰掛けたまま、がくりと首が前へ落ち、自分のいびきで目を覚ました。掛けたまま本格的に眠りこけそうだった。

「お疲れでしょう、艦長」と、牧師兼秘書が言った。

「ああ」

彼は気をふるい起こして、また目を覚ました。秘書が、賞賛の思いに目を輝かせて見つめていた——隠れもない英雄崇拝だ。それを感じると彼は面映ゆくなった。

「これに署名だけしていただければ、封緘と上書きはこちらでいたします」

秘書がするりと椅子から立ち、ホーンブロワーはペンを執ると、間もなくそれを証拠に生涯をかけた裁きをうけることになる書類に、手早く署名をした。

「ありがとうございました、艦長」と、秘書は書類を集めた。

ホーンブロワーはもう秘書のことなど頭になかった。なりふり構わず、吊り寝台《コット》へ俯伏せに身を投げた。途方もない急斜面を、目の回る逆落としで、あとはただ暗黒の世界だった——秘書がドアまで行かぬうちに、彼はもういびきをかいていて、五分後に、秘書がもどり、爪先歩きで吊り寝台《コット》に近づき、掛け広げてくれた毛布の感触など、まったく覚えがなかった。

17

何か途方もない苦しみが、ホーンブロワーの意識をよみがえらせようとしていた。彼は蘇生したくなかった。目を覚ますのは苦痛だった。無意識の状態が自分から滑り落ちていくのを感じるのは、ひどい苦しみだった。彼はそれにしがみつき、もう一度つかまえようとあせったが、駄目だった。情け容赦なく、それは彼から身をかわすのだった。誰かにそっと肩を揺さぶられている感じに彼はぎくっとしてすっかり意識を取り戻し、仰向けになると、提督の牧師兼秘書が覗きこんでいた。

「提督は、一時間以内にお食事をなさいます、艦長」と、彼は言った。「カレンダー艦長は、貴官が、身仕度に少し時間をおとりになりたいかもしれない、とおっしゃっておいでです」

「うむ」と、ホーンブロワーはうめくように言うと、思わず、久しく剃刀をあててない、髭の伸び放題の顎を指でさすった。「うむ」

牧師が、実に直立不動の姿勢で立ちつづけているので、ホーンブロワーは怪訝に思って彼を見上げた。牧師の顔には、不可解な、断固とした表情があり、背中に半分隠すようにして、新聞を持っていた。

「どうしたんだ?」と、ホーンブロワーは尋ねた。

「良くない知らせでして、艦長」と、牧師は言った。

「どんな知らせだ?」

ホーンブロワーは気持ちがくずれ、深い絶望の底へ落ちこんだ。たぶんギャンビアは気が変わったのだろう。たぶん自分は、厳しい拘禁状態におかれ、裁判にかけられ、有罪判決を受けて、銃殺されるのだろう。たぶん——。

「三ヵ月前に、《モーニング・クロニクル》でこの記事を読んだのを思い出したんです、艦長」と、牧師は言った。「わたくしはこれを閣下にご覧に入れました、カレンダー艦長にも。お二方は、できるだけ早くこれを貴官にお見せするべきだと判断なさったのです。閣下がおっしゃるには——」

「いったいどんな記事なんだ?」と、ホーンブロワーは新聞に手を伸ばした。

「良くない知らせでして、艦長」と、牧師はためらいがちに繰り返した。

「ええい、見せろ」

牧師は新聞を手渡すと、指で当の記事を指し示しながら、

「主《しゅ》がお定めになり、主がお召しになるのです。主の御名のあがめられんことを」

それは、ごく短い記事だった。

ナポレオンの殺戮の犠牲となった、故ホレイショ・ホーンブロワー艦長の未亡人、ミセス・マリア・ホーンブロワーは、今月七日、産褥で死去した。慎んでここに報告する。この悲劇は、サウスシーにあるミセス・ホーンブロワーの寄寓先で起こった。伝え聞く限りでは、子供は立派な男児で、健康である。

ホーンブロワーはもう一度読み返し、さらにもう一度読みはじめた。マリアが死んだ、心優しい、愛しいマリアが。

「お祈りをなされば、慰めを見いだすことができます、艦長——」と、牧師が言ったが、ホーンブロワーは彼の言うことに、耳を貸そうとしなかった。

自分はもうマリアを失っていたのだ。彼女はお産の床で死んでいたのだ、しかも、子供に生命を吹き込んだ経緯《いきさつ》を考えると、自分が彼女を殺したも同然だ。マリアが死んでしまった。今となっては、英本国へ帰る自分を、喜んで迎えてくれる人は誰一人、ただの一人としていないだろう。マリアなら、軍法会議の間ずっと、自分に付き添っていてくれただろう、しかも、判決がどう下ろうと、自分には落度がないことを信じてくれただろう。ホーンブロワーは、彼女が最後に自分を抱きしめて、別れの挨拶を言った時の、あのがさがさに荒れて赤らんだ頬を濡らしていた涙を思い出した。あの時は、お定まりの愛情のこもった別れの言葉に、少しうんざりしたものだった。もう自分は自由の身なんだ——そんな実感が、暖かい湯舟の中に冷たい水が注ぎこまれるように、彼に忍びよってきた。だが、それではマリアに対して公正ではない。こんな代価を払って、自由を手に入れる気などなかったのに。彼女はひたすら尽くして、自分の関心といたわりを獲得したのだから、自分も、残りの人生で、不平を言わずに彼女にそれらを与えただろうに。彼は身も世もなく、彼女の死を悲しんだ。

「閣下におおせつかって参りました、艦長」と、牧師は言って、「貴官のご不幸に対して閣下のご同情の意をお伝えするように、とのことでございました。閣下がおっしゃるには、もし貴官が、閣下とそのお客様方との晩餐の席にご出席されず、自室で、祈って心の慰めを求めようと決められたのなら、悪くは取らぬ、とのことでした」

「うむ」と、ホーンブロワーは言った。

「何かわたくしでお役に立てることがございましたら、艦長——」

「何もない」と、ホーンブロワーは答えた。

彼はうなだれて、吊り寝台《コット》に浅く腰をかけたままで、牧師は、足を引きずって小刻みに歩き回っていた。

「出て行ってくれ」と、ホーンブロワーは、顔も上げないで言った。

そのまましばらく坐っていたが、いろいろな考えが何の秩序もなく浮かんでくるばかりだった。気持ちが混乱していた。心の底には、悲しみが、肉体的な苦痛と区別のつかないほどのつらい思いが、絶え間なく流れていたが、疲労と興奮と睡眠不足のせいで、はっきりとものを考えることができなかった。必死に努力して、彼はようやく自分を取り戻すと、息の詰まりそうなキャビンで窒息しかけているような気がした。顎に伸び放題の髭と、汗の乾いた感触がおぞましかった。

「わたしの従卒に来るように伝えてくれ」と、彼は、戸口の歩哨に命じた。

無精ったらしく、汚らしい顎髭を剃り落とし、冷たい水で体を洗って清潔なリンネルの服を着るとさっぱりと快かった。彼は甲板に上がった。息を吸うと、きれいな海の空気が肺に流れこんできた。疲れた心に、子守歌のように聞こえる、艦上の生活の懐かしいさまざまな音を伴奏に、艦尾甲板《コーターデッキ》に並ぶカロネード砲の滑り台と、一列に並んだ環付《リン》き《グ》ボルトの間を、往っては戻り、往っては戻りできるそんな甲板があるということも、快かった。往っては戻り、往っては戻りして彼は歩いた。ずっと昔、インデファティガブル号で、それからリディア号で、そして、サザランド号で歩いたように。他の者たちは、彼を一人っきりにしていた。当直士官たちは、反対側の舷側を選んで、ただじっと彼を見詰めているだけで、この男――妻の死を聞かされたばかりの、フランスの牢獄から逃亡してきた、そして自分の艦を放棄した廉で、アルジェシラにおけるハンニバル号のフェリス艦長以来、はじめて英国海軍戦列艦から軍艦旗を降ろした艦長として、裁きを待っている——この男への好奇心を、慎み深く、礼儀正しく隠していた。ホーンブロワーは往ったり来たりするうちに、快い疲労感がまた押し寄せてきて、やがて頭がぼうっとなり、ついに、次の一歩は足を引きずってもろくに踏み出すことができなくなった。それで彼は、眠ればきっと忘れることができると思い、下へ降りた。だが、眠っている間でさえ、いろいろな夢が入り乱れて彼を苦しめだした——マリアの夢に。彼はもがき抗い、冷汗を流し、彼女の肉体は今ではもう、腐敗したただのどろどろした塊りにすぎないと思い知らされた。死と拘禁の悪夢。そして、いつも結局はそこに立ちかえるのだが、彼を取り囲む恐ろしいものの向こうから、彼に微笑みかけているバーバラの夢。

ある見方からすれば、妻の死は、待機のこの数日間、ホーンブロワーにとって恩恵だった。それは、黙り込み、人を寄せつけないための、絶好の口実となった。人から無礼だと思われずに彼は、甲板の細長い散歩道を見つけ、陽の光を浴びながら、一人っきりで散歩することができたのだ。ギャンビアは、艦隊の艦長や、あるいは旗艦の艦長を散歩に呼び出すことができたし、海尉と准士官たちの小さな仲間たちなら、いっしょに散歩しながら気軽に話をすることもできたのだが、彼らはみな、ホーンブロワーの邪魔をしなかった。その上、提督の晩餐のテーブルで、彼が一言も口をきかずにいても、提督の礼拝の集会で打ち解けないでいても、気を悪くされることはなかった。

もしそうでなければ、彼は、いや応なしに旗艦のわずらわしい社交界に出て、士官たち——もうすぐ軍法会議で彼の判事として着座することになる事実になんとか触れないですませようとする士官たちと、話さざるをえなかっただろう。彼は自分の周りで行なわれている、操船技術についての果てしない議論に加わる必要もなく、英国海軍戦列艦を放棄した責任をいささか自分の肩に感じているという態度を装っていた。至れり尽くせりの暖かい待遇をうけているにもかかわらず、彼は世の中から見捨てられているように感じた。カレンダーからは明けっぴろげに感嘆され、ギャンビアからは特別待遇をうけ、若い海尉たちからは、目を見張って英雄扱いされることはできたが、しかし、彼らの一人として、自分の軍艦旗を降ろした者はいなかったのだ。この長い待機期間中に一度ならず彼は、サザランド号の艦尾甲板《コーターデツキ》で砲弾にあたって死んでいればよかった、と思っている自分に気づいた。今はもうこの世に一人も自分のことを心配してくれる者はいないのだ——見知らぬ養母に抱かれた英本国の小さな息子は、自分の名を恥じながら成長するかもしれない。

他の連中はできることなら、自分を世の中から見捨てられた者のように扱いたいのだ、と、病的に考えると、彼は先回りをして自分で自分を追放者扱いして、悲痛な誇りを抱くのだった。ギャンビアに指揮権のある、この残された数日間、彼は仲間もなくただ一人で、陰鬱な反抗に時を過ごすうちに、とうとうフッドがブリタニア号を退艦して、指揮権を引き継ぎ、礼砲の轟く中を、ビクトリー号はポーツマスめざして出帆した。船脚を鈍らせる向かい風に、彼女は七日間も英仏海峡を間切って進まなければならなかったが、ついに、スピットヘッドの錨泊地に滑りこみ、錨索《ケーブル》が錨索孔から、ゴーゴーと音高く繰り出された。

ホーンブロワーは自室に腰をおろしていた――彼はワイト島の緑の丘陵にも、にぎやかなポーツマス港の風景にも、何の興味も感じなかった。戸口に近づいて来る足音は、軍法会議についての命令が届いたと、先触れしているのだな、と、彼は思った。

「入れ！」と、彼は言ったが、入って来たのはブッシュで、木の義足をがたごと鳴らし、顔には微笑を浮かべ、大きいのやら小さいのやら、重そうに荷物をたくさん抱きかかえていた。

その懐かしい顔を見たとたんに、ホーンブロワーの陰鬱な気分は霧のように消しとんだ。彼は自分がブッシュと同じようにうれしそうににやりとしているのに気づきながら、何度もブッシュの手をしっかりと握りしめ、一つしかない椅子に坐らせ、彼のために飲み物を取りに行かせようと言った。内向した気分や自制心は、ブッシュの自分に対する熱っぽい態度のおかげで跡形なく吹きとんだ。

「ええ、実に良くなりました、艦長、ありがとうございます」とブッシュは、ホーンブロワーの質問に答えて言った。「それに、これでようやく、昇進のお礼を申し上げる機会ができました」

「礼なんか言わんでくれ」と、ホーンブロワーは言った。その声にはまた、苦痛の翳りが忍びこんでいた。「礼なら閣下に申し上げなければいかん」

「それでも、どなたのおかげか存じてます」とブッシュは、執拗に言った。「今週、わたくしは艦長に任命されます。艦は与えられないでしょうが――この脚では駄目でしょう――シアネスの海軍工廠の職務が待ってます。もしあなたがいらっしゃらなかったら、自分は艦長などになっていなかったと思います、艦長」

「ばかなことを」と、ホーンブロワーは言った。ブッシュの感傷的な感謝の声と表情に、ホーンブロワーは面映ゆくなった。

「ところで艦長のほうはいかがですか?」と、ブッシュは青い目を憂いに曇らせて、彼のことを尋ねた。

ホーンブロワーは肩をすくめた。

「ぴんぴんして、元気だ」と、彼は言った。

「ミセス・ホーンブロワーのこと、お聞きしました。お悔み申し上げます」と、ブッシュが言った。

ブッシュはそのことについては、それだけ言えば充分だった。二人は心が通い合っていたので、大げさに言う必要などなかったのだ。

「わたくしは自由にですね、艦長」とブッシュは意気込んで言った。「艦長宛の郵便物を持ち出すことができるようになりました——たくさん、溜まってました」

「そうか?」と、ホーンブロワーは言った。

「この大きな包みは剣です、受け合いますよ、艦長」と、ブッシュは言った。彼は、ホーンブロワーの気を引く術を思いつくぐらいには、気転が利く男だった。

「それでは開けてみよう」と、ホーンブロワーは鷹揚に言った。

まさに剣に相違なかった。金をちりばめた鞘に金の柄《つか》、そしてホーンブロワーが柄を引くと、青い鋼の刀身には、金細工の銘が刻まれていた。それは〝百ギニの値〟のある長剣で、昔、彼がリディア号でナティビダッド号を打ち負かした功労に対して、〈愛国者基金〉から贈られたものだったが、それを彼は、サザランド号に着任する際、艦長用備品の払いの担保《かた》として、プリマスの船具商、ダディングストンに預けたのだった。

「お見うけしたところ、銘の文字が多すぎるようですな」と、あの時ダディングストンは不平を言ったものだった。

「ダディングストンが何を言ってきたのか、見てみよう」と言って、ホーンブロワーは小包に同封してあった手紙の封を切って開いた。

謹啓

本日、わたくしは、あなた様がナポレオンの毒手から逃れられました由を拝見し、この上もない感動に浸っております。またあなた様が若くして死去せられたという報告が、何の根拠もないことを知り、わたくしの安堵の思いはいかばかりか、申し上げる言葉も見つかりませんし、あなた様の最後の任務期間中の数々のご偉業に対し、感嘆の言葉も見つけられません。このような殊勲ある士官の帯剣をお預りしておりますことは、わたくしの良心が許しませんので、ここに勝手ながら同封してお送り申し上げます。この上は願わくば、次にあなた様が大英帝国の支配権を海外に及ぼされます時には、ご帯刀くださるようにお願い申し上げます。

あなた様の忠順にして恭順な従僕

J・ダディングストン

「これは！」と、ホーンブロワーは言った。

彼はブッシュに手紙を読ませた。ブッシュは今や艦長になったのだから、自分と同じ地位だし、友人でもあるので、自分がサザランド号に着任する際、いろいろやりくり算段をしたことを知られたところで、少しも規律違反にはなるまい。ブッシュが手紙を読み終わってホーンブロワーを見上げた時、彼は恥ずかしそうにフフッと笑った。

「我が友ダディングストンが」と、ホーンブロワーは言った、「四十ギニの担保《かた》が指から滑り落ちるに任せるとは、よほど心を動かされたにちがいない」と、誇らしさを抜いた声で皮肉っぽく言ったが、心底、感動していた。もし彼が構わずにいれば、その瞳は潤んできたことだろう。

「わたしは驚きませんよ、艦長」とブッシュは言いながら、傍に置いた新聞の束の中を探って、「これをご覧ください、艦長、それにこれも。こっちは《モーニング・クロニクル》に、《タイムズ》。艦長にお見せしようと思って、とっておいたんです。興味をお持ちになられればよろしいと思いまして」

ホーンブロワーは、示された記事をいくつかちらっと見た。とにかく目の前に突き出された記事は、読む必要もなさそうだった。英国の新聞は、まったく熱狂していた。ブッシュでさえ予想していたように、英国民の熱狂ぶりは、その記事——コルシカの独裁者の不当な手で死に至らしめられたと思われていた艦長が、逃亡に成功し、しかもただ逃げてきただけでなく、何ヵ月間かコルシカの独裁者に拿捕されていた英国軍艦を取りもどしてきた——という記事によって、語り尽くされていた。ホーンブロワーの勇気と能力を賞賛した記事がいくつかあった。《タイムズ》の記事にホーンブロワーは気を引かれて、もっと丹念に読んでみた。〈ホーンブロワー艦長は今なお、サザランド号喪失の廉で、裁きの庭に立たなければならない。だが、ロサス湾の戦いの記事を引用して指摘したように、彼が、故レイトン提督の命令を受けて行動していようがいまいが、彼の指揮ぶりはまことに理にかなっており、その行動はあの場合、まことに範ともなるべきものであった。従って、本件はまだ審理の段階ではあるが、われわれは、彼がただちに復職するものと予告して憚らない〉

「こちらは《反仏新聞《アンチ・ガリカン》》の記事です、艦長」と、ブッシュが言った。

《アンチ・ガリカン》の記事も、他の新聞の記事と、まったく同じだった。ホーンブロワーは自分が今や有名人であることを悟りはじめた。彼はまた、ぎごちなく笑った。すべてがあまりにも奇妙な経験で、好悪の気持ちを自分でも決めかねた。その理由を、彼は冷静に見詰めることができた。近年、民衆が熱狂するような傑出した海軍士官は一人も出ていない——コクラン提督は、バスクロードを出た後、激しい怒りで自らを滅してしまったし、ハーディ提督がネルソン提督の亡骸にキスしてから、もう六年になる。コリングウッド提督は今はもういないし、レイトン提督もそうだ——そして民衆は常に偶像を求めるものだ。砂漠の中のイスラエル人のように、彼らは、信奉する対象が目に見えるものでなければ満足しない。時代が自分を民衆の偶像に仕立て上げたのだ。しかも、たぶん政府の連中も、部下の一人がとつぜん、人気者に祭り上げられたことで自分たちの地位が強められることを思えば、遺憾なこととは思わないだろう。だが、何となく彼は気持ちにそぐわなかった。彼は名声というものに慣れていなかったし、名声を信用してもいなかった、しかも、相変わらずの控え目な性格のせいで、それはまったく見せかけだけのものにすぎないと感じるのだった。

「喜んでくださるとうれしいのですが、艦長」とブッシュは、ホーンブロワーの顔に浮かぶ葛藤の色を怪訝な面持ちで見ながら言った。

「うむ。喜んでるつもりだが」と、ホーンブロワーは言った。

「海軍は、昨日、ウィッチ・オブ・エンダー号を拿捕審判にかけました！」と、ブッシュは、この変人の艦長が喜びそうな知らせを、やっきになって探して言った。「四千ポンドの値がつきました、艦長。しかも、拿捕船を、定員に満たない人員で回航してきた場合には、拿捕賞金の分配は旧規則に基づいて行なわれることになっているそうです――わたしも説明されるまで知りませんでした。一七九七年に、浸水のため沈没したスクワレル号からボートに乗り移った乗組員たちが、スペインの甲鉄艦を拿捕したんです。それ以来、こういうことになったんです。三分の二が、艦長、艦長の取り分です――二千六百ポンドですよ。それから、わたしが千ポンド、ブラウンが四百ポンド」

「ふーむ」

二千六百ポンドといえば莫大な金だ――移り気な民衆の大喝采より、はるかに確かな報酬だ。

「それから、こんなにたくさん、手紙やら小包みやらが来ています」とブッシュは、この好機を何としても逃すまいとして、つづけた。

最初の十数通はみな、ホーンブロワーの知らない人たちから来たもので、彼が成功し、脱走しおおせたことに、祝いの詞が述べてあった。明らかに正常でない人からと思われるものが少なくとも二通はあった——しかし、その反面、二通は、貴族からのものだった。その署名と貴族の便箋に、さすがのホーンブロワーもいくらか心を動かされた。それらを手渡されたブッシュは目を通すと、本人以上に感激した。

「ほんとうに、実に、すばらしいことじゃありませんか、艦長」と、彼は言った。「まだここに何通か残ってます」

ある筆蹟がホーンブロワーの目にとまった瞬間、彼の手は弾かれたように突き出て、目の前の手紙の山から、一通をつまみだした。彼は手にすると、手にしたまま一瞬、棒立ちになって、開けるのをためらった。心配してブッシュが目をやると、ホーンブロワーの口はこわばり、頬の色は失せていた。彼が読んでいる間、ブッシュはじっと見守っていたが、自制心を取り戻したホーンブロワーは、それ以上、表情を変えなかった。

ロンドン、ボンド・ストリート　一二九

一八一一年六月三日

親愛なるホーンブロワー艦長御許へ

やっとの思いでこの手紙をしたためております。たった今、海軍本部から、あなた様が自由の身で、お元気でいらっしゃることを知らされ、大きな喜びと驚きに圧倒されております。とり急ぎお知らせいたします。あなた様のご子息は、わたくしがお預りしております。奥様が心を残して亡くなられたあと、みなし子となったご子息を、わたくしは思いきって引き取り、わたくしの責任で育てることにいたしました。それに、洗礼で名付け親になることに、兄のウェルズリー卿とウェリントン卿も同意してくれましたので、その結果、リチャード・アーサー・ホレイショと命名されました。リチャードは、立派な容貌の、丈夫な男の子で、お父様にすばらしくよく似ていますし、わたくしにも、もうすっかりなついていて、あなた様が彼をわたくしからお取り上げになる日が来たら、どんなに心が虚ろになることかと心配なほどです。その時まではこのままリチャードをお預りすることを、とても楽しみに思っております。ご安心ください。と申しますのも、あなた様が英国にご到着になったら、いろいろなことで忙殺されることは、容易に想像がつきます。もし、ご子息——日ごとに賢くなっている彼の顔を見に、こちらにおいでになりたくなったら、大歓迎です。楽しいことでしょう、リチャードばかりでなく……

あなた様の変わらぬ友人

バーバラ・レイトン

ホーンブロワーは、落ち着きなく咳払いをするとまた手紙を読みかえした。その中には、あまりにもいろいろな事がいっしょくたに書かれていたので、彼は、何の感情も留めておくことができなかった。リチャード・アーサー・ホレイショ・ホーンブロワー。ウェルズリー家の兄弟がその名付け親、そしてその子は、日ごとに賢くなっている。たぶん、彼の前には、洋々たる未来が開けることだろう。この瞬間まで、ホーンブロワーはその子のことをろくに考えたことがなかった——一度も顔を見たことのない子供のことを何か考えても、彼の父親としての本性は、ほとんど動かされなかった。しかも、ずっと以前に、自分の腕に抱かれて、水疱瘡で死んだ幼いホレイショの思い出のため、その本性は、ゆがめられてさえいたのだ。だが今、彼は、首尾よく、バーバラの愛情を得てロンドンにいる、顔も知らない赤ん坊を愛しむ気持ちが、大波のようにわきあがってくるのを感じた。

なんと、バーバラが彼の面倒を見ていてくれたのだ、たぶん、未亡人で子供のいない彼女は、うまく養子にできそうな子供を探していたのだろう——それに、その時は、ホーンブロワー艦長はナポレオンの手にかかって死んだと思いこんで、その思い出をまだ愛しんでいたことも、引き取ってくれた理由の一つかもしれない。

彼はそれ以上、考えることが耐えがたくなった。ポケットに手紙を突っこんだ——他のはみな、床の上にこぼれ落ちていた——そして、こわばった顔でいると、じっと見詰めるブッシュの視線に、またぶつかった。

「ほかにも、こんなにたくさんありますよ、艦長」と、ブッシュは、うながす口調で言った。

立派な人から来た手紙もあれば、まともとは思えない人から来たものもあった——常軌を逸した名士が、尊敬と愛情のしるしにと、かぎ煙草を一オンス、同封しているものもあった——だが、ホーンブロワーの気持ちをとらえたのはたった一通しかなかった。それは、大法院通りのある弁護士から来たものだった。名前に心当たりはなかったが——明らかに、レディ・バーバラ・レイトンから、ホーンブロワー艦長が死んだという臆測は、何ら根拠のないものだった、と聞いて、よこしたもののようだった——その弁護士は以前に、海軍本部委員諸卿の指示を受けて、ホーンブロワー艦長の財産整理の代行をしたり、また、ポート・マオンで拿捕審判代行人と協力して、審判をとり行なったことのあるものだった。ミセス・マリア・ホーンブロワーが遺言をつくらずに死んだので、大法院の承認を得て、彼は、相続人、リチャード・アーサー・ホレイショ・ホーンブロワーの受託者として、代行任務を果たし、ホーンブロワー艦長の拿捕船を競売にかけた収益を、経費差し引きの上、アーサー・ホーンブロワーの名儀で、〈基金〉に預け入れた。同封してあった明細書からわかるように、〝整理公債基金〟には、総額三千二百九十一ポンド六シリング四ペンスが預けられており、それは当然、ホーンブロワーのものになる。弁護士は、彼の適切な指示を待望していた。

同封の明細書には——ホーンブロワーは、それを、危うくわきへ押しやるところだった——数えきれないほどの、六シリング八ペンスとか三シリング四ペンスとかいう数字の中に、ひとかたまりの項目があり、それにホーンブロワーは目を奪われた——それらは、故ミセス・ホーンブロワーの葬儀の費用の項目だった。聖トマス・ア・ベキット教会の墓地の埋葬所代、墓石代、それに墓地管理費——それは、ホーンブロワーの血をちょっと凍らせるような、残酷なリストだった。おぞましかった。それは何にもましてマリアの亡失を強調していた。甲板へ上がりさえすれば、マリアの眠っている教会の塔が見えることだろう。

彼はまた、自分を打ち負かしてしまいそうな陰鬱な気分と闘い、追い払った。弁護士の手紙にあった知らせを考え、この自分が〈基金〉に、三千ポンド余の金を持っているのだと考えるだけで、少なくとも気散じにはなった。彼は、レイトンの指揮下に入る前に、地中海で拿捕したあの数隻の艦船のことは、これまですっかり忘れていた。財産は全部で六千ポンド近くになる——幾人かの艦長が、闘い取った額にはほど遠いが、相当なものだ。かりに休職して半給となっても、これなら快適な生活ができるだろうし、リチャード・アーサー・ホレイショにもちゃんとした教育をうけさせることができるし、世間で中産程度の階級には入れるだろう。

「艦長名簿は、最後に見たときから、大幅に変わってます、艦長」と、ブッシュが言った。彼の声は、ホーンブロワーの長い思考の流れに、突き入ったというよりむしろ、その中で木魂《こだま》していた。

「見たのか？」と、ホーンブロワーはにやっと笑った。

「無論です、艦長」

彼らが将官の階級に昇進する時期は、その名簿にある自分の名前の序列に左右される——死んだり、あるいは昇進したりして先任者の名が消えるたびに、彼らは年々、名簿をよじ登り、ついにある日、もしそれまで生きていればの話だが、提督の位置に、自分の名前を見いだすのだ。提督の報酬と権限を与えられてその位置にいるのだ。

「いちばん異動が激しかったのは、名簿の上半分です、艦長」と、ブッシュが言った。「レイトンは戦死、ボールはマルタ島で死亡、トラウブリッジは海上で行方不明——インド洋です——そのほかにも消えたのが七、八名いますから、艦長はもう半分以上にあがっておられます」

ホーンブロワーは現在の等級を十一年間も保ってきたが、先任者たちの数の減り具合に比例して、年ごとに上がり方がだんだん遅くなるだろうから、自分の旗を翻すことができるようになるのは、一八二五年以降ではあるまいか。ホーンブロワーは、戦争の終結を一八一四年と言ったグラセー伯爵の予言を思い出した——平和になれば昇進はいっそう遅くなるだろう。そしてブッシュは彼より十歳年上で、今やっと階段を登りはじめたところだ。おそらく提督になるまで生きてはいまいが、しかしブッシュは勅任艦長《ポスト・キャプテン》になったことですっかり満足している。明らかに、彼の野心はそれより高く天翔けたためしがなかったのだ。幸運で仕合わせな男だ。

「われわれは二人とも、非常に仕合わせな人間だよ、ブッシュ」と、ホーンブロワーは言った。

「そうです、艦長」と、ブッシュは合槌を打ったが、そこでためらってから語をついで、「自分は軍法会議で証言することになっていますが、どんな証言になるか、もちろんご存じでしょう。ホワイトホールで予審がありまして、そこで聞いたところでは、わたしが証言することと、向こうにわかっている証拠とは、一から十まで一致するそうです。ですから、軍法会議のことはぜんぜんご心配ありません、艦長」

18

軍法会議のことは何も心配ないのだと、ホーンブロワーは次の二十四時間のあいだに、たびたび自分に言い聞かせはしたものの、やはりそれを待つのは神経の疲れることだった――彼を裁くために来艦する艦長や提督の面々に対して、登舷礼が行なわれるたびに、頭上で、繰り返し号笛が鳴り、海兵隊員の踏み鳴らす靴音がし、軍法会議が開かれると、それを告げる号砲が陰にこもって轟き、判士たちの前まで彼に付き添うためにカレンダーが来て、ドアがカチリと鳴った。

ホーンブロワーは、審理の細々《こまごま》したことを、あとであまりよく憶えていなかった――記憶にはっきり印象の残っていることは、ほんの二つ三つにすぎなかった。いつでも思い出せたのは、ビクトリー号の広いキャビンで、円卓の半周に着席した士官たちの、上衣で光る金モールのぴかぴかきらきら、それに、証言をするブッシュの、気づかわしげな誠実な顔だった――ロサス湾で、サザランド号を操船したホーンブロワーほどに、優れた技倆と決断力をもって一艦を操縦できる艦長はいないだろうと、ブッシュは声を大にして陳述した。ホーンブロワーの〝味方〟——海軍本部が弁護人として派遣した士官——が尋問をして、降伏直前にブッシュは片足を失って完全に行動の自由を奪われており、従って、降伏に関して彼にはまったく責任がなく、なるべく有利な証言をして己れに利するところは少しもないことを引き出したのは、その弁護人の巧みな得点だった。また、宣誓証言と公式報告書からの長い抜粋を、活気なくもごもごと、いつ果てるともなげにだらだらと読み上げる士官がいた——おそらく事の重大さのために神経質になり、明瞭な発音ができなくなったのだろうが、これがひどく議長の不興を買った。ある時点では、議長が実際に書類を取り上げ、鼻にかかったテノールで、マーティン提督の供述書を自ら読み上げもした。サザランド号の交戦は、結局のところフランス艦隊撃滅をいっそう容易ならしめたものであり、それなくしては不可能であったと考える、という内容だった。一度、プルートウ号とカリギュラ号の通信日誌の間に矛盾が発見されるという、具合の悪い時があったが、誰かが判士たちに向かって、信号係候補生はときどき誤りをおかすではないかと発言したのを機に、その件は苦笑を招いただけで不問に付された。

休廷中に、小粋な絹の襟巻きをし、淡黄色と青を着こなした優雅な民間人がやって来て、ホーンブロワーに質問を浴びせた。フレールという名前だった。フーカーム・フレール——ホーンブロワーはその名前におぼろながら聞き覚えがあった。彼は《アンチ・ガリカン》で才筆をふるっている寄稿家の一人で、海軍主計委員カニングの友人でもあり、ひところ、スペインの愛国者政府の大使を務めたこともある人物だった。ホーンブロワーは、内閣の機密に深く関わっている人間を前にして、いくらか好奇心をそそられたが、会議の再開を控えて心そこになかったから、フレールにあまり気持ちを向けることも、彼の質問に詳しく答えることもできなかった。

そして、証言も証拠調べもすべて終わり、軍法会議が判決の審議中、カレンダーといっしょに待っている間はさらにひどかった。そのときこそ、ホーンブロワーは本当の恐怖というものを知った。一分また一分がのろのろと過ぎていく中で、やがて広いキャビンに召喚されて自分の運命がどうなるかを聞く瞬間を待ちながら、いかにも泰然自若として腰を落ち着けていることは難しかった。法廷に入る彼の心臓は激しく動悸を打っており、顔青ざめているのが自分でもわかった。彼はぐっと胸を張って判士たちの視線をうけはしたものの、青と金の軍服に身を固めた判士たちは、キャビン全体をおぼろにする靄に包まれているので、ホーンブロワーの目には何も見えず、ただ中央の一ヵ所だけが目に映っている――議長席の前のテーブル中央で、そこだけきれいに物が片付けられ、そこに、彼の長剣、〈愛国者基金〉から贈られた百ギニの剣が置いてある。ホーンブロワーに見えるのはそれだけ、しかも剣は何の支えもなく、そこの宙に浮いているように思われた。そして柄《つか》の方がこちらへ向いている。無罪だ。

「ホーンブロワー艦長」と、軍法会議の議長が言った――その鼻にかかったテノールが耳に快く響いて――「貴官が、はるかに優勢な武力に対抗して、国王陛下の軍艦サザランド号を防御した勇敢無比な行動は、国家および本会議がかなうかぎりの賞賛を与えるに価するものであることに、本軍法会議は全員意見の一致を見た。貴官の行動は、貴官の部下将兵の行動ともども、貴官ひとりにとどまらず、あまねく国家にも、この上なく光輝ある名誉をあたえるものである。したがって、貴官に対しここに深い敬意をもって無罪を申し渡す」

他の判士の面々からも、賛同を示すひそやかなざわめきが起り、キャビン全体がにわかに活気を帯びた。誰かが百ギニの長剣を彼の腰の尾錠にはめていた、ほかの誰かが彼の肩を叩いていた。

フーカーム・フレールもその場に来て、立てつづけにしゃべっていた。

「おめでとう、艦長。ところで、わたしとロンドンまで同道する用意はいいかな？　この六時間前から、駅伝馬車に馬をつながせて待たせてある」

靄はまだ少しずつ晴れていくだけだった。案内されるままにその場を去り、付き添われて甲板に上がり、横付けの送迎艇《バージ》に引き渡されても、あたりはまだ何もかもがおぼろだった。誰かが歓声をあげている。何百とも知れぬ声がワーッと叫んでいる。ビクトリー号の水兵たちがヤードというヤードに目白押しに並んで、しゃがれ声を張り上げている。ここに停泊中の艦艇もみな歓声を送っている。これこそ名を遂げるということだ。これこそ功名なったということだ。かつてこのように、艦隊中の全艦艇から歓声を浴びせられた艦長は、五指に満たないのだ。「どうだろう、艦長、帽子を取って、この敬意を大いにうれしく思っていることを示してやっては」フレールがホーンブロワーの耳に囁いた。

ホーンブロワーは軍帽を取り、午後の陽射しを浴びて送迎艇《バージ》の船尾座席《スターンシート》にぎごちなく腰をおろした。努めて笑顔をつくったが、ぶざまな笑顔であることはわかっていた——笑顔より泣き面に近い。またあたりに靄がかかってきて、どら声の歓声が、彼の耳には、キンキンと甲高い子供たちの叫び声のようだった。

ザザーッと、ボートが石垣をすった。引き上げられる彼に向かって、ここではさらに大きな歓声が上がった。海兵隊員の一隊が口汚くののしりながら、ごうごうたるどよめきの中を、すでに馬がつながれている駅伝馬車のほうへ、押し分け搔き分け彼に道をあけさせる間にも、人々は彼の肩を叩いたり、彼の手を強く握りしめたりしていた。やがて、蹄の音と車輪の回る音が響くと、御者の鞭がピシリと鳴って、一行は上陸場から飛ぶように走り出していた。

「一般民衆と帝国軍隊の示す心情の吐露は、まことに満足すべきものがある」と、フレールが顔の汗をふきながら言った。

ホーンブロワーはある事を不意に思い出し、体を硬くしてぴんと坐り直した。

「そこの教会で停めろ！」と、御者へ怒鳴った。

「これはまた、なぜそのような命令をするのか、訳をうかがえますかな、艦長。わたしは、一瞬の無駄もなくロンドンへ随伴するようにと、皇太子殿下からご命令をうけているのだが」

「あそこに妻が埋葬されているんです」と、ホーンブロワーはにべもなかった。

しかし墓参りは不満足なものだった——いらいらぶつぶつ、片脇で時計を見てばかりいるフレールに付ききりでいられたからだ。ホーンブロワーは脱帽し、墓標に碑銘が刻まれている墓の前で頭を垂れたが、心は千々に乱れて、はっきり物を考えられなかった。彼は努めて祈りの言葉を呟いた——マリアが聞いたら喜んだだろうに。彼女はいつも彼の自由思想に心を痛めていたからだ。フレールがしびれを切らして変な声をたてた。

「では行きましょう」と、ホーンブロワーはくるりと回れ右をすると、先に立って駅伝馬車へもどった。

町をあとにすると、開けた田園にさんさんと陽光が降り注ぎ、木立の美しい緑と、うねうねとつづくダウンズ地方の壮大な丘原を、明るく照らしていた。ホーンブロワーは思わず固唾を飲んだ。これが英国《イングランド》だ、十八年の長い歳月、戦ってきたのはこの国のためなのだと、彼は改めて祖国の空気を呼吸し、四方を見つめて、英国はそれに価する国だと心に感じるのだった。

「内閣にとって、もっけの幸いだった、きみのこんどの脱走は」と、フレールが言った。「何かそういうことが求められていたのだ。ウェリントンがアルメイダを占領したばかりだというのに、群衆は不穏になっていた。かつては多士済々の内閣だった――今は能無しばかりの内閣だ。カースルレイとカニングが、なぜあのような決闘をしたものか、わたしには訳がわからんよ。あれは危うくわれわれを破滅させるところだった。バスクロードでのギャンビアの事件もそうだった。コクランは相も変わらず議会で徹底した憎まれ者だ。きみは、自分が国会入りをすることがあるかもしれないと、考えたことはないかね？　まあ、そのことは、きみがダウニング・ストリートに落ち着いたら、とっくり論議する時があるだろう。差し当たっては、きみが群衆に快哉を叫ぶものを与えたことで充分だ」

ミスタ・フレールはいろいろと独り合点をしているふうだった――たとえば、ホーンブロワーは心底から政府側の味方であり、ホーンブロワーがロサス湾で戦ったのは、ひとえに、一連の政治家たちの首をつなぐためであると思いこんでいるのだ。そのことがホーンブロワーの気持ちをげんなりさせた。彼は車輪のガタゴトいう音を聞きながら、無言で坐っていた。

「殿下はあまり協力的ではない」と、フレールが言った。「摂政の位に就かれた時、われわれを追い出しはなさらなかったが、われわれに好意を持ってはおられない――摂政予算案がお気にめさなかったのだ。明日お会いする時に、このことを念頭に置くように。それに、殿下はちょっとしたお世辞も好まれる。もし、こんどの成功は、殿下およびスペンサー・パーシバル氏両所を手本として鼓舞されたおかげであると信じさせることができれば、まずは上々の線ということだろう。どうしたんだ? ホーンディーン?」

御者が馬車を旅宿の表に着けると、馬丁たちが元気のいい替え馬を二頭引いて走り出てきた。

「ロンドンまで六十マイル」と、ミスタ・フレールが言った。「予定通りだ」

旅宿の召使いたちが、先程から御者に向かって熱心に質問を浴びせており、それに行きずりの者たち――スモックを着た農夫たちと、行商の鋳掛け屋――が加わって、青地に金モールのホーンブロワーを熱っぽく見つめていた。また一人、宿の中からあたふたと走り出てきた。赤ら顔と絹の襟巻きと革の履物から察するところ、男はこの土地の地主らしかった。

「無罪になったのですね?」と、彼が尋ねた。

「もちろん」と、フレールが即座に返して、「誉れ高き無罪釈放」

「ばんざい、ホーンブロワー!」と、鋳掛け屋が叫んで帽子を空中に投げ上げた。地主が両腕を振り、小躍りして足を踏み鳴らすと、農夫たちがそれに和して歓声をあげた。

「くたばれ、ナポレオン！」と、フレールが言った。「出発しろ」

しばらくあとで彼が、「きみの裁判に、どれほど関心が高まっていたか、驚くべきものだ。もっとも、ポーツマス通りの沿道が最高だろうがね」と言った。

「ええ」

「思い出すよ、群衆が、ウェリントンを絞首刑にして、内臓《はらわた》を抜き、八つ裂きにしろと怒号していた時のことを——あれはシントラの敗戦の報が入ったあとだった。あの時われわれはもう駄目かと思った。たまたまそれを救ったのが彼の軍法会議だった、ちょうどきみのが今そうしようとしているようにね。シントラのことは憶えているかね」

「当時、わたしは太平洋でフリゲート艦の艦長をしてました」と、ホーンブロワーはそっけなく言った。

彼は何やらいらいらしていた——それに、鋳掛け屋たちから歓声を浴びせられることも、政治家たちからちやほやされることも、好ましく思わない自分に気づいて驚いた。

「やはり、よかったのだ、レイトンがロサスでやられたことは。別に彼に禍あれと願っていたわけではないが、彼の死で群衆の不満が和らいだ。さもなかったら、彼らか、われわれか、どちらかがおさまらなかっただろうよ。採決で、彼の味方が二十票あった。きみは彼の未亡人と付き合いがあると聞いたが？」

「その光栄に浴してます」

「特にああいうタイプを好む者にとっては、魅力のある婦人だ。それに、ウェルズリー家の人たちと亡夫の一家とをつなぐ、たいへん有力なかすがいだ」

「ええ」

せっかくの勝利から、楽しさがすっかり抜け去っていこうとしていた。降り注ぐ午後の陽射しが光輝を失ったようだった。

「ピーターズフィールドはあの丘を越えるとすぐだ。あそこにも大勢おることだろう」

フレールの言うとおりだった。〈レッド・ライオン亭〉に、二、三十人が待ち受けていたし、さらに大勢があたふたと駆けつけてくるところで、みな軍法会議の結果を聞こうと大騒ぎだった。無罪の知らせに狂喜の歓声があがり、ミスタ・フレールがすかさず政府をほめる言葉を差しはさんだ。

馬を替えてふたたび走りだした拍子に、フレールがぶつぶつ言った。「新聞のことだがね。もしナポレオンの例にならって、国民に知って欲しいと思うことを公表させられたらいいのだがねえ。解放――世直し――海軍政策――近ごろの群衆は、あらゆることに、いらぬ世話をやきたがる」

馬車がデヴィルズ・パンチ・ボウルの前を通りかかっても、その驚異の美しささえホーンブロワーには味気なかった。人生から、すべての香気が消え失せてしまった。自分はやはり大西洋の嵐と闘う無名の艦長でいたかったと、彼はかなわぬことを願っていた。

馬たちの踏み出す一歩一歩が、バーバラのもとへだんだん彼を近づけていく。それなのに彼は、鈍感で面白味がなく心を悩まされることもないマリアのもとへ戻りたいという、倒錯した願望を、心のどこかにぼんやり感じているのだった。ギルフォード（サリー州の当時の首都）で彼に歓声を浴びせた群衆は――市《いち》が終わったばかりで――汗とビールのいやな臭いがした。夕景が近づくと、フレールがおしゃべりをやめ、考えごとが――気の滅入る考えごとながら――妨げられなくなったのは、ありがたかった。

イーシャー（サリー州の今の首都、ロンドンの南郊外）でふたたび馬を替えたころには、夕闇が深くなっていた。

「もう辻強盗や追いはぎが、集団で襲ってくることもなかろう。結構結構」と、フレールが笑った。「税金のがれには、刻下の英雄の名を口にしさえすればいい」

辻強盗にも追いはぎにも、あいにく妨げられることはぜんぜんなかった。邪魔をされずに、馬車はバトニー（ロンドンの南西郊外）でテムズ川を渡り、人家の数が増す暗い通りをひた走った。

「御者、ダウニング・ストリート十番地だ」と、フレールが言った。

そのあとの接見について、ホーンブロワーがいちばん生々しく記憶に残したのは、フレールが最初にパーシバルへこっそり――「彼は安全です」――と耳打ちするのを立ち聞きしたことだった。接見は、片や格式張り、片や遠慮がちで、せいぜい十分間しかつづかなかった。首相はおしゃべりをしたい気分でないようだった――どうやら彼の本音は、摂政皇太子か民衆といっしょになって、自分に何か良からぬ仕打ちをしないともかぎらないこの男を、自分の目で確かめておきたいということらしかった。ホーンブロワーは、彼の手腕についても、人柄についても、あまり好ましい印象をうけなかった。

「次はペル・メル街の陸軍省」と、フレールが言った。「やれやれ、なんと忙しいことか！」

ロンドンは馬の臭いがした――海から上がったばかりの人間には、毎度のことだと、ホーンブロワーは思い出した。ホワイトホール街の明かりは驚くほど眩しく思えた。そこにある陸軍省では、若い貴族が面接したが、ホーンブロワーは一目で好きになった。パーマーストンという名の次官だった。彼は、フランスの世論の動向、昨年の作物収穫の良否、ホーンブロワーの逃走方法について、実に多くの鋭い質問をした。ホーンブロワーが、匿ってくれた人物の名を訊かれて、返事をためらうと、理解を示してうなずいた。

「もっともだ。誰か大ばか者が密告して、その人を銃殺させることになりはしないかと心配なのですな。どこかの大ばか者がやることは大いに考えられる。そのことは、どうしても必要となったら訊くことにするので、その節はわれわれを信頼してもらいたい。ところで、そのガレー船の奴隷たちは、どうなったかね？」

「トライアンフ号の副長が、強制徴募して軍務につかせました、閣下」

「すると、すでに三週間前から、国王陛下の軍艦の乗組員というわけだね？　わたしもいっそガレー船の奴隷になりたいよ」

ホーンブロワーは同感だった。高い地位にいる人物が、軍人生活の苦労について、何も勘違いしていないことがわかってうれしかった。

「もし海軍本部の、きみの上司たちを説いて、奴隷たちを諦めさせることができれば、彼らを捜させて帰国させよう。彼らにはもっと適切な使い道がありそうだ」

使丁が書き付けを持ってきて、パーマーストンが開いた。

「皇太子殿下がきみの参上を求めておられる。ご苦労でした、艦長。また近くお会いしたいものだな。話はたいへん得るところがあった。北では職工団《ラダイツ》の暴動による機械の破壊がつづいているし、国会ではサム・ウィットブレッドが騒ぎを起こしてきたところだけに、きみの帰還はまことに時宜にかなっている。では、さようなら、艦長」

せっかくの首尾をすべて台無しにしたのはこの最後の一言だった。ナポレオンに対する新たな作戦を策しているパーマーストン卿は、ホーンブロワーの敬意をかちとったが、ホーンブロワーの帰還の政治的成果についてフレールの評価を繰り返すパーマーストン卿は、ホーンブロワーの敬意を失った。

「殿下は、自分に何を期待しておられるのですか？」と、彼はいっしょに階段を降りながらフレールに尋ねた。

「きみをあっと驚かすことになるだろうよ」と、フレールは茶目っ気たっぷりに答えた。「ひょっとすると、明朝の謁見まで待たなければならんかもしれないよ。夜の今時分は、殿下もあまり公務に精を出されないのでね。まず今夜もそうだろう。殿下との接見には気転が必要になりそうだな」

自分の軍法会議の席上で、証言を聞いていたのは、つい今朝のことだったのだと、ホーンブロワーはめまぐるしく回る頭の中で思った。今日はもうさんざんいろいろな事があった。彼は相次ぐ新たな体験に飽きあきしていた。胸がむかつき、気が滅入った。それにレディ・バーバラと彼の小さな息子は、四分の一マイルと離れていないボンド・ストリートにいるのだ。

「いま何時ですか?」

「十時。若いパーマーストンは陸軍省でいつも夜遅くまでやっている。仕事の鬼だな」

「ほう」

何時になったら宮殿を逃げ出せるものか、神だけがご存じだ。きっと明日まで待たなければボンド・ストリートを訪ねる運びにはなるまい。玄関口には、馬車が待っており、御者も従僕も王室の赤い制服を着ていた。

「侍従長からつかわされたものだ」と、フレールが説明した。「ご親切に」

彼はホーンブロワーをまずドアから入らせてから、自分も乗り込んだ。

「殿下にお目にかかったことは？」

「いいえ」

「しかし宮廷にうかがったことはあるのだろう」

「二度、朝見をうけたことがあります。九八年にジョージ陛下に拝謁しました」

「ほう！　殿下はお父上に似ておられない。それから、クラレンスを知っとるだろう」

「ええ」

　馬車は早くも、こうこうと照明を浴びる玄関先に停まっていた。扉が開いており、召使いが数人かたまって、降りる時に手を貸そうと待ちうけていた。きらびやかな玄関広間があり、そこで制服に粉化粧、白い杖をもった者が、ホーンブロワーの上から下まで鋭い視線を走らせた。

「帽子を小脇に」と、男が低声《こごえ》で言った。「こちらへ、どうぞ」

「キャプテン・ホーンブロワー。ミスタ・フーカーム・フレール」と告げる声があった。

　そこは実に広い部屋で、蠟燭の明かりで眩しいほどだった。磨き抜かれた床が広々とつづき、その向こう正面に、金モールと宝石がきらめく一団の人々がいた。海軍の軍服を着た男がこちらへ離れて来た――出目で、パイナップルみたいな頭の、クラレンス公爵だった。

「やあ、ホーンブロワー」と、手を差し伸べて言った。「よく帰ったな」

ホーンブロワーは手をうけてお辞儀をした。

「来たまえ、引き合わせよう。こちらがホーンブロワー艦長です、殿下」

「こんばんは、艦長」

お辞儀をしながらホーンブロワーがうけた一連の印象は、でぶでぶ肥って、ハンサムで、放蕩者らしく、弱虫で、ずる賢そうだ、ということだった。薄くなった巻き毛は明らかに染めたものだ。潤んだ目と、赤くたるんだ頬から察すると、殿下はホーンブロワーも及ばぬ健啖ぶりを発揮したところと見える。

「きみのカッターが——何という名前だったかな？——あれがポーツマスに入って以来、みんなきみの話で持ちきりだったよ」

「そうでありますか、殿下」と、ホーンブロワーは不動の姿勢で棒をのんだように立っていた。

「うん、いや、当然のことだ。それが当然だよ、艦長。これまで耳にした最高の傑作だ——わたし自身があやかりたいほどの快挙だ。さあ、カニンガム、紹介してくれ」

ホーンブロワーは、こちらのレディ何とか、あちらのレディ何とかにお辞儀をし、何とか卿やらサー・ジョン何とか卿やらに会釈した。無遠慮な目つき、露わな腕、極く上等の衣服、それに青のガーター勲爵士の青い肩帯だけしか、ホーンブロワーの印象には残らなかった。ビクトリー号の仕立屋が仕立ててくれた軍服が、体に合っていないことを、彼は意識していた。

「さて、用件をすませてしまおう」と、皇太子が言った。「例の者たちを呼び入れよ」

床に敷き物を広げる者があり、何かきらきらと輝く物を載せたクッションを運びこむ者がいる。赤いマントを着た三人のおごそかな男たちが小さな列をつくって来た。片膝をついて、皇太子に剣を手渡す者がいる。

「ひざまずいて、艦長」と、カニンガム卿がホーンブロワーへ言った。

肩を剣が軽くたたく感じがあり、ナイトの称号を与える格式張った言葉が聞こえた。しかし、彼がいくらかぼうっとなって立ち上がった時、儀式はまだまだ終わっていなかった。肩から肩帯が掛けられ、胸に星章が留められ、赤いマントが長々と着せかけられ、宣誓が繰り返され、署名が次々に行なわれた。彼は、誰かが高らかに宣言したように、いま誉れ高きバス勲位のナイトに列せられようとしているのだ。これからの生涯、肩帯と星章に身を飾る、サー・ホレイショ・ホーンブロワーになったのだ。ようやくマントが肩からはずされ、授勲式を行なった役職者たちが退出した。

「さあ、まっ先に祝いを言わせてもらおう、サー・ホレイショ」と、クラレンス公爵がお人好しの間の抜けた顔いっぱいに微笑を浮かべて、進み出た。

「ありがとうございます、公爵」と、ホーンブロワーは言った。もう一度お辞儀をするその胸を、大きな星章がとんと打った。

「心からおめでとうを言う、大佐《カーネル》」と、殿下が言った。

その発言で、すべての視線が自分に向けられたのを、ホーンブロワーは感じた。そのことから、王子が階級名を言い違えたのではないことがわかった。

「……とおっしゃいますと？　殿下」

「殿下はね」と、公爵が註をつけて、「きみを殿下の海兵隊大佐の一人として任命されたことを喜んでおられるのだ」

海兵隊の大佐は一千二百ポンドの年俸をうけ、それに対する任務は何もないのだ。それは軍功のあった艦長へ褒賞として与えられる官職で、彼が提督の地位にのぼるまでつづくことになる。すでに六千ポンドだ、とホーンブロワーは頭に思い浮かべた。これで、少なくとも艦長の半額休職給に一千二百ポンドが加わったのだ。生まれて初めて、ついに経済的な安定を得たのだ。それに称号、肩帯、星章もある。これで手にしたいと夢見たものはすべて手にしたと言ってよい。

「可哀そうに、この男、呆然としておる」と、殿下が満足げに高笑いをした。

「面くらっているのです、殿下」と、ホーンブロワーはまた当面の事柄に気持ちを集中しようと努めながら言った。「殿下に何とお礼を申し上げたらよいのか、わたくしは言葉を知りません」

「礼がしたければ、玉突きの仲間に入ることだ。きみの到着で、ひどく面白いゲームが中断された。その鈴を鳴らしてくれ、サー・ジョン、ちょっとワインを飲もうじゃないか。ここに掛けたまえ、艦長、レディ・ジェーンの隣りに。もちろんきみもやるだろう？ そうそう、きみのことはわかっているよ、フーカーム。きみは逃げ出して、ジョン・ウォールターに、わたしが役目を果したことを伝えたいのだ。ついでに、彼の駄目な職長の一人に手紙を書いて、わたしの王室費を上げさせるように水を向けてくれてもいいな――わたしはそれだけの仕事をやっとる、神がご存じだ。それはそうと、この艦長まで連れ去る理由はなかろう。ああ、よろしい、仕様がないな。行きたければ行ってよい」

「意外だったよ」と、フレールが、二人で無事に馬車にもどった時に言った。「きみが玉突きをやる気になろうとはね。わたしなら、やらんね、殿下とは。殿下が自分のサイコロを使う場合はね。ところで、サー・ホレイショになった気分はどうだね？」

「実にいいです」と、ホーンブロワーは言った。

彼は、殿下がそれとなくジョン・ウォールターの名前を口にした意味を噛み分けていた。この男が《タイムズ》の編集長であることは、彼も知っていた。だんだんはっきりわかってきた――バス勲位のナイト授爵と、海兵隊大佐への任命は、役に立つニュースなのだ。おそらく、それが発表されれば、政治的にも、何らかの影響力があるだろう――これが急ぐ理由だ。これで、疑惑を抱いている民衆に、政府の海軍士官たちが大いに業績をあげていることを確信させるだろう――彼をナイトにすることは、彼を戦争犯罪人として銃殺しようとしたナポレオンの謀略に、ほぼ匹敵する政治的手段だ。そう考えると、このことは実に面白味があった。

「わたしの一存で、ゴールデン・クロスにきみの部屋を予約しておいたよ」と、フレールが言った。「行ってみたまえ、待っておるよ。きみの荷物も差し回しておいた。そこで馬車を停めようか。それとも先にフラッドンズを訪ねたいかね？」

ホーンブロワーは一人になりたかった。その海軍のコーヒー・ハウスを今夜――五年ぶりに――訪れようという提案も、魅力がなかった。とりわけ自分の肩帯と星章に、とつぜん自意識が働いて、いっそう気を引かれなくなった。しかしホテルに直行してもやはりだめだった。主人《あるじ》も召使いも小間使いもみんな、「はい、サー・ホレイショ」とか「いいえ、サー・ホレイショ」とか、うやうやしくお世辞たらたらで、ぞろぞろと部屋まで明かりをかかげてついてくるし、今や欲しいものはほとんど残っていないというのに、欲しいものはそろっているかと、お追従をふりまいて付きまとう始末だった。

ベッドにもぐりこんだ時も、やはり充分な安らぎはなかった。今日一日の、突拍子もない出来事の思い出は、断固として心から追い払いはしたものの、明日は息子とレディ・バーバラに会うのだということを考えずにはいられなかった。彼は落ち着かない一夜を過ごした。

19

「サー・ホレイショ・ホーンブロワー」と、召使い頭が、彼のために開けたドアを押さえたまま大きな声で触れた。

そこにレディ・バーバラがいた。彼女が黒衣とは意外だった——ホーンブロワーは、最後に会った時の、青い化粧着を着た彼女ばかり瞼に浮かべてきたのだ。あの青灰色は、彼女の瞳によく合っていた。無論、レイトンが亡くなってまだ一年にならないのだから、彼女は喪に服しているのだ。それにしても、黒いドレスがよく似合っている——彼女の肌が黒いドレスに映えて、クリームのような白だった。ホーンブロワーは、奇妙な胸のうずきを覚えながら、リディア号で共に過ごした、あの懐かしい日々の、彼女の頬の、金色がかった潮焼けの肌色を思い出した。

「ようこそ」と、彼女は、手を差し出した。なめらかで、ひんやりとして、快かった——以前の感触が思い出された。「乳母《うば》が、すぐにリチャードを連れて参ります。それはそうと、あなた様のご成功に、心からお祝いを申し上げますわ」

「ありがとうございます」と、ホーンブロワーは言った。「運がよかっただけです、奥様」

「運が良い人は、たいていい」と、レディ・バーバラは言った、「どこまでを偶然に任せるべきかを心得ている人ですわ」

この言葉をよく嚙みくだきながら、彼はもじもじして彼女を見つめた。今の今まで、彼は、彼女がどんなに尊大ぶった女か、どんなに自信家——よい意味での自信家——の女か、忘れていたのだ。それでこそ、彼女は近寄りがたい雲の上の人となり、自分は礼儀知らずの学童のような気持ちになるのだ。ナイトの勲位も、彼女にとっては——伯爵の娘で、侯爵の妹で、それに今、公爵への道を着々と進んでいる子爵の妹でもあるこの女にとっては、ばかばかしいほど取るに足らないものに思えるにちがいない。彼は急に、肘と手がひどく気になった。

彼のぎごちない気分は、ドアが開いて、リボンの飾りがある帽子をかぶった、ぽっちゃりとした、血色のいい乳母が入ってくると、ようやく消えた。赤ん坊が、彼女の肩にかじりついている。彼女はちょっと膝を折って、お辞儀をした。

「やあ、坊主」と、ホーンブロワーは優しく言った。

小さな帽子からのぞく髪の毛は、まだあまり生えそろっていないようだが、二つのとび色の目が、びっくりして、父親を見ている。鼻や顎や額は、赤ん坊にありがちな、あまり特徴のないものかもしれないが、その目は、無視しようがなかった。

「やあ、坊主」と、ホーンブロワーはまた優しく言った。

知らず知らずのうちに、その声には情愛がこもっていた。彼は、幼いホレイショと幼いマリアに話しかけたあの頃と同じように、リチャードに話しかけていた。彼は両手を差し延べて、

「さあ、おとうさんのところへおいで」と、言った。

リチャードはいやがらなかった。あまり小さくて軽いので、ホーンブロワーは驚いた――昔のホーンブロワーは、もっと大きくなった子供たちをいつも相手にしていたのだ――だが、そんな気持ちも、すぐに消え去った。

「さあ、坊主、さあ」と、ホーンブロワーは言った。

腕の中であばれるリチャードは、ホーンブロワーの肩章の、金色に輝くふさ飾りに手を伸ばした。

「きれいだろう?」

「うまうま!」と、リチャードは、金モールの糸に触れた。

「やっぱり男だ!」と、ホーンブロワーは言った。

昔、赤ん坊をあやした要領は、忘れていなかった。リチャードは、彼の腕の中で、うれしそうにコトコト笑い、いっしょになってふざけると、天使のようににこっとほほえ

み、服の上から、彼の胸元をちょこちょこ小さな足で蹴った。頭を下げて、リチャードのお腹を突っつくふりをする、あの昔懐かしい悪戯は、一度の失敗もなく、うまくいった。リチャードは大喜びで、コトコト笑い、腕を振った。

「おかしいね！　ほんとにおかしい！」と、ホーンブロワーは言った。

ふと思い出して、彼はレディ・バーバラを振り返った。彼女は赤ん坊しか目にないふうで、その静かなたたずまいには不思議な気高さがただよい、そのほほえみは優しかった。彼女はこの子が可愛くてたまらないのだ、と彼は思った。リチャードも彼女に気づいた。

「ぐー！」と、彼は腕を彼女のほうへ突き出した。

彼女がそばに来たので、リチャードは父親の肩越しに手を伸ばして、彼女の顔に触ろうとした。

「りっぱな赤ん坊だ」と、ホーンブロワーは言った。

「もちろんりっぱな赤ちゃんですわ」乳母が受け取ろうと手を差し出しながら言った。ぴかぴかの軍服を着た神のように威厳のある父親たちが、喜んで子供の守をするのは、一度に十秒間がせいぜいで、十秒が過ぎたら、たちまち引き継いでもらいたくなるのが当たり前と、彼女は決めこんでいるのだった。

「とても、なまちゃんなんですよ」と、乳母は赤ん坊を後ろ向きに抱いて言った。彼は乳母の腕の中で身をよじり、つぶらなとび色の目をホーンブロワーからバーバラへ移した。

「〝バイバイ〟っておっしゃい」と、乳母が彼の手首を持ち上げ、丸々した握り拳を二人へ振ってみせた。「バイバイ」

「あなたに似てるとお思いになって？」と、ドアが閉まって乳母と赤ん坊を隠したとたんに、バーバラが訊いた。

「さあ――」と、ホーンブロワーは怪しむふうににやりとして言った。

赤ん坊といっしょのこの束の間のあいだ、彼は幸福だった。これほど幸福だったことは絶えて久しくなかった。今朝もいましがたまでは、彼にとって黒い失望の朝だった。いま自分は心が望みうるすべてのものを手にしたのだ、と自分に言い聞かせると、彼の身内にいる何者かが、そんなものは何一つ欲しくないと即座に返すのだった。朝の光の中で、彼の肩帯と星章は、いやに派手で俗っぽい安ぴか物に見えた。彼はどうしても自分を誇る気になれなかった。「サー・ホレイショ・ホーンブロワー」という名前には、どこかかすかにばかげた感じがあった。それはちょうど、自分にはどこかかすかにばかげたところがあると、いつも感じるのと同じだった。

彼は持てる限りの金のことを考えて、自分を慰めようと努めた。自分の前には、安楽で安定した生活がある。二度と金柄《きんづか》の長剣を質に入れる必要はないし、靴の安ピカの尾錠のことを、貴顕淑女の前で恥ずかしく思うこともないのだ。それでいて、いざそれが確かなことになってみると、恐ろしく抵抗があった。その生活にはどこか幽閉に似たところがある、グラセー伯の城館での呻吟の十数週間に似たところがある——あそこでどれほどじりじりいらいらしたことか、よく憶えている。不如意と不安定は、それに苦しんでいたころには、実に大きな悪と見えたのに、今では、信じ難いことながら、何か心を引かれるものがあった。

かつては、新聞に自分の記事が載る艦長仲間をうらやんだことがあった。が、そんなことはすぐかない、たちまち飽きてしまうことを知った。ブッシュとブラウンは、《タイムズ》が何と書こうと、そのために親愛の情を増しも減らしもしなかったものだ。彼は、自分を愛しすぎる者の愛情は嘲《あざ》けったものだ——そして、自分を愛さないライバルが現われはしないかと恐れる理由も充分にあった。彼はきのう、群衆のお追従をうけた。が、それで庶民への好感がさらに高まりはしないし、あの庶民たちを支配する上流階級に対しては、激しい軽蔑の思いでいっぱいだった。彼の身内で、闘争的な男と人道主義者が、ともに不平を鳴らして騒ぎ立てているのだった。

幸福というものは、口に入れると灰に変わってしまう死海の果実だ、とホーンブロワーは、自分の体験から乱暴にも一般論を引き出して、勝手にそう結論づけた。楽しみを与えてくれるのは、所有することでなく、期待なのだ。そのことを発見した今は、彼の片意地が、期待の楽しみすら彼から奪うことだろう。彼はあらゆることにひどく懐疑的だった。マリアの死によって初めてもたらされた自由は、持つに価する自由ではない。栄誉を授ける力を持っている者たちから授けられた栄誉はぜんぜん栄誉ではない。そして不安定な生活を捨てても手に入れるだけの真に価値ある安定などない。人生は、片方の手で与えるものを、もう一方の手で取りもどすのだ。かつて彼が夢見た政治家への道が、いま目の前に開けており、特にウェルズリー一門との縁組みまでできたというのに、彼はそういう生活を、自分が始終のろわしく思うようになるだろうことが、気味悪いほどはっきりと見えた。そして、息子といっしょの三十秒間は幸福だったのに、いま彼はもっと無気味に醒めた心で、幸福が三十年間もつものかと、懐疑的な質問を自分に向けるのだった。

また、バーバラと目が合って、彼は求めさえすれば彼女は自分のものだとわかった。何も知らない者たちにとっては、そして、本当は人生のもっとも散文的な時に、ロマンがあると思う者たちにとっては、それもロマンチックなクライマックスになるだろう。彼女がにっこりと笑いかけていた。と、ほほえみながら、その唇が震えているのがわかった。そこで彼は、かつてマリーが彼のことを、女に惚れられ易い男だと言ったときのことを思い出し、ここでマリーを連想したことに戸惑いを覚えるのだった。

訳者あとがき

この作品『勇者の帰還』*Flying Colours* は、既刊『パナマの死闘』*The Happy Return*（——英国版、*Beat to Quarters* ——米国版）と『燃える戦列艦』*Ship of the Line* とを合わせて〈艦長ホレイショ・ホーンブロワー〉ものと呼ばれる三部作の三番目にあたる。これで三部作は出揃ったことになる。これが長大なホーンブロワー・シリーズの魁《さきがけ》となったことは周知のとおりである。

まずは読者のみなさんに「お待たせしました」と申し上げなければなるまい。電話や書面での督促はたいへんな数にのぼった。嬉しい悲鳴だった。それもそのはずで、われらのホーンブロワーが、ロサス湾で善戦空しく乗艦サザランド号を失い、部下に多くの死傷者を出し、副長ブッシュも後に片足を失う重傷を負い、主人公みずからは捕虜となり、いずれは銃殺刑かという暗示で前巻『燃える戦列艦』は終わっているのだ。ホーンブロワーを愛するわれわれにとっては、サスペンスを通り越して精神衛生に悪い〝前篇〟の幕切れだ。読者はさぞ気がもめたことだろうと思う。訳者《わたし》もかつてそこまで読んだとき同じ思いだった。先の話があるのだからホーンブロワーは助かるに決まっている、とはわかっているけれど、それで気がすむわけではない。まるで肉親の情だ。これは主人公がわれわれの胸中に完全に〝実在〟している証拠だ。虚構の中の登場人物が、いつも心の中を駆けめぐっている。これこそ小説の醍醐味というものだ。

小説は本来こうでなければならないはずだが、われわれはこういうものを求めながら、実際には多くの場合、人間がいることになっていて少しも人間を感じられない純文学とかいうものに付き合わされたり、人間が人間を殺したり愛したりしたことになっていて少しも死や愛を感じられない読物に貴重な一夜をつぶされたりしているのではなかろうか。

ホーンブロワーが硝煙うずまく艦尾甲板《コーターデッキ》に仁王立ちになるとき、われわれも彼とともに鼻をつく臭いをかぎ、足下に血を見る。彼が「トプスル、展け！」と号令するとき、われわれはその声を実際に聞き、風をはらんで頭上に展く白帆を実際に見ることができる。これはこの作家とその小説が本物だということである。ホーンブロワー・シリーズが英本国だけでなく、国境を越え世代を超えて愛読されてきた事実を疑う人は今やないはずだ。

日本では、つい先ごろまで海の小説は顧みられなかったので、このシリーズが訳出できる運びに漕ぎつけるまでには十数年の〝辻説法〟を要したが、刊行されてみると日本でも予想外に多くの愛読者が生まれた。日本でもやはり本物は本物としてその存在を堂堂と主張しうることが事実によって証明されつつあるのだ。訳者がこのシリーズを、どうしても日本に翻訳紹介したかった幾つかの理由を改めて喋々する必要はもはやなさそうだ。日本の文芸愛好家がもっと大人になればこういう小説の価値がわかるはずだが、などと猪口才な口をきいた自分の不明を恥じるばかりだ。

なにはともあれ「お待ちどおさまでした」と申し上げなければならない。この作中でも、わがホーンブロワーはまたまたスケールの大きな、胸のすく冒険にわれわれをいざなってくれる。堪能していただきたい。

四百マイルのロアール川下りを中心に、敵中を横断するホーンブロワー一行の足取りは、かつて作者自身がモーターボートでロアール川を下った体験をもとに考え出されたものだと、『ホーンブロワーの誕生』*The Hornblower Companion* の中でフォレスターは語っている。

ロサス要塞から憲兵隊に警固されてパリへ移送され、やがて銃殺隊の前に立つべき運命が待っているホーンブロワーにとって、残された唯一の生きる道は逃走しかない。しかし歩けないブッシュを連れて敵国内を横断し、さらに海を渡る長途の旅が、いったい可能なものかどうか、第一、騎馬憲兵の警固隊から逃げおおせるものかどうか、作者はこうした至難のシチュエーションに自分を置き、そこからの脱出方法を発見するまでの難渋ぶりを前記の書中で語っている。その苦吟と創意と知恵の相剰作用が作中でわれわれを引きずり回すエネルギーになっているのだ。そうしてここにまた一つ、ダイナミックな傑作が生まれた。

訳者も作家のはしくれとして、この辺のことは体験的に実感としてわかる。そこに作者はその作品の成否を賭けなければいけないのだ。わたしのような非才の者でも決して解決手段を先に考えない。まず解決不可能と見えるシチュエーションを嗜虐的なまでにがっちり作り上げ、そこに自分を追いこむ。そうしておいて必死に解決手段を工夫する。だからついに満足な解決法が発見できないかもしれない。その時は自分の敗北を認めるのだ。けっして体裁をつくろおうとしない。その時は潔く読者の前に非才の恥を晒すことにしている。

どうやらフォレスターの作法がそうであるらしい。シリーズ全巻についてそうした創作過程を『ホーンブロワーの誕生』の中で詳しく語ってくれる。読者にとっても物書きにとっても実に面白い本だ。これも全巻の訳了後に〝別巻〟の形で紹介できる予定なのでご期待を乞う。

ところで、今度の作品には、逃走の途中でホーンブロワーと子爵夫人との色模様がからむ。詳しくは言わぬが花だが、珍しいことだ。レディ・バーバラへの激しい恋情はしばしば書かれているが、今までのところそれは高根の花への憧れに近い。今度のは束の間ながら現実の情事だ。フォレスターは女をほとんど書かない。典型的な男の文学の書き手で、女が主要人物である作品は『アフリカの女王』ぐらいのものだろう。女は描けない作家だとして、そのためにフォレスターの作家的資質を低く評価しているらしい言及を読んだこともある。が、首をかしげるのはわたしの惚れた欲目か。あばたもえくぼに見える類か。しかしそれならば、すぐれた男の作家で、女は見事に描くが男はあまりうまく描けない例のほうがはるかに多い事実を見落としているのはどういう偏見からだろうか。女を見事に描ける作家もりっぱなら、男を見事に描ける作家もりっぱではないか。前者は掃いて捨てるほどいる。後者は数えるほどしかいない。どちらが貴重な才能か。文芸に対する考え方が〝軟派〟に偏りすぎていないだろうか。ここで書くのはお門違いかもしれない。訳しながら、ふと考えたことを書いたままで、たわいのない独り言と読み流していただきたい。とにかく、国境を越え世代を超えて読者の心に生きつづける一人の男を創造したフォレスターは偉大な作家だったと言えるのである。

許された紙数にまだ余裕がある。この機会に、帆船について、帆船の性能、操縦法などについて触れてみたい。次巻 *Commodore Hornblower* の「訳者あとがき」にまたがって書き綴ろうと思う。何かのご参考になれば幸いである。

帆船ブームの声を聞く。なるほど、わたし一人でもこの六、七月だけで数件、帆船に題材をとった随筆や記録ものを求められたほどで、その声が実感としてうなずける。わずか二十枚の原稿でも色模様をからめなければ船を書かせてもらえなかった十数年前を思うと、うたた今昔の感がある。海洋作家と氷屋は夏場だけのしがない商売だとか、海を書けばうけるとなったら、書き手はゴマンと出てくるから見ていろ、などと僻《ひが》んだ口もきいたものだったが。

六月下旬（一九七五年）に、チリ海軍の帆走練習船エスメラルダ号が、沖縄海洋博に参加の途上、東京港の晴海六号岸壁に優美な船姿を横付けして公開した。わたしも、このシリーズを一緒に研究している日本翻訳専門学校のゼミの諸君や息子といっしょに見学した。たいへんな見学客の数だった。数年前の寄港のときはさほどでもなかった。やはり時機というものだろうか。

わたしも海洋博の三菱海洋未来館のプラニング・スタッフとして三年前から手伝ってきた。プランはさまざまな理由から二転三転したが、わたしが初めからかなり長くしつこいほど熱心に主張したのは、帆船、とりわけ帆が象徴する人間の英知、人間と自然との調和の再認識、そこからのアプローチ、ということだった。海洋博のテーマ《海――その望ましき未来》を見つめる上にもっとも必要なことと愚考したからだったのだが。

そして現に帆船熱が高まってきた。大衆の直覚力は恐ろしくまたすばらしい。私事にわたったが記念と備忘のためにここに書かせていただいた。

帆船ブームは、しかし海洋博の便乗ムードからではないと思う。海洋博も一つの契機ではあったろうが、真因はもっと遠く深いところにありそうだ。まず考えられるのは、科学技術への不信が誘い水になったということだ。かつての万能主義、至上主義が不信に一変し、それが機械力を使わない帆船の魅力へ目を向けさせる動因になったといえるだろう。単なる便乗ブームならば帆船に限ったものではあるまい。

ともあれ、いつの時代にも、船はロマンティックな空想をかきたててきた。船に無関心だった日本人は珍しい例外だった。これをわたしは七不思議の一つに数えてきた。しかしそれももう言えなくなった。嬉しいことだ。

船、とりわけ帆船は、われわれに限りなく海と男のロマンを語りかけてくる。マストに高く潮風をはらんで純白に羽搏《はばた》く横帆縦帆、滑車の鳴る索具《リギン》、風が掻き鳴らす横静索《シュラウド》――すべてそのままがロマンではなかろうか。

帆――海原駆ける翼は、自然の法則に随いながら自然を利用する人間の英知の象徴だ。それをいま人々は賢明にも感じはじめたのだ。

その昔、小さな丸木舟を漕ぐ人間が櫂《かい》を失ったとき、体に受ける風で舟が動くことに気づいた。帆船の原理の発見だった。そして一枚の布をかかげる知恵に始まり、各地の気象海象条件に合う帆と船が工夫され、帆船の運用技術が進歩してきた。北欧ではあの四角な横帆が、南欧ではヨットに見るような三角の縦帆が発達し、改良が加えられ、やがて両者が結合した。コロンブスの大西洋横断、マゼランの周航などで幕をあけた大探検、大航海時代の数々の偉業の裏には、そうした帆船の、とりわけ帆の発達があったのだ。

最初は、ヨーロッパ人の肉食に欠かせない香辛料の需要に応えるという、ごく人間臭い動機から大航海時代は始まったのだったが、それは列国間の植民地争奪戦を生まずにはいなかった。植民地との通商路が開かれ拡張されるにつれて、それを護り、あるいは破壊するための海軍が生まれ、またそうした正史の裏で、血に彩られた海賊船の帆も七つの海に羽搏いた。

人間の活力が新しい水平線の彼方めがけて噴出したこの数世紀の、海の歴史はすべて帆船によって作られた。また各時代の要請がさらに帆船の発達に拍車をかけた。数少ない帆とオールとで推進されたベネツィアのガリー船、スペインのガレオン船、そして十八、九世紀の大型帆船時代を経て、純然たる帆船の最後を飾った快速帆船《クリッパー》の出現まで——蒸気船がとって代るまで、世界の海はまさに帆船の黄金時代だった。

ポルトガル、オランダ、スペイン、フランスが相次いで海上に覇を競い、イギリスは一歩出遅れはしたものの、次第にそれらの海上勢力をしのぎ、ついに七つの海の覇権を握った。わが国でも、幼稚な帆船ながら八幡船が中国から東南アジアにまで乗り出し、和寇とよばれて明国の存在を脅かすこともあった。しかし足利幕府は明国の気息をうかがい、幕府の財政難救済という利己的な動機から、対明貿易の許諾と交換条件に、和寇を根絶やしにしてしまった。英国では、海賊船に私掠船の免許状をあたえ、海賊船の首領にサーの称号を授けるなどして積極的に海外進出を図っていたのと対照的だ。

下って、ナポレオン戦争たけなわの一八〇五年に、英国は、ヴィルヌーヴ提督の率いるフランス・スペイン大連合艦隊をネルソン提督麾下の劣勢の艦隊をもってトラファルガル沖に潰滅させ、以後一世紀余にわたる七つの海の覇権を決定的なものとしたことは周知のとおりだ。

このとき、ネルソンが艦隊を風上と風下とに二分し、敵艦隊の右側から大胆不敵なT字戦法を敢行して敵の戦列を寸断し、大打撃をあたえたことは、いまも海戦史上の語り草となっている。明治三十八年に日露戦争の成否を賭けた日本海海戦で、東郷平八郎提督が敢行した一六勝負はそれにならったものだ。ちなみに、ネルソン艦隊の風下側の戦列を率いるロイヤル・サヴリン号で指揮したのは、これもこのシリーズで地中海艦隊司令官などとして登場するおなじみのコリングウッド提督であり、もちろん風上側の戦列は、旗艦ヴィクトリー号に坐乗のネルソン自身が陣頭指揮をとっていた。

このとき、ネルソンは舷々相摩す接近戦のさなかに、敵艦の檣楼《トップ》から狙撃されて瀕死の深手を負い、三時間後に大勝利の報を聞かされて、「われ、本分を尽くせり」の一言を最後に永眠した。わがホーンブロワーがその国葬に際して、水上葬列の指揮をとったことは、『トルコ沖の砲煙』の挿話として読者の記憶に新しいと思う。

このようにさまざまの史実や逸話を、その船上に、あるいはその航跡に生んだ帆船は、どのような性能や火力を持ち、どのように操縦されたか——帆船の物語の最大の魅力であるこれらの点については、次巻の「あとがき」でご紹介したい。

では、わがホーンブロワーとその一行とともに敵中横断の冒険へどうぞ。

〈海の男／ホーンブロワー・シリーズ〉既刊リスト

『海軍士官候補生』ハヤカワ文庫NV36
『スペイン要塞を撃滅せよ』ハヤカワ文庫NV58
『砲艦ホットスパー』ハヤカワ文庫NV59
『トルコ沖の砲煙』ハヤカワ文庫NV70
『パナマの死闘』ハヤカワ文庫NV80
『燃える戦列艦』ハヤカワ文庫NV87
『勇者の帰還』ハヤカワ文庫NV101　本書
『決戦！　バルト海』ハヤカワ文庫NV124
『セーヌ湾の反乱』ハヤカワ文庫NV138

『海軍提督ホーンブロワー』ハヤカワ文庫NV172
『ホーンブロワーの誕生』ハヤカワ文庫NV185

訳者略歴　1925年生，1947年早稲田大学理工学部中退，作家，翻訳家　訳書『ハートの刺青』マクベイン，『海底牧場』クラーク，『無法のカリブ海』『若き獅子の凱歌』ケント（以上早川書房刊）他多数

HM=Hayakawa Mystery
SF=Science Fiction
JA=Japanese Author
NV=Novel
NF=Nonfiction
FT=Fantasy

海の男／ホーンブロワー・シリーズ〈7〉

勇者《ゆうしゃ》の帰還《きかん》

〈NV101〉

一九七五年八月三十一日　発行
二〇〇七年四月　十五日　十六刷

（定価はカバーに表示してあります）

著者　セシル・スコット・フォレスター
訳者　高《たか》橋《はし》泰《やす》邦《くに》
発行者　早川浩
発行所　株式会社　早川書房

郵便番号　一〇一-〇〇四六
東京都千代田区神田多町二ノ二
電話　〇三-三二五二-三一一一（大代表）
振替　〇〇一六〇-三-四七七九九
http://www.hayakawa-online.co.jp

乱丁・落丁本は小社制作部宛お送り下さい。
送料小社負担にてお取りかえいたします。

印刷・信毎書籍印刷株式会社　製本・株式会社川島製本所
Printed and bound in Japan
ISBN978-4-15-040101-6 C0197